Kurt Lehmkuhl: Ein CHIO ohne Rasputin

AF284888

Kurt Lehmkuhl

Ein CHIO
ohne Rasputin

Kriminalroman
(Mörderisches Aachen Band 7)

Bibliografische Information der Deutschen Nationalbibliothek: Die Deutsche Nationalbibliothek verzeichnet diese Publikation in der Deutschen Nationalbibliografie; detaillierte bibliografische Daten sind im Internet über www.dnb.de abrufbar.

Dieser Roman wurde 1999 im Meyer & Meyer Verlag, Aachen erstmals veröffentlicht. Der Abdruck erfolgt mit freundlicher Genehmigung des Gmeiner-Verlags, Meßkirch. Er veröffentlicht diesen Roman in seiner Reihe „E-Book only", ISBN 978-3-7349-9239-1.

©2021
Herstellung und Verlag: BoD – Books on Demand, Norderstedt.
ISBN 9783755738923

Das Urteil

Ich hatte, vorsichtig ausgedrückt, die Schnauze gestrichen voll, als ich gruißlos und ohne meinen Mandanten länger zu beachten, den schmucklosen, nüchternen Sitzungssaal verließ und kraftvoll die große Holztür hinter mir zuwarf, sodass es schepperte. Von einem nachtragenden, resoluten Richter wäre mir dieser Akt als ungebührliches Verhalten und Missachtung des Gerichts vorgehalten worden. Aber mir war diese etwaige Konsequenz meines ungezügelten Handelns im Moment schnurzpiepegal. Das soeben abgeschlossene Strafverfahren kotzte mich an.

Der mit Arbeit überhäufte, als streng bekannte Richter hatte in diesem viel beachteten Fall nicht anders gekonnt. Er hatte das von mir erwartete Urteil gesprochen und sogar sprechen müssen, sagte ich zu mir, während ich mit wehender Robe durch die weiten Flure des alten Gerichtsgebäudes eilte. Doch gerade das Eintreten des Erwarteten machte mich so wütend, wobei wütend noch eine vergleichsweise verharmlosende Beschreibung meines Gemütszustandes war.

In der fast leeren Kantine grapschte ich an der kärglich bestückten Selbstbedienungstheke nach einem blass-weißen Pappbecher mit angeblich heißem Kaffee, warf der verdutzten Kassiererin ungehalten ein Geldstück hin, das prompt über die Theke rutschte und unter ihrem Stühlchen zu Boden fiel, und schob mich zu einem allein stehenden, freien Tisch in der Nähe des Fensters, das den Blick auf das ehemalige Untersuchungsgefängnis frei gab.

In mich hinein fluchend rührte ich heftig mit dem einfachen, weißen Plastiklöffelchen durch die schwarze Brühe, bis sie über den Becherrand schwappte.

Ich betrachtete Staatsanwalt Salentin, der in die Kantine eingetreten war und suchend um sich schaute. Eben noch hatte Salentin versucht, mir bei der Verhandlung das Leben schwer zu machen, jetzt winkte er freundlich, nachdem er mich endlich entdeckt hatte, und kam zielstrebig auf mich zu.

„Tut mir echt leid, Tobias", sagte der Anklagevertreter mit aufrichtigem Bedauern und setzte sich zu mir.

„So wie du dich im Gerichtssaal verhalten hast, konnte ich gar nicht anders. Oder?"

Ich sah dem mir durchaus sympathischen Mann in meinem Alter ruhig ins Gesicht. Äußerlich wirkte ich vielleicht gelassen, innerlich kochte ich vor Wut. Salentin und ich, wir hatten uns schon vor 15 Jahren beim Studium in Bonn kennengelernt. Damals hatte ich ihm bei einigen Hausarbeiten die Hilfe geboten, die er brauchte, um sie zu bestehen. Jetzt waren wir wieder aufeinander gestoßen, er als Mitglied der Staatsanwaltschaft in Aachen, ich als Jurist in der großen, geachteten Anwaltskanzlei meines Freundes Doktor Dieter Schulz.

Warum sollte ich Salentin widersprechen? Es gab objektiv keinen Anlass dazu. Wir hatten beide unseren Job getan. Der Strafprozess hatte den Verlauf genommen, den ich im Grunde erwartet und daher insgeheim auch befürchtet hatte.

Wahrscheinlich eher zufällig als beabsichtigt war das Strafverfahren, das heute abschließend entschieden worden war, vor ein paar Monaten auf meinem Schreibtisch gelandet. Die angestellten Kollegen unserer auf Familienstreitigkeiten aller Art spezialisierten Kanzlei waren allesamt mit einträglichen Erbschaftsangelegenheiten oder lukrativen Scheidungstragödien eingedeckt gewesen, derweil ich den gerechten Büroschlaf schlummerte, aus dem mich der Fall Adolf Meurer jäh aufweckte. Selbst der Rechtsreferendar, der im Rahmen seiner Ausbildung bei uns Station machte, war von mir mit einem interessanten Fall beauftragt worden, der ihm Erfahrung und uns Honorar bringen würde, und stand mir deshalb für diese unappetitliche Lappalie nicht zur Verfügung.

Meurer, ein fast fünfzigjähriger Kerl, war schon auf den ersten Blick eine grobschlächtige Ekelpocke, ein mieser Kotzbrocken und ungepflegt zerzauster Unsympath mit zu langem Haar und schlechter Rasur, der mir auf Anhieb missfiel und dem ich ungeprüft alle Schlechtigkeiten dieser Welt zutraute, somit auch die Misshandlung und versuchte Vergewaltigung des geistig behinderten Mädchens, weswegen er angeklagt worden war. In der Vergangenheit war der Mann schon mehrmals mit dem Gesetz in Konflikt geraten. Körperverletzung, Sachbeschädigung, räuberischer Diebstahl, Erpressung und ähnliches fanden sich in dem beachtlichen Vorstrafenregister. Dennoch hatte er nur sehr wenig Knastatmosphäre genießen müssen, weil er sich ausreichend Zeit zwischen den einzelnen Delikten ließ und damit die Bewährungsauflagen erfüllte. Weshalb ausgerechnet unsere Kanzlei und obendrein gerade ich mit der Verteidigung dieses Schweins betraut worden war, das blieb mir bis zum heutigen Tag ein wahrscheinlich unlösbares Rätsel.

Meurer, unverheiratet, mittellos und Pferdepfleger von Beruf, hatte Armenrecht beantragt und dementsprechend von Staatswegen eine Pflichtverteidigung bewilligt bekommen, die letztendlich bei mir hängen geblieben war. Der unangenehme Zeitgenosse, den ich lieber von hinten statt von vorne sah, hatte in den Vernehmungen bei der Polizei und in den notgedrungenen Gesprächen mit mir niemals über die ihm zur Last gelegten Taten gesprochen. Er hatte dazu immer nur geschwiegen, unentwegt geraucht und sogar dann nicht einmal ein Zeichen von Mitleid, Bedauern oder Reue gezeigt, als das geschockte Mädchen wenige Wochen nach dem abscheulichen Verbrechen verstarb, ohne bis dahin in der Lage gewesen zu sein, eine Aussage gemacht zu haben.

Selbst die Untersuchungshaft, aus der Meurer wohl heute noch entlassen würde, konnte sein beharrliches Schweigen zu den Anklagepunkten nicht brechen. Ich hatte mich nicht einmal um eine Haftverschonung bemüht, sodass er nun schon seit fast einem Jahr gesiebte Luft atmete. Aber auch dazu hatte er sich nicht geäußert. Dieses Schweigen hatte er auch bei seinen früheren Strafverfahren praktiziert, wie den umfangreichen Prozessunterlagen zu entnehmen war.

Die Staatsanwaltschaft hatte zwar unverdrossen versucht, zwischen dem Tod des Mädchens und dem Vergewaltigungsversuch einen Kausalzusammenhang festzustellen, aber sie konnte ihn letztendlich ebenso wenig beweisen wie Meurers Täterschaft.

Ich nickte nachdenklich und schlürfte das flüssige Zeug, das mir angeblich als Kaffee verkauft worden war, derweil ich den sichtlich enttäuschten Salentin musterte, dem der

Verlauf der Verhandlung wohl ebenfalls das Wochenende vermiest hatte.

Mit dem Tod des Mädchens war der Staatsanwaltschaft das wichtigste Glied in der Beweiskette ausgebrochen. Ich hatte mich bei Meurers Verteidigung vornehmlich auf diesen Mangel konzentriert und in der Gerichtsverhandlung sämtliche Indizien und vermeintliche Beweise der Anklage zerpflückt. Es blieben allenfalls ein paar nicht bedeutsame Zeugen, die geglaubt haben wollten, Meurer sei als Letzter mit dem Mädchen zusammen gewesen, ihre Aussagen aber vor Gericht relativieren mussten.

Letztendlich blieb Salentin als Anklagevertreter nichts anders übrig, als den Antrag zu stellen, das Verfahren gegen Meurer einzustellen. Ich dagegen drängte auf ein Urteil.

Und so kam es, wie es kommen musste. Selbst der Anklagevertreter forderte in seinem Plädoyer einen Freispruch für Meurer.

Ich hatte den Prozess, ganz im Sinne meines Mandanten, gewonnen. Meurer konnte das Gericht als freier Mann verlassen. Er durfte strahlen, ich fühlte mich, gelinde gesagt, beschissen. Da war es mir nur ein schwacher Trost, dass Meurer wenigstens für ein paar Monate in U-Haft gesessen hatte.

Dankend lehnte ich das kollegiale Angebot von Salentin ab, mich in seinem Wagen vom Gericht am Adalbertsteinweg zur Theaterstraße mitzunehmen. Unsere Kanzlei und das Büro der Staatsanwaltschaft Aachen lagen dort nur wenige Häuser voneinander entfernt. Der bisweilen kurze Dienstweg würde länger werden, wenn die Kollegen der Anklage ins Gerichtsgebäude an die Seite der Richter ziehen würden, was ich jetzt schon bedauerte.

Ich machte mich lieber zu Fuß auf den Weg, als mich kutschieren zu lassen. Auch stand mir nicht der Sinn danach, mit Salentin über Recht und Gesetz zu philosophieren. Der Spaziergang brachte mir etwas Bewegung und gab mir vielleicht die Luft, die ich brauchte, um die Übelkeit zu überwinden, die langsam in mir hinaufkroch.

Was hatte ich eigentlich Falsches oder gar Verwerfliches getan? Ich hatte lediglich alle Möglichkeiten ausgereizt, die die Strafprozessordnung einem Verteidiger zur Wahrung der Rechte eines Angeklagten bietet, redete ich mir zu meiner Rechtfertigung ein. Ich hatte mich voll und ganz nach Recht und Gesetz verhalten.

Was hatte ich mit meinem Einsatz erreicht? Einen Freispruch für meinen Mandanten. Es war meine Pflicht gewesen, mich für ihn einzusetzen. Diese Pflicht hatte ich, meinem beruflichen Selbstverständnis entsprechend, zu Meurers Vorteil erfüllt, auch wenn das Honorar nicht sonderlich üppig war.

Und dennoch konnte ich nicht mit mir zufrieden sein. Ich hatte einem perversen Schwein, das sich an einem wehrlosen Mädchen vergriffen hatte, unverdient die Freiheit verschafft. Der Kerl gehörte ein für alle Mal in den Bau und nicht mehr hinaus. Das stand für mich fest. Aber nein, der grandiose, unnachahmliche Tobias Grundler holt selbst in den aussichtslosesten Fällen seine Mandanten noch aus der größten Scheiße heraus, auch wenn dabei die Gerechtigkeit auf der Strecke bleibt!

„Du bist das größte Arschloch, das ich kenne!", schimpfte ich mit mir auf dem Fußmarsch in einem Tonfall und in einer Lautstärke, die die Passanten veranlassten, sich erstaunt oder entrüstet nach mir umzusehen und sich an die Stirn zu tippen, sobald sie den großen, schlanken Mann in der schwarzen Anwaltskleidung davoneilen sahen.

Meine schlechte Laune war auch nicht ansatzweise besser geworden, als ich nach dem Gang durch die Innenstadt knapp vor Mittag in die Kanzlei in der ersten Etage des modernen Bürohauses stürmte. Unsere Empfangsdame, das ältliche Fräulein Schmitz, zog es vor zu schweigen, nachdem sie meinen grimmigen Gesichtsausdruck erkannt hatte. Sie hatte während unserer Zusammenarbeit ihre leidlichen Erfahrungen mit mir gemacht und ihre Lehren daraus gezogen. Die Briefe, die sie in der Hand für mich bereithielt, legte sie kommentarlos zurück auf die Ablage, wobei sie mich strafend gemustert hatte.

Grußlos rauschte ich durch den Flur, knallte die Tür meines Büros hinter mir zu und feuerte die Robe in die Ecke. Ich wollte alleine sein, meine Ruhe haben, mit niemandem sprechen.

Und offensichtlich kamen alle Mitarbeiter meinem unausgesprochenen Wunsch gerne nach. Sie kannten mich lange genug und wussten, wann es ratsam war, sich nicht um mich zu kümmern.

Allenfalls drei Menschen hätten sich jetzt in meine Nähe trauen dürfen: meine Liebste und Sekretärin Sabine, ihre Zwillingsschwester Do sowie Dos Gatte, Sabines Schwager und zugleich mein Freund Dieter, der Begründer und neben mir Inhaber der Kanzlei. Ausgerechnet auf diese drei musste ich an diesem Wochenende verzichten, was mein Stimmungstief noch verstärkte. Dieter und die beiden Frauen waren zu einer Familienfeier bei einem mir unbekannten Onkel Horst nach Düsseldorf gefahren, von der sie am Sonntagabend zurückkehren wollten und bei der ich mangels Verwandtschaft angeblich nichts zu suchen hatte.

Notgedrungen hielt ich Stallwache in der Kanzlei und würde bis Montagmorgen Bereitschaftsdienst leisten, um beschwichtigend einzugreifen, falls irgendwo in unserer zahlungskräftigen Mandantenschaft urplötzlich ein Rosenkrieg ausbrechen sollte oder ein ausgebeuteter Ex den Sohn nach dem Samstagsausflug am nächsten Morgen nicht wieder zur unerbittlichen Mutter zurückbrachte.
Aber auch diese wenig erbauliche Aussicht auf meine mögliche Wochenendbeschäftigung war nicht sonderlich dazu angetan, meine Stimmung zu bessern; im Gegenteil, ich fühlte mich noch mieser.
Ich hatte mich in meinen Sessel gelungert, die Füße auf der Schreibtischplatte abgelegt, die Hände im Nacken verschränkt und starrte ziellos aus dem Fenster in die Linden mit ihrem saftig grünen Blattwerk.
Es hätte so ein schöner sonniger Freitagnachmittag im Juni werden können, aber mir war der Tag gründlich verdorben.

Seufzend griff ich zu dem dünnen grünen Aktenordner, der, mit größter Dringlichkeit bedacht, an oberster Stelle des Stapels der zu bearbeitenden Fälle lag. Ob ich mir allerdings Ablenkung verschaffen konnte durch den Fall Rasputin, den mir mein Freund Dieter angetragen hatte, schien mir äußerst zweifelhaft. Denn es handelte sich um eine jener diskret zu behandelnden Angelegenheiten, bei der ich wahrscheinlich mehr kaputt machen als heilen konnte.

„Nur du kannst damit fertig werden", hatte mir Dieter geschmeichelt und damit nur umschrieben, dass er sich an diesem Fall nicht die Finger verbrennen wollte. Damit war durchaus zu rechnen in der vertrackten Situation um Rasputin. Denn auf der einen Seite des Streites stand eine renommierte Aachener Versicherungsgesellschaft, mit der unsere Kanzlei schon sehr oft vertrauensvoll zusammengearbeitet hatte, auf der anderen Seite eine traditionsbeladene, honorige Unternehmerfamilie des Aachener Hochadels namens Tombeux, mit der die Familie Schulz schon seit Generationen freundschaftlich verbunden war und die wir seit eh und je in juristischen Streitereien vertraten. Da war ein publikumswirksamer Prozess für alle Beteiligten nicht gerade ein erstrebenswertes Ziel. Vielmehr sollte unsere Kanzlei und damit ich versuchen, den Fall Rasputin ohne großes Aufsehen und möglichst ohne großen Schaden für eine der beiden Parteien zu lösen, was mir allerdings fast unmöglich erschien. Immerhin ging es bei Rasputin nicht gerade um wenig Geld. Knappe fünfhunderttausend Euro standen auf dem Spiel; entweder für die Versicherungsgesellschaft oder als Verlust für die Familie Tombeux.

Und das alles nur wegen eines Pferdes, genauer gesagt, wegen eines verschwundenen Pferdes: nämlich des angehenden Deckhengstes Rasputin.

Vor knapp zwei Wochen war der Vierbeiner verschwunden, den ich nur von einer Fotografie kannte. Rasputin war ein pechschwarzer Hengst, gerade einmal sechs Jahre alt, aber anscheinend mit mir nicht näher bekannten Qualitäten versehen, die ihn als Zuchthengst auszeichneten und ihm den Wert von einer halben Millionen zubilligten. Edeltraud, die junge Tochter des Hauses Tombeux, hatte den edlen Rappen nach der Pflege im Stall auf eine Weide geführt. Als ein Pfleger das Pferd abends zurückholen wollte, tollte Rasputin nicht mehr auf der Spielwiese herum. Das Gatter zu einem Feldweg auf der gegenüberliegenden Seite des Gestüts stand offen.

Dieser Umstand führte verständlicherweise zu unterschiedlichen Interpretationen: Edeltraud hatte das Tor offen gelassen, Rasputin hatte die Gelegenheit genutzt, war ausgebüchst und irgendwohin verschwunden. Vermutlich stand er jetzt bei einem Unbekannten in einem Stall, wenn er nicht verendet war, was aber niemand annehmen wollte. Unwahrscheinlich schien jedenfalls, dass er seit mehreren Tagen alleine durch die Gegend trabte. So argumentierte jedenfalls die Versicherungsgesellschaft und verweigerte deshalb die Zahlung der Versicherungssumme wegen Eigenverschulden.

Ganoven hatten den Hengst entführt und das Gatter absichtlich offen gelassen, um den Verdacht auf das Mädchen zu lenken. Das behauptete hingegen die Familie Tombeux und pochte auf Zahlung der Entschädigung.

Albert Donner, der Besitzer des Pferdehofes, auf dem Rasputin untergebracht war, hielt sich verständlicherweise aus dem Zwist heraus. Aus seinem Stall und von seinen Weiden sei noch nie ein Tier verschwunden, hatte er zu Protokoll gegeben. Andererseits bezeichnete er das Mädchen als äußerst zuverlässig und gewissenhaft.

Alle diese Informationen entnahm ich den Akten, die mir vor wenigen Tagen überreicht worden waren, nachdem sich die Gesellschaft und die Familie nicht hatten einigen können und nun nach einer Lösung suchten, bei der nach Möglichkeit ein Prozess entweder vermieden oder aber in aller Stille entschieden werden konnte. Nun also lag der Fall Rasputin vor mir mit seinen Kniffligkeiten und Ungereimtheiten. Ich hatte noch keinen Plan, wie ich diese Angelegenheit zu jedermanns Zufriedenheit erledigen konnte, bislang hatte ich nur einen Termin: Am Samstagmorgen würde ich mir das Gestüt ansehen, auf dem Rasputin untergekommen war.

Stunden vergingen, ohne dass ich mich beruhigen oder einen klaren Gedanken fassen konnte. Den abgeschlossenen Fall durch den anstehenden Fall zu verdrängen, das wollte mir einfach nicht gelingen. Immer wieder spielte sich der Prozess vor meinen Augen ab und lenkte mich von Rasputin ab. Dass ich mir durch meinen juristischen Erfolg ein Problem aufgehalst hatte, war für mich offenkundig. Wie sollte ich dem bedauernswerten Vater des geschändeten Mädchens plausibel machen, dass Meurer zu Recht frei gesprochen worden war?

Das Schicksal hatte es wirklich nicht gut mit Edwin Klinkenberg gemeint. Aufopferungsvoll und ohne Klagen hatten er und seine Gattin das geistig behinderte Kind groß gezogen. Dann war seine Frau vor zwei Jahren unverschuldet bei einem Verkehrsunfall getötet worden, der Autofahrer, der sie auf dem Gehweg überfahren hatte, war unerkannt geflüchtet. Und im letzten Jahr, vor knapp elf Monaten, hatte es das Verbrechen an seiner Tochter Stefanie gegeben, das ungesühnt blieb.

Das Telefon auf meinem Schreibtisch hatte eine Zeitlang unablässig geklingelt, und ich ließ es regungslos klingeln, bis letztlich Fräulein Schmitz in der Zentrale resigniert hatte. Mehrfach war zaghaft oder fordernd an die Tür geklopft worden, doch ich hatte darauf nicht reagiert.

Schließlich gab ich mir einen Ruck, griff zum Hörer und ließ mich von der Auskunft mit dem Anschluss von Edwin Klinkenberg verbinden. Ich konnte ja nicht mein Leben lang einen Bogen um den vom Schicksal gebeutelten Mann machen. Im Nachhinein empfand ich mein Verhalten im Gerichtssaal ihm gegenüber als feige. Der leidgeprüfte Vater hatte schweigend als Nebenkläger den Prozess verfolgt und mit regungsloser Miene das aus seiner Sicht unerträgliche Urteil zur Kenntnis genommen.

Ich hätte mich sofort an ihn wenden und mich entschuldigen müssen.

Angespannt wartete ich, ob sich auf mein Klingelzeichen jemand meldete.

Das „Klinkenberg" klang matt und enttäuscht. Es war die Stimme eines gebrochenen Mannes, die mir durchs Telefon entgegen klang.

Für einen Augenblick spielte ich mit dem Gedanken, wortlos aufzulegen, doch dann besann ich mich. Ich hatte dafür gerade zu stehen, was ich verursacht hatte.

Auf meine Namensnennung reagierte Klinkenberg überhaupt nicht. Meine Entschuldigung für mein ungewöhnliches Verhalten nach dem Richterspruch nahm er kommentarlos hin. Ich wusste nicht, was ich noch sagen sollte und schwieg.

„Was wollen Sie von mir?", fragte Klinkenberg bloß nach einer langen Pause.

Mein mühsamer Versuch, ihm mein Verhalten im Gerichtssaal und meine Pflicht als Strafverteidiger zu erklären, schien ihn nicht sonderlich zu interessieren.

„Jeder tut das, was er meint, tun zu müssen", sagte er teilnahmslos, als kümmere ihn meine berufliche Verpflichtung nicht mehr als der Job einer unbeachteten Eierverkäuferin auf dem Wochenmarkt.

Doch ich nahm den Faden auf.

„Was werden Sie denn tun, Herr Klinkenberg?"

Er schwieg wieder sehr lange, ehe er langsam zu einer Antwort ansetzte. „Wenn mir keiner helfen kann, muss ich mir selbst helfen", sagte er mit einer weiteren Floskel. „Ich hole mir mein Recht, da können Sie sicher sein."

Ehe ich einhaken konnte, fuhr Klinkenberg fort. Plötzlich schlug seine Stimme um, sie wurde hitzig und unbeherrscht. „Sie können mir glauben, Herr Anwalt", brauste er überraschend auf, „das Schwein hat nicht mehr lange zu leben. Den Meurer bringe ich um!"

Damit war für ihn das Telefonat beendet. Er hatte den Hörer wütend auf die Gabel geworfen.

Mehrmals wählte ich noch seine Rufnummer an, blieb aber stets beim Besetztzeichen hängen.

Zwar war ich beunruhigt, doch tröstete ich mich damit, dass es Klinkenberg mit größter Wahrscheinlichkeit bei seiner Drohung belassen würde. Von ihm ging keine tatsächliche Gefahr aus. Er war beileibe nicht der Typ, der andere Menschen umbringen könnte, beschwichtigte ich mich. Nach seinem zurückhaltenden Auftreten im Gerichtssaal zu urteilen, wo er als ruhiger Nebenkläger nur stumm neben Salentin gesessen hatte, traute ich ihm kein Verbrechen zu. Diese Drohung war wohl als ein Ausdruck seiner Hilflosigkeit zu verstehen gewesen.

Ich versank wieder in meiner Lethargie, die zugleich eine innere Aufgewühltheit war. Ich wollte endlich meine Ruhe haben, allein sein in dieser Welt, in der die Gerechtigkeit nicht immer siegte, woran ausgerechnet ich einen nicht unerheblichen Anteil hatte.

Erst die Reinigungskolonne in Form dreier resoluter Frauen, die mit den Staubsaugern durch die Räume düsten, trieb mich aus der Kanzlei. Als eine der Raumkosmetikerinnen begann, mit einem feuchten Lappen über meinen Schreibtisch zu wischen, ohne mich überhaupt zu beachten, gab ich mich verloren und verließ entmutigt den Kampfplatz.

Quer durchs Fahnen geschmückte Städtchen ging ich durch den lauen Frühsommerabend zu meiner kleinen, ehemaligen Studentenbude am Templergraben, die eher einem Langzeitstudenten Ehre machte als einem ausgewachsenen Juristen. Aber mir reichte diese Wohnung allemal.

Aachen hatte sich dem sportlichen Anlass entsprechend sein schönstes, schwarz-gelbes Kleid angezogen und machte keinen Hehl daraus, dass es sich auf das internationale Publikum freute, das wegen des Reitturniers aus aller Welt ins Dreiländereck gekommen war. Mich interessierte dieses Turnier nicht die Bohne, ich fand es nur kurios, dass ausgerechnet wenige Tage vor dem Pferdefest ein Pferd verschwunden war.

Es war fast schon dunkel, als ich die Wohnungstür öffnete und dabei das Telefon hörte. Wird wohl meine Liebste sein, dachte ich mir sofort und eilte in Vorfreude durch den schmalen Flur.

Nur Sekunden später schimpfte ich mit mir, nachdem ich den Hörer abgenommen hatte. Mit allen möglichen Anrufern hätte ich gerechnet, aber nicht mit diesem.

Ausgerechnet Meurer rief mich zu dieser unmöglichen Zeit an, dieses Arschloch, dem ich die unverdiente Freiheit verschafft hatte.

„Was wollen Sie?", bellte ich ihn ungehalten an.

„Ich wollte mich bei Ihnen bedanken", antwortete Meurer ungewohnt zuvorkommend und einschleimend. Selbst diese schmierige Höflichkeit hätte ich dem grobschlächtigen Kotzbrocken nicht zugetraut.

„Im Gerichtssaal hatte ich ja keine Möglichkeit dazu", fuhr er fort. „Sie hatten es wahrscheinlich sehr eilig, Herr Grundler."

„Und? Sonst noch was?" Ich sah keinen Grund, meinen abfälligen Tonfall zu ändern.

„Sie bekommen meine Rechnung und überweisen hoffentlich mein Honorar."

Soweit ich mich erinnerte, war Meurer kaum in der Lage, die Kosten zu begleichen. Er würde die Rechnung zum Sozialamt bringen, wenn er sie nicht gleich wegschmiss und wir deswegen Mühe hatten, das Geld einzutreiben. Ob er überhaupt auf den Gedanken kam, wegen der U-Haft eine Entschädigung zu verlangen, war mir gleichgültig. Ich würde ihn nicht auf diesen Anspruch stoßen. Ich war froh, wenn ich mit Meurer nichts mehr zu tun hatte und er endlich aus meinem Leben verschwand.

„Keine Sorge", versicherte mein Mandant kumpelhaft.

„Sie bekommen Ihre Flocken. Spätestens am Montag habe ich einen Job."

„Wo?" Die Frage war überflüssig, gestand ich mir ein, nachdem ich sie gestellt hatte. Sie verlängerte nur unnötigerweise das Gespräch.

„In der Soers natürlich. Der CHIO fängt doch an. Da werden immer gute Pferdepfleger gebraucht", antwortete Meurer voller Zuversicht. „Bei meinem alten Chef hat's zwar nicht geklappt. Aber der Stallmeister ist zuversichtlich, mich morgen vermitteln zu können. Wenn's zur Not sein muss, reise ich auch mit einem Turnierstall durch die Weltgeschichte. Toll, was?"

Ich wünsche ihm viel Erfolg, entgegnete ich kurz angebunden und heuchlerisch. Für einen Moment überlegte ich, ob ich Meurer über Klinkenbergs Rachegelüste informieren sollte, doch dann legte ich grußlos auf.

Sollte der Mistkerl halt beim CHIO sein Glück versuchen. Mir war es ziemlich egal. Ich interessierte mich nicht für Pferdepfleger und noch weniger für arbeitsuchende, skrupellose Pferdepfleger, geschweige denn für den CHIO, den Concours Hippique International Officiel, wie jeder Schüler schon in der ersten Französischstunde erlernte, den die Aachener in ihrer all umfassenden Bescheidenheit als das größte Weltfest des Pferdesports für sich einvernahmt hatten. In der nächsten Woche würde der Pferdegeruch wahrscheinlich wieder in der ganzen Stadt zu riechen sein und würden sich alle Gespräche beim CHIO, dem Offiziellen Internationalen Dressur-, Spring- und Fahrturnier der Bundesrepublik Deutschland, nur noch ums „Peäd" drehen, schwante mir.

Aber nicht mit mir. Ich würde, auch in der Hochzeit des Pferdesports, höchstens als Paragraphenreiter manchem Kollegen, Staatsanwalt oder Richter die Sporen geben. Zum Turnierplatz in der Soers trieb mich freiwillig jedenfalls nichts hin.

Ein Umstand machte mich nach dem Telefonat allerdings nachdenklich. Woher bloß hatte Meurer meine Geheimnummer?

Meurers Bruder

Das Gestüt des anerkannten Pferdezüchters Albert Donner, auf dem Rasputin bislang seinen Hafer gefressen hatte, lag zwischen Müntz und Hottorf im Jülicher Land. Für einen waschechten Kaiserstädter, für den die zivilisierte Welt vor Würselen und hinter Kornelimünster endete, wäre die Fahrt dorthin zur lebensbedrohenden Reise ins Ungewisse geworden. Für mich als in Aachen gerade widerstrebend tolerierter Zugezogener aus der vermeintlichen Provinz war die Spritztour in die Börde hingegen ein gemütlicher Ausflug aus einem ernsten Anlass. Ich war neugierig auf Donner, der selbst von der Versicherungsgesellschaft als tadelloser und zuverlässiger Pferdezüchter bezeichnet wurde und der große züchterische Erfolge verbuchen konnte, so hatte ich den Unterlagen entnommen. Dieses Loblied hatten Tombeux harmonisch mitgesungen. Diesen Menschen musste ich einfach kennen lernen, auch wenn mich die Gäule nicht sonderlich interessierten. Allenfalls in kleinen Portionen als Sauerbraten konnte ich mich mit Pferden zufrieden geben. Aber als hochwertiges Sportgerät waren mir diese Vierbeiner nicht nur unbekannt, sondern sogar unvorstellbar. Ackergäule und Zirkusponys, damit konnte ich noch etwas anfangen, Springpferde oder Traber hingegen sagten mir rein gar nichts.

Über die Düsseldorfer Autobahn bis zur Abfahrt Mersch und dann linkerhand von Titz in Richtung Linnich, dort würde ich, auch ohne Straßenkarte oder gar Autopilot, das Gestüt und seinen hoch gelobten Betreiber auf Anhieb finden. Die Zielsuche mit dem Autopilot scheiterte schon aus Sachzwängen. In Sabines Polo, der mir fürs Wochenende in die Obhut übergeben worden war, befand sich ein derartiges Hilfsmittel gar nicht.

Die paar Kilometer über die Autobahn hatte ich am Samstagmorgen schnell zurückgelegt, den etwas besseren Feldweg zwischen den beiden Dörfern ebenfalls rasch gefunden. Aber dann begann das Suchen. Verstreut lagen einige wenige Bauernhöfe auf der Strecke, alle mit einer eigenen Zufahrt und alle ohne Hinweisschild. Am ersten Bauernhof kehrte ich gleich am Eingangstor zurück, da das Namensschildchen den Bewohner als Knipprath auswies. Am nächsten Bauernhof meldete sich niemand auf mein Rufen und Klingeln, bei meinem dritten Versuch verbuchte ich einen Teilerfolg, als mir eine ältere, keineswegs misstrauische Greisin den entscheidenden Hinweis gab: „Das zweite Haus auf der rechten Seite."

Nun war es ein Leichtes für mich, mein Ziel anzusteuern. Nichts deutete bei der Anfahrt auf den Bauernhof auf ein Gestüt hin. Ich hatte mir Pferdekoppeln auf weiter Flur vorgestellt, doch gab es nur die mit Rüben bepflanzten Felder beiderseits des Weges und die mit Buchen gesäumte Zufahrt, die in einer breiten, weißen Kiesfläche vor dem Haus endete, in dem das Gestüt Donner beheimatet sein sollte. Haus war dabei eine sehr untertriebene Bezeichnung für den prächtigen zweistöckigen, roten Klinkerbau mit den frisch gestrichenen weißen Läden an den symmetrisch angeordneten Fenstern. Mindestens dreißig Meter war die Vorderfront des Gebäudes breit, an dessen beiden Enden große Torbögen den Abschluss bildeten. Vor der breiten Eingangstür aus heller Eiche in der Hausmitte war eine nicht gerade billige, silbermetallicfarbene Limousine der Marke Jaguar geparkt, die auf einen gewissen Wohlstand des Fahrers schließen ließ.

Donner? Schon auf der Fahrt aufs Land hatte ich mich vage an meine Schulzeit erinnert, an die ersten Jahre auf dem Gymnasium. Ich glaubte, da war ein Donner in meiner Klasse gewesen. Bis zur mittleren Reife war der Junge, von dem ich keine Vorstellung mehr hatte, mein Klassenkamerad gewesen. Dann verschwand er aus meinem Umfeld.

Vom Alter her passte es. Der Mann, der mir auf mein kurzes Klingeln sofort öffnete, dürfte zu meinem Geburtsjahrgang gehören. Ich musterte den mittelgroßen Mann Ende Dreißig mit den schulterlangen, braunen Haaren und dem wettergefärbten Gesicht. Rustikale Eleganz, so würde wahrscheinlich meine Liebste seinen Kleidungsstil bezeichnen. Donner trug ein grobes kariertes Flanellhemd, das in einer eng geschnittenen, dunkelbraunen Reiterhose steckte.

„Waren Sie in Alsdorf auf dem Gymnasium?", fragte er mich, nachdem er mich ebenfalls ungeniert gemustert hatte und wenig Anstoß an meinem grauen Sweatshirt und meiner Jeans fand.

„Ich hatte jemand in meiner Klasse, der hieß auch Grundler und lief auch damals immer so lässig leger gekleidet herum."

Als ich bestätigte, war uns klar, dass wir uns heute nicht das erste Mal begegneten.

Albert Donner forderte mich freundlich auf, ihn ins Wohnzimmer zu begleiten. Er bot mir einen Platz auf einem Sofa an, der durch zimmerhohe Fenster einen faszinierenden Blick in eine grüne Natur freigab. So weit das Auge reichte, gab es Weiden, auf denen Pferde grasten, umsäumt war die riesige Fläche von einer hohen Hecke. Donner ließ mich allein. Entschuldigend eilte er zum läutenden Telefon in einem angrenzenden Zimmer und verschloss die Tür. Er schien mir zu vertrauen oder hatte nichts zu verbergen.

Ich konnte meinen Blick nicht von dieser Idylle auf der anderen Seite des Fensters abwenden. Außer Pferden gab es nichts auf dem saftigen Grün. Menschen würden hier nur stören.

„Davon sieht man nichts, wenn man draußen vorbeifährt", staunte ich laut, als mein alter Klassenkamerad nach Minuten zurückkam, und nickte dankend, als er mir ein Glas mit Mineralwasser reichte.

„Das kann ich dir sagen", antwortete er und verfiel wie selbstverständlich in das plump-vertrauliche Duzen, das mir zuwider war, jetzt aber von mir nicht mehr zu vermeiden.

„Soll auch so sein. Ruhe ist wichtig für die Zucht. Und zu viele Schaulustige sind auch nicht gut."

Als ich fragend die Augenbrauen hochzog, gab er mir die Erklärung.

„Fremde verunsichern nur die sensiblen Pferde. Sie sind es nicht gewohnt, immer von Menschen begafft und sogar gestreichelt zu werden. Sie brauchen vertraute Gestalten."

Diese Aussage irritierte mich. Darauf musste ich im weiteren Verlauf unserer Unterhaltung noch einmal zurückkommen.

Zunächst interessierte mich aber, warum Donner ausgerechnet Pferdezüchter geworden war.

„Mein Onkel hatte den Betrieb. Ich habe ihn nach seinem Tod übernommen. Ich bin halt ein Pferdenarr", antwortete er.

Davon sei mir während der Schulzeit nichts aufgefallen, meinte ich und Donner lachte.

„Damals habt ihr euch doch für alles interessiert, nur nicht für Pferde." Er erzählte einige angebliche Anekdoten, an denen er und ich beteiligt gewesen sein sollten und von denen ich keinen blassen Schimmer mehr hatte. Aber ich ließ ihn reden. Da gingen wahrscheinlich ein paar Pferde mit ihm durch.

Donner gab sich redselig und vertrauensvoll, als sehe er in mir einen alten Kumpel, den er endlich wiedergefunden hatte. Von seinem privaten Pech mit Scheidung und Ledigsein berichtete er ebenso wie von seinen züchterischen Erfolgen von Pferden, die mir als Laie überhaupt nichts sagten. Er konnte mir diesbezüglich im wahrsten Sinne des Wortes etwas vom Pferd erzählen.

Diese Vertraulichkeit war mir fast schon zu viel des Guten. Ich war nicht zu einem Gespräch zwischen ehemaligen Klassenkameraden gekommen, ich wollte das Schicksal von Rasputin klären. Doch ich musste mich noch gedulden.

Donner erzählte mit stetig wachsender Begeisterung von seiner Pferdezucht.

Ich hörte fast nicht mehr zu und blickte mich vielmehr ungeniert im Wohnzimmer um. Schwere Möbel aus Mahagoni, ein offener, gemauerter Kamin, mehrere große, geknüpfte Perserteppiche und zwei gemütliche Sitzgarnituren aus schwarzem Leder gaben dem Zimmer die Atmosphäre. Nach Gutsherrenart, dachte ich mir. Die vielen Gemälde, die ausschließlich Pferde darstellten, die Pokale und die sonstigen Dekorationen zeigten die uneingeschränkte Vorliebe des Bewohners für die Vierbeiner.

Ich war eine geraume Zeit später ziemlich überrascht, als Donner plötzlich aufsprang.

„Edeltraud ist gekommen." Er hatte einen Wagen gehört, der auf dem Kies gebremst hatte, und er wusste wohl, dass Edeltraud Tombeux am Steuer gesessen hatte.

Ungefragt folgte ich Donner in den Flur und beobachtete ihn, als er die Haustür öffnete.

„Schön, dass du da bist", grüßte er freundlich und legte einer jungen Frau den Arm um die Schultern.

„Das ist Edeltraud Tombeux", stellte er mir das Mädchen vor, denn in meinen Augen war Edeltraud noch ein Mädchen.

Sie wirkte jedenfalls so auf mich und hatte garantiert noch nicht die zwanzig erreicht. Edeltraud war nur wenig kleiner als Donner. Ihr schwarzes Haar hatte sie zu Zöpfen geflochten. Die großen, braunen Augen in dem blassen Gesicht versteckten sich hinter einer schwarzen Brille. Eine Schönheit war Edeltraud nicht, aber sie wäre auch nicht unbedingt unattraktiv, wenn sie etwas mehr aus sich machen würde. Gekleidet war sie wie Donner mit einem Flanellhemd und einer Reithose.

Die beiden gaben ein harmonisches Paar ab, wobei Donner die Rolle des Vaters besser stehen würde als die des Bettgefährten.

Mich stellte Donner als seinen guten, alten Schulfreund Tobias vor. Hilfsbereit nahm er dem Mädel die beiden Einkaufstüten ab.

Fast schüchtern blickte mich Edeltraud an, nur zögerlich drückte sie meine Hand, die ich ihr zum Gruße entgegengehalten hatte.

„Ich habe schon viel von Ihnen gehört", flüsterte sie, „meine Eltern halten große Stücke auf Sie."

Sie sah Donner nach, der die Tüten in die Küche brachte, dann forderte sie mich auf, ihr ins Wohnzimmer zu folgen. Ich konnte nicht anders. „Sie wohnen hier?", fragte ich neugierig.

Edeltraud lächelte. „Nein. Ich habe nur ein Zimmer hier. Ich helfe Albert ein bisschen im Haushalt und übernachte hier, wenn er weg muss."

Ich ließ offen, ob ich ihr glaubte.

Zweifel kamen auf, als Donner zurückkehrte und er sich wie selbstverständlich auf die Lehne des Sessels hockte, in dem Edeltraud saß, und den Arm um ihre Schultern legte.

„Ich glaube, jetzt können wir zum Geschäftlichen kommen. Oder? Du bist doch wegen Rasputin hier. Edeltraud hat mir berichtet, dass ihre Eltern dich eingeschaltet haben."

Ich sah keine Notwendigkeit, Donner darüber aufzuklären, dass ich nicht nur von der Familie Tombeux, sondern auch von der Gegenseite beauftragt worden war.

„Wo ist Rasputin?"

Die Frage konnte Donner nicht erschrecken. „Wenn wir das wüssten, wären wir einen großen Schritt weiter."

„Wo könnte er sein?"

Wahrscheinlich stünde er in irgendeinem Stall, antwortete Donner.

Oder er sei längst zu Wurst und Sauerbraten verarbeitet, meinte ich und entlockte dadurch Edeltraud einen spitzen Schreckensschrei.

„Das glaube ich nicht", sagte Donner gefasst und tätschelte Edeltraud beruhigend.

„Wir müssen davon ausgehen, dass er entführt wurde."

„Warum?"

Donner stand auf und trat an das große Fenster. „Rasputin ist wertvoll, wie du sicher weißt. Entweder will man Lösegeld oder man verkauft ihn irgendwo im Ausland."

30

„Warum im Ausland?"

„Weil er hierzulande registriert ist. Du kannst nicht einfach züchten wie du willst. Alles wird registriert und veröffentlicht. Wenn jemand mit Rasputin eine Zucht aufmachen will, kommt er hierzulande nicht weit. Da muss er schon nach Osteuropa. Dort gibt es genügend Züchter, die nehmen es nicht so genau und sind erpicht auf deutsche Hengste."

Das war zwar im Moment für meine laienhaften Kenntnisse zu hoch, aber ich gab mich fürs Erste mit dieser Erklärung zufrieden. „Du würdest also vorschlagen, zweigleisig zu operieren, zum einen darauf zu warten, ob jemand ein Lösegeld fordert, zum anderem, ob das Pferd ins Ausland geschafft wurde?"

Donner schien nicht zufrieden mit meinen Vorschlägen. „Es gibt noch eine dritte Möglichkeit: Irgendein Landwirt im Umkreis von dreißig, vierzig Kilometern hat Rasputin eingefangen und behält ihn zunächst für sich."

Ich wechselte das Gesprächsthema. „Was ist denn eigentlich passiert?"

„Wenn es dir recht ist, zeigen wir dir das Gehöft und erklären dir dabei, wie wir uns das Verschwinden von Rasputin vorstellen." Donner öffnete bereits eine Schiebtür in der Fensterwand und trat auf die plattierte Terrasse.

Mir blieb nichts anderes übrig, als ihm zu folgen, zumal auch Edeltraud ins Freie gegangen war.

Die Ruhe war verblüffend. Einige Vögel zwitscherten. Das war es auch schon. Die wenigen Pferde auf den Weiden ließen sich von uns nicht stören.

Donner ging am Gebäude entlang und zeigte mir die Raffinesse, mit der er Wohnhaus und Stallungen verbunden hatte. Sie gingen quasi nahtlos ineinander über.

„Auf der linken Seite habe ich die Zucht, auf der rechten Seite befinden sich die Stallungen für die Pensionspferde. Über den Stallungen habe ich dann noch Räume fürs Personal."

„Du hast auch Personal?"

„Nicht viel. Zwei polnische Gastarbeiter. Ganz legal, mit Papieren und Aufenthaltserlaubnis. Das reicht." Donner war an einem Weg angelangt, der vom Wohnzimmer aus nicht erkennbar gewesen war. Zwischen der Baumreihe und den Zäunen befand sich ein breiter, festgefahrener Weg, der bis zum Ende des Grundstücks führte.

„Hierüber liefern wir an", erläuterte Donner. „Hier können Pferdetransporter beladen oder Futter gebracht werden."

„Und da hinten", ich deute in Richtung des vermeintlichen Wegendes, „da hast du noch ein Tor."

„Nein", antwortete Donner zu meinem Erstaunen. „Nach hinten ist das Gestüt offen, wir haben auch noch hinter der Hecke Weiden für die Tiere. So ein Tor ist kein Hindernis für jemand, der ein Pferd stehlen will. Am fehlenden Tor hat es bestimmt nicht gelegen."

„Außerdem hat Rasputin auf der am weitesten entfernten Wiese gestanden", flüsterte Edeltraud. „Sie ist von hier gar nicht einsehbar."

„Ist das nicht riskant, ein so wertvolles Pferd einfach unbeaufsichtigt zu lassen?", fragte ich.

„Wieso?", fragte Donner zurück. „Wir können die Pferde doch nicht einsperren. Die brauchen die Natur. Wenn die

Weiden abgegrast sind, müssen wir außerdem die Tiere umstellen. Das ist ganz normal."

Ich würde meinen Ferrari nicht unabgeschlossen und mit Schlüssel im Zündschloss versehen vor der Haustür abstellen, dachte ich mir. Aber hier schien es völlig normal, gut gefüllte, vierbeinige Tresore unbeaufsichtigt herumlaufen zu lassen.

„Wir haben viele wertvolle Pferde hier. Da kann ich nicht einem bestimmten eine Sonderbehandlung geben", ergänzte Donner.

„Außerdem war ich ja hier", fügte Edeltraud flüsternd hinzu. „Ich habe ihn gestriegelt und geputzt. Er wollte unbedingt auf die Weide, da habe ich ihn rausgebracht." Lange habe sie am Gatter gestanden, ehe sie wieder ins Haus zurückgekehrt sei. „Vielleicht eine Stunde war er allein. Dann wollte ihn Janek hereinholen."

„Wer ist Janek?"

„Janek, das ist Janek Kowalski, einer meiner beiden Stallburschen", antwortete Donner. „Ursprünglich wohl gelernter Automechaniker, aber zeitlebens in Polen auf einem Staatsgestüt beschäftigt. Wegen der Flocken ist er dann nach Deutschland gekommen. Und ich kann ihn gut gebrauchen." Schnell ging er weiter, dass ich Mühe hatte, ihm zu folgen.

„Wie sind Sie zu Rasputin gekommen?", fragte ich Edeltraud, die neben mir hinter Donner herlief.

„Meine Eltern haben ihn mir als Fohlen geschenkt, als ich Vierzehn wurde." In den nächsten Jahren habe sich Rasputin dann so gut entwickelt, dass er bei Pferdeschauen gekört wurde und sich damit für die Zucht qualifiziert hatte. „Er ist so gut gebaut, so klug und hat auch einen ausgezeichneten Charakter", schwärmte sie, als spräche sie von einem äußerst attraktiven Mann. „Er ist einfach perfekt."

Auch diese Beschreibung hätte ich eher mir zugeschrieben als einem einfachen Gaul.

„Durch die Qualifikation ergibt sich der Wert?", hakte ich nach.

So sei es, bestätigte Edeltraud, „aber ich würde ihn nie verkaufen." Sie schluckte. „Hoffentlich lebt er noch." Sie sah mich bekümmert an und war wieder das kleine, zu beschützende Mädel.

„Wieso haben Sie Rasputin hierher gebracht? Sie wohnen doch in Aachen?", wollte ich wissen.

„Wir haben immer schon unsere Pferde bei Donners untergebracht. Das stammt noch aus einer Zeit, als meine Vorfahren in Jülich lebten", antwortete die junge Frau.

„Hier ist es außerdem viel idyllischer als bei uns. Und auf ein Gestüt in Belgien wollte ich mit einem deutschen Zuchthengst nicht."

Woher diese Ablehnung rührte, konnte ich mir nicht erklären, sie schien mir aber auch für die Aufklärung dieses Falls nicht sonderlich wichtig.

Anscheinend hatte Donner meine Verwunderung bemerkt. „Einen deutschen Zuchthengst in Belgien zu stationieren, kann zu erheblichen bürokratischen Problemen führen", erklärte er. Auch im Europa der angeblich offenen Grenzen bestünde immer noch eine nationale Regulierungswut, die eine grenzüberschreitende Zucht nahezu unmöglich mache.

Endlich waren wir am anderen Ende der Hecke angekommen. Als ich mich umdrehte, konnte ich einige hundert Meter entfernt das Gebäude gerade noch erkennen.

„Verdammt groß", murmelte ich anerkennend. „Und von draußen sieht alles so klein und unscheinbar aus."

„Du siehst aber auch, dass bei dieser Größe das Gelände nicht zu kontrollieren ist. Zumal nicht an einem Samstag, wenn nur ein Pfleger und Edeltraud hier sind", meinte Donner.

Das musste ich einräumen. „Wo warst du denn?"

„Ich war unterwegs zu einem Kollegen, dem ich ein Pferd abkaufen wollte. Aber er hatte es schon abgegeben, als ich ankam." Der andere Pfleger habe Urlaub. „Am Freitag, bevor Rasputin entführt wurde, – und für mich steht einwandfrei fest, dass er entführt wurde –, ist er in Urlaub gefahren. Nach Polen. Wenn ich Glück habe, kommt er in ein paar Tagen wieder", knurrte er.

„Wieso Glück?"

Bei den Polen wisse er nie genau, ob sie wiederkämen. Schon zwei Mal seien Angestellte nach dem Urlaub in ihrer Heimat geblieben und hätten sich nicht mehr gemeldet. „Wenn die keine Lust mehr haben, bleiben sie weg."

Ich ließ die Behauptung, die vielleicht sogar eine Feststellung war, unkommentiert im Raum stehen und folgte Donner, der sich auf den Rückweg machte.

Eine Frage hätte ich noch, meinte ich, als ich zwischen Donner und Edeltraud ging. „Du hast mir gesagt, die Pferde seien sehr sensibel. Sie ließen keine Fremden an sich heran. Das würde aber bedeuten, dass jemand Rasputin entführt hat, den er kennt."

Wenn es so einfach wäre, gäbe es nur vier Tatverdächtige: Donner, Edeltraud, Kowalski und eventuell den anderen Polen.

„So einfach ist das nun auch nicht. Die Entführer haben garantiert Ahnung von Pferden gehabt. Die brauchten Rasputin nur mit Bändern in eine Ecke treiben und dann in einen Transporter verfrachten."

„Und das fällt nicht auf?"

„Wie denn?", entgegnete Donner. „Du hast doch selbst gesehen, dass du da hinten allein auf weiter Flur bist. Und Pferdetransporter fahren am Wochenende zuhauf durch die Gegend. Du musst nur mal darauf achten."

Als wir vor dem Haus standen, sah ich die Figur, die aus einem Stall kam: ein erbärmlich gekleideter, schwarzhaariger Kerl, der sich wohl vor Tagen zum letzten Mal rasiert hatte. Ich hätte ihn glatt als Bruder von Meurer ausgegeben, Sympathiepunkte konnte er so von mir nicht von vornherein erwarten. Er kam uns auf derben, grauen Socken entgegen, die Gummistiefel trug er in der Hand. Das freundliche Grinsen als Begrüßung wurde zur Grimasse, als uns aus dem Mund des bestimmt Sechzigjährigen einige Zahnstummel anschauten.

Er habe die Arbeit getan, sagte der Mann in gebrochenem Deutsch stammelnd zu Donner, ohne mich zu beachten. Er würde jetzt baden.

Donner klopfte ihm leicht auf die Schulter, bevor wir weitergingen.

„Das war Janek Kowalski", stellte er mir den Mann vor, der für mich auch auf den zweiten Blick Meurers Bruder sein konnte.

„Würdest du für den deine Hand ins Feuer legen?", fragte ich.

„Niemals", antwortete Donner schnell. „Aber ich finde keinen anderen, der für so wenig Geld so viel arbeitet. Ich lege nur für einen die Hand ins Feuer. Nur für mich."

„Auch nicht für mich?", wunderte sich Edeltraud.

„Natürlich auch für dich, meine Liebste", sagte Donner schnell und legte wieder seinen Arm beschützend um die Schultern des Mädchens.

Die Gerechtigkeit

Als ich am Nachmittag meine Unterlagen auf dem Schreibtisch sortierte, fiel mir die Notiz über Meurers Anruf in die Hände und wieder stellte ich mir die Frage, woher er bloß meine Telefonnummer hatte.

Der Anrufer, der wenig später meinen Müßiggang unterbrach, kannte als einer der wenigen diese Nummer wahrscheinlich auswendig. Kommissar Böhnke, mein väterlicher Freund bei der Kripo Aachen, konnte und durfte mich zu jeder Zeit stören. Vor ihm hatte ich keine Geheimnisse. Er kannte mich und schätzte meine Arbeit ebenso wie ich seine Arbeit kannte und ihn schätzte.

„Haben Sie etwa Sehnsucht nach mir?", frotzelte ich erfreut, als er sich zu erkennen gab. Es war schön, nach meiner Beruhigungsphase und dem unergiebigen Besuch im Jülicher Land mit jemandem sprechen zu können.

„Mitnichten", entgegnete der Kommissar nüchtern, womit er mir deutlich zu verstehen gab, dass die Zeit nicht reif war für Späße. „Ich habe einen Mandanten und damit Arbeit für Sie."

Ich verkniff mir die flapsige Bemerkung, ich würde mich über jeden Mandanten freuen, der genügend Kleingeld mitbrachte, und wurde ebenfalls sachlich. „Was ist passiert?" Sofort hatte ich auf den ernsten Tonfall umgestellt. „Wer braucht mich?"

„Mordfall im Reitstadion", antwortete Böhnke knapp, ehe er nach einer spannungssteigernden Atempause den Sachverhalt schilderte, wie er sich aus seiner Sicht darstellte. „Ein Ihnen nicht unbekannter Pferdepfleger namens Adolf Meurer hat heute unfreiwillig das Zeitliche gesegnet. Er wurde vor knapp drei Stunden tot in einem Pferdestall aufgefunden. Jemand hat ihm von hinten eine Mistgabel in den Rücken gerammt."

„Und dieser Jemand soll mein Mandant werden?", argwöhnte ich vorsichtig. Eine unangenehme Vorstellung machte sich in meinem Kopf breit. „Wer ist denn dieser Jemand?"

Die klare Antwort traf mich wie der Fausthieb eines Boxweltmeisters.

„Der Tat beschuldigt wird der Pferdepfleger Edwin Klinkenberg. Er hat bereits ein Geständnis abgelegt und mich gebeten, Sie anzurufen." Böhnke atmete tief durch. „Sie wüssten Bescheid, sagte er. Sie hätten Meurer frei bekommen, dann könnten Sie Ihr Können auch bei ihm beweisen."

„Der ist gut", brummte ich. Ein Mord aus Rache, der mir zuvor auch angekündigt worden war, hatte mir in meiner Sammlung von Kriminalfällen noch gefehlt. Ich überlegte, ob ich auf das Mandat verzichten sollte, aber ich fühlte mich Klinkenberg verpflichtet. Vielleicht konnte ich durch meine Einflussnahme auf ihn auch verhindern, dass er preisgab, er habe mir den Mord angekündigt. Eine derartige Aussage wäre nicht gerade die beste Werbung für mich und die Kanzlei gewesen. Immerhin hatte nicht zuletzt meine Prozessführung den Sexualverbrecher Meurer vor der Bestrafung bewahrt und damit Klinkenberg einen weiteren unfassbaren Schicksalsschlag versetzt. In gewisser Weise konnte ich für seine Selbstjustiz sogar noch Verständnis aufbringen, was ich allerdings niemals öffentlich kundtun würde.

Böhnke verstand mein langes Schweigen falsch.

„Wir haben nicht nur das Geständnis von Klinkenberg, wir haben auch seine Fingerabdrücke auf dem Stiel der Mistgabel", berichtete er mir bereitwillig über die bisherigen Ermittlungsergebnisse. Der Kommissar schien durchaus angetan davon, dass ausgerechnet ich den Mann verteidigen sollte, den er als Mörder dingfest gemacht hatte.

„Wenn Sie wollen, lasse ich Sie abholen und ins Präsidium bringen", schlug er freundschaftlich vor, „dann können Sie dabei sein, wenn wir Klinkenberg weiter verhören."

Das Angebot konnte mich nicht überraschen. Böhnke und ich hatten schon so oft zusammengearbeitet und wir hatten dabei, jeder aus seiner Sicht, versucht, ein Verbrechen aufzuklären und Täter zu überführen. Da gab es für uns keine Konkurrenz oder Gegnerschaft mehr. Wir hatten beide das ehrgeizige Ziel, Kriminellen das Handwerk zu legen.

Gerne willigte ich deshalb ein.

„Sie müssen mir freundlicherweise nur das Protokoll über die bisherigen Ermittlungen mitbringen", bat ich höflich,

„damit ich wenigstens etwas auf der Fahrt zu Ihrem Bunker zu tun habe."

Nach den wenigen Unterlagen, die mir Böhnke von meinem Chauffeur übergeben ließ, war die Lage eindeutig. Klinkenberg hatte vor den Stallungen des Reitstadions Meurer aufgelauert und ihm die Mistgabel in den Rücken gespießt, als Meurer hineingegangen war und sich gerade auf die halbhohe Tür einer Pferdebox gelehnt hatte. Er habe Meurer töten wollen, hatte Klinkenberg zu Protokoll gegeben. Meurer habe seine Tochter Stefanie auf dem Gewissen, er habe sie gerächt und würde widerstandslos jede Strafe akzeptieren, die ein Gericht verhängen würde. Die Fotografien waren eindeutig und makaber zugleich. Sie zeigten den über der Tür liegenden Mann in Arbeitskleidung, der sich noch nicht einmal mehr umdrehen konnte, so sehr wurde er von der heimtückischen Attacke und dem Tod überrascht. Die Mistgabel steckte immer noch im Körper des Opfers, das zweifelsfrei als Meurer identifiziert worden war.
In Anbetracht der Deutlichkeit des Verbrechens war eine Obduktion des Toten lediglich eine gesetzliche vorgegebene Formalie, die nur unnötige Kosten verursachte. Eindeutig war Meurer erstochen worden. Welcher Zinken der Mistgabel welchen Teil der Lunge oder des Herzens wie verletzt hatte, interessierte vielleicht die Pathologen, war aber für die Staatsanwaltschaft ohne Bedeutung und würde die Verteidigung nicht erleichtern. Die Anklage würde mit großer Wahrscheinlichkeit auf Mord lauten. Heimtückisch und aus Rache hatte Klinkenberg gehan-

delt, das war wohl unstreitig. Er hatte seinem Opfer aufgelauert, Meurer war wehrlos und ahnungslos gewesen und hatte keine Chance gehabt, sich gegen den Angriff zu verteidigen. Wenn es mir nicht gelänge, eine psychische Notlage oder eine Affekthandlung zu konstruieren, sähe es für meinen neuen Mandanten Klinkenberg mehr als schlecht aus.

„Der wandert mindestens für fünfzehn Jahre in den Bau", sagte ich nachdenklich mehr zu mir als zu dem Streifenpolizisten, der mit mir zum Präsidium fuhr.

„Sie hätten lieber Meurer einbuchten sollen", entgegnete der Fahrer des Streifenwagens grimmig, „dann wäre das heute nicht passiert."

„Wieso? Woher wissen Sie?", fragte ich verwundert.

Ob ich heute noch nicht die Zeitung gelesen hätte, antwortete der Polizist. „Da kommen Sie ganz groß zu Ehren, Herr Grundler", sagte er mit unüberhörbarer Ironie. „Da werden Sie als der Jurist genannt, für den das Gesetz wichtiger ist als die Gerechtigkeit."

Mit einer wenig wohl gesonnenen Presse hatte ich nach dem Prozess rechnen müssen, gestand ich mir ein. Ich hatte mir nicht die Mühe gemacht, in die Lokalzeitungen hineinzuschauen. Wahrscheinlich hätte ich mich nur geärgert über die Berichte aus dem Gerichtssaal. Zugleich konnte ich die Enttäuschung aller redlich Denkenden durchaus verstehen.

Offensichtlich glaubte niemand an Meurers Unschuld. „Sie wohl auch nicht?", fragte ich meinen Nachbarn am Lenkrad.

„Der Kerl hat das Mädchen auf dem Gewissen", schnaubte er, „und ich finde es richtig, dass der Vater ihn gekillt hat."

„Finden Sie es denn auch richtig, dass ausgerechnet ich jetzt den Vater verteidigen soll?", hakte ich nach. Das Thema Selbstjustiz wollte ich nicht anschneiden.

„Das ist das Mindeste, was Sie für ihn noch tun können." Der Polizist schien nicht sehr von mir angetan und ließ seinen Ärger an seinem Fahrstil aus.

„Das Mindeste ist zu wenig", sagte ich, während ich vorsorglich nach dem Haltegriff über dem Seitenfenster tastete.

„Ich will für ihn einen Freispruch." So recht glauben konnte ich mir nicht, zumal ich nicht wusste, wie ich einen Freispruch bewerkstelligen konnte.

Aber wenigstens war ich jetzt mit dem Polizisten einer Meinung. Denn auch er glaubte nicht so recht an das, was ich gerade von mir gegeben hatte. Er sah mich mit einem hämischen Grinsen von der Seite an und brachte die Fahrt mit einem jähen Stopp vor dem Haupteingang des Präsidiums zu Ende.

„Sie kennen sich hier ja bestens aus", knurrte er und ließ mich aussteigen, um sofort grußlos davon zu preschen.

Wie ich es gewohnt war, saß Böhnke lesend an seinem Schreibtisch, als ich sein Büro im obersten Stockwerk des Betonbaus betrat. Ich war vom wachhabenden Polizisten am Eingang angekündigt worden und durfte als allseits bekannter Dauergast im Präsidium ohne Kontrolle und ohne Begleitung durch das Gebäude laufen. Auch dieser

Polizist an der Schleuse hatte mir durch sein Gehabe unverhohlen deutlich gemacht, dass er meinen letzten Auftritt vor Gericht nicht als juristische Meisterleistung bewertete.

Als Leiter der Mordkommission stand Böhnke eines der Zimmer mit der besseren Aussicht zu. Er brauchte weder auf die benachbarte, wenig attraktive Justizvollzugsanstalt noch auf die der anderen Gebäudeseite gelegenen Bauten der Reitsportanlage zu blicken. Böhnke konnte noch den weitläufigen Blick in das ehemals großflächig freie Tal der Soers genießen. Aber es war nur eine Frage der Zeit, bis auch dieser Blick verbaut war.

„Das wird wohl erst nach meiner Pensionierung sein", meinte der Kommissar, als er mich mit einem festen Händedruck begrüßte und zur bequemen Besucherecke führte.

Lange brauchte Böhnke nicht mehr zu arbeiten. Er ging stramm auf die sechzig zu, was ihm niemand abnahm, der ihn zum ersten Mal sah. Er verblüffte mit einer Jugendlichkeit, die selbst durch das graue, kurz geschorene Haar nicht beeinträchtigt wurde. Nur heute schien er mir nicht richtig fit, irgendwie weniger konzentriert, als von mir gewohnt. Doch ich schwieg zu meiner Bemerkung, zumal ich mir vorstellen konnte, dass es ihm nicht Spaß machte, am Wochenende seine Freizeit zu unterbrechen.

„Meine Freundin lässt mir keine Zeit zum Altern", meinte er schelmisch, „die scheucht mich oft genug durch die Eifel rund um Huppenbroich." Damit war er beim Stichwort.

„Wir wollten heute in den Hühnerstall, aber Ihr Mandant Klinkenberg hat mir einen Strich durch die Rechnung gemacht."

„Statt Ferienwohnung Polizeipräsidium. Das ist auch nicht gerade eine Verbesserung." Ich grinste und nickte dankend mit dem Kopf, als mir Böhnke einen Kaffee einschenkte.

Wir hatten uns auf den Ledersesseln niedergelassen und kauten langsam auf den gummizähen Käsebrötchen, die der Kommissar aus irgendeiner Ecke hervorgezaubert hatte.

„Die sind aus dem Reitstadion", erklärte er mir kauend, „aus der Kantine fürs Personal."

Ich musste schmunzeln. „Dann haben Sie also nicht nur Klinkenberg mitgenommen, sondern zugleich unser Abendessen."

Böhnke schluckte und seufzte. „Mir wäre es lieber gewesen, ich hätte niemanden mitbringen müssen. Aber die Sache ist eindeutig. Klinkenberg hat Meurer umgebracht."

„Mord oder Totschlag?"

„Wird wohl eine Verhandlungssache sein, denke ich mal. Wir gehen zunächst von Mord aus."

Allzu groß war der Unterschied zwischen den beiden Delikten nun gerade nicht, gestand ich mir ein. Auch für einen Totschlag konnte Klinkenberg lebenslang in den Knast wandern.

Ich horchte auf, als es energisch an der Bürotür klopfte und sie unaufgefordert von außen geöffnet wurde.

Sofort war der Kommissar aufgesprungen und eilte zwei Uniformierten entgegen, die in ihrer Mitte einen Mann mitschleppten. Unverkennbar war es Klinkenberg. Er hatte wieder den melancholischen Blick des stillen Leiders, ohne gleich ein Jammerlappen zu sein. Der schon ergraute Mann wirkte zwar erschöpft, aber nicht schwächlich. Ein Außenstehender hätte Klinkenberg älter eingeschätzt als Böhnke, obwohl Klinkenberg rund ein Dutzend Jahre jünger war.

Zuvorkommend geleitete der Kommissar den Tatverdächtigen in unsere Ecke. Die Uniformierten durften wieder abrücken, derweil Klinkenberg vorsichtig Platz nahm. Er sah mir nur kurz ins Gesicht, dann senkte er seine Augen zu Boden.

„Sie sehen so anders aus, Herr Grundler", flüsterte er verlegen. Anscheinend hatte er einen anderen Eindruck von mir, geprägt durch die Verhandlung im Gerichtssaal. Als ich mit wehender Robe das Weite gesucht hatte, hatte ich ihm vielleicht eine Dynamik vermittelt, die er nun vermisste. Nun saß ich in Zivil vor ihm und nicht mehr als schwarzgekleideter Wirbelwind. Aber das konnte für mich beileibe kein Grund sein, seinetwegen ununterbrochen in meinem Arbeitskittel herumzulaufen. Ich trug darunter und auch jetzt, wie immer, die blauen Jeans und das graue Sweatshirt. Wenn Klinkenberg meine saubere Kleidung nicht passte und er sie, wie so viele meiner Freunde einschließlich Dieter, als unangemessen erachtete, sollte er es mir sagen und mir obendrein das Mandat entziehen. Ansonsten sollte er die dummen Bemerkungen über meine Kleiderordnung tunlichst unterlassen. Darauf reagierte ich allergisch.

„Was haben Sie Herrn Grundler zu sagen?", fragte Böhnke ihn höflich.

Klinkenberg zuckte verlegen mit den Schultern. „Da gibt's nicht viel." Für ihn war die Angelegenheit deutlich, er hatte für sich schon den nächsten Schritt vorbereitet: den Prozess und das Urteil.

Aber so weit war ich noch lange nicht.

„Doch", widersprach ich ihm schnell. „Ich will genau wissen, was Sie heute gemacht haben. Vom Aufstehen bis zu unserem Gespräch jetzt, hier in diesem Raum."

Obwohl sich mein Mandant erkennbar viel Mühe gab, war seine wortkarge Schilderung wenig ergiebig. Nach einer unruhigen Nacht war Klinkenberg, der schon seit mehr als zwanzig Jahren zum Stammpersonal gehört, am Morgen ins Reitstadion gefahren und hatte seine Arbeit begonnen. Er bereitete die Stallungen für die Pferde vor, die ab Dienstag beim Springen oder in der Dressur starten wollten. Ununterbrochen kamen seit dem frühen Morgen die Turnierreiter mit ihren Tieren, ihrer Ausrüstung und oftmals auch mit ihrer eigenen Pflegemannschaft an.

„Ich musste Boxen zuweisen und Schlafplätze verteilen. Gegen Mittag habe ich in der Kantine eine Pause gemacht und mitbekommen, dass Meurer bei einem großen Profireitstall eine Anstellung erhalten hatte. Er sollte während des Reitturniers auf Probe arbeiten und anschließend eventuell mit auf Tour gehen." Für Klinkenberg war es ein Leichtes, den Arbeitsplatz von Meurer herauszufinden und ihm aufzulauern.

„Ich wollte ihn töten und ich habe ihn getötet", betonte mein Mandant ohne Reue. Die Gelegenheit war günstig, als Meurer eine Box inspizierte. „Er hat mich nicht bemerkt, als ich mich herangeschlichen habe, und nicht einmal einen Ton von sich gegeben, als ich zugestoßen habe." Anschließend hatte Klinkenberg geduldig vor der

Stallung gewartet, bis die Tat entdeckt, die Polizei alarmiert und er verhaftet wurde.

„Ich habe ihnen sofort gesagt, dass ich es war."

Klinkenberg schwieg und blickte weiterhin hinab auf seine Schuhe.

Böhnke sah mich nachdenklich an. Das ist wohl eindeutig, gab er mir mit seinem Blick zu verstehen und ich konnte nicht einmal dagegenhalten. Wenn alle Verbrechen so schnell aufgeklärt würden, wäre das Leben um vieles einfacher.

Aber ich wollte es mir nicht einfach machen. Ich wollte alles versuchen, um das Beste für Klinkenberg herauszuholen. „Haben Sie etwas gesagt?"

„Nein."

„Wollten Sie nicht, dass Meurer Ihnen ins Gesicht blickt, wenn Sie sich für Ihre Tochter rächen?" Das sei doch zumindest ein Gedanke, meinte ich.

„Nein", antwortete Klinkenberg wieder. „Ich wollte es schnell hinter mich bringen und dem Schwein nicht den Hauch einer Chance lassen."

„Die Mistgabel, lag die da herum, oder was?" Zugegebenermaßen war meine Frage holprig, aber mir fiel nichts anderes ein.

Ein flüchtiges Lächeln huschte über Klinkenbergs Gesicht.

„Bei uns liegt keine Mistgabel herum. Bei uns im Stall ist alles ordentlich und sauber. Das können Sie mir glauben."

Die Mistgabel hatte er zum Tatort mitgebracht. „Und Sie können mir auch glauben, damit kann ich besser umgehen als mit Kugelschreiber oder Maurerkelle. Ich treffe, wohin ich steche."

Offensichtlich gab es zwei verschiedene Typen von Pferdepflegern: die Sorte Meurer, zu der ich auch die polnischen Arbeiter von Donner zählte, und die Sorte Klinkenberg. Die erste Gruppe nahm es nicht so genau mit Sauberkeit und Ordnung, die andere betrachtete die Pferdeställe und die Tiere wie ihre Wohnung und ihre Mitbewohner. Und ausgerechnet einer aus der zweiten Kategorie, sollte der Bösewicht sein?

Der entschlossen, überhaupt nicht mehr zaudernd und zurückhaltend wirkende Klinkenberg machte es mir immer schwerer, musste ich mir eingestehen. Der Mann gab unumwunden und ohne Bedauern das Verbrechen zu und stand uneingeschränkt zu den Umständen, die den Totschlag zum Mord machen.

Ich sah ihn lange an, bis er endlich aufsah und auch mir ins Gesicht blickte.

„Was soll ich bloß für Sie tun?", fragte ich etwas hilflos.

Sein Gesichtsausdruck verlor jeglichen Anflug von Melancholie und wurde streng.

„Sie können tun, was Sie wollen, Herr Grundler. Ich erwarte nur, dass Sie vor Gericht so für mich kämpfen, wie Sie es auch für Meurer getan haben. Nur so können Sie mir beweisen, dass Sie ein Mann der Gerechtigkeit sind." Klinkenberg erhob sich rasch und wandte sich Böhnke zu.

„Ich bin müde und möchte gerne schlafen." Er hatte keinerlei Interesse, länger mit uns zu diskutieren.

Der Kommissar schaute mich überrascht an, dann nickte er und forderte über die Haussprechanlage die Wachmänner an, die Klinkenberg in die Zelle brachten.

„Und nun?" Böhnke sah mich fragend an, als er mich in seinem Dienstwagen zum Templergraben brachte.

„Was schon?", fragte ich lapidar zurück. „Ich verteidige einen Mann, der einen Mord begangen und gestanden hat, und kann nur versuchen, eine verminderte Schuldfähigkeit oder sogar eine Schuldunfähigkeit zu konstruieren. Der Sachverhalt ist ja wohl eindeutig. Oder haben Sie etwa Zweifel?"

Erwartungsgemäß verneinte der Kommissar. „Ich glaube, diesmal werden Sie kein Haar in der Suppe finden oder dem Staatsanwalt die Suppe versalzen." Gegenüber meiner Wohnung hielt er an.

So werde es sein, bestätigte ich und wollte mich schon verabschieden, als Böhnke mich mit einer Neuigkeit überraschte. „Übrigens ist morgen früh eine Rekonstruktion der Tat geplant, zu der Sie selbstverständlich ebenso eingeladen sind wie zur Pressekonferenz, die am Nachmittag stattfindet. Ich hole Sie gerne ab."

Ich lehnte mich in den Beifahrersitz zurück. Auf eine leidige Sache wollte ich von ihm noch eine ehrliche Antwort: „Was halten Sie übrigens von den Presseberichten über meinen gestrigen Auftritt?"

„Vergessen Sie's", sagte Böhnke überraschend schnell. „Sie konnten nicht anders handeln, mein Freund."

Kaltblüter

Ich wunderte mich über die vielen Leute, die zum Reitstadion unterwegs waren, als Böhnke und ich am Sonntagmorgen zu Fuß vom Präsidium über die Hubert-Wienen-

Straße an der Rückseite der gemauerten Stallungen vorbei zum Haupteingang der Sportanlage gingen.

Der Kommissar schaute mich ungläubig an, als ich ihn darauf ansprach. „Tun Sie so unwissend oder sind Sie es tatsächlich?", fragte er und gab mir sogleich eine Antwort. „In wenigen Minuten beginnt zum Auftakt des Reitturniers im Dressurstadion ein ökumenischer Gottesdienst. Der hat inzwischen schon Tradition. Anschließend gibt es auf dem Gelände gewissermaßen einen Tag der offenen Tür mit Ausstellungen und Pferdedarbietungen. Heute ist der Soerser Sonntag."

„Und mittendrin stehen wir und rekonstruieren einen Mord. Schönes Kontrastprogramm", kommentierte ich trocken. „Die beten für eine bessere Welt und wir reden über ein Verbrechen."

Deswegen hatte es übrigens schon gewaltige Verstimmung auf höchster Ebene gegeben, informierte Böhnke mich freimütig. „Unserer Freunde vom ALRV sehen es überhaupt nicht gerne, dass wir uns in ihrem Hoheitsgebiet herumtreiben und ermitteln. Denen wäre es am liebsten, wenn der Mord nicht publik wird. So etwas sei imageschädigend."

Das ALRV konnte ich mir als Kürzel für den Aachen-Laurensberger Reitverein erklären.

„Rennverein", korrigierte mich Böhnke auf der Stelle. „Das R steht für Rennverein, nicht für Reitverein." Diese Bezeichnung stamme noch aus der Zeit, als der ALRV Pferderennen in Tal der Soers durchgeführt habe. Erst später habe der Verein auf Reitturniere umgesattelt.

Nun gut, diese Erläuterung konnte ich noch akzeptieren. Aber ich konnte kein Verständnis dafür aufbringen, dass der vermeintlich gute Ruf dieses Vereins wichtiger sein sollte als die restlose, lückenlose Aufklärung eines Mordes.

„Das ist es ja gerade", entgegnete Böhnke, während er mich mit einem freundlichen Gruß an einem grün Uniformierten vorbeischob, der an einer unscheinbaren Tür im Maschendrahtzaun in unmittelbarer Nähe zum offiziellen Eingang Posten bezogen hatte. „Für die Vereinsoberen ist der Mord aufgeklärt. Da ist nach ihrer Auffassung eine Rekonstruktion nur störend und außerdem überflüssig." Er stöhnte. „Wir haben jedenfalls die ausdrückliche Anweisung des PP, uns so diskret wie irgendwie möglich zu verhalten und so schnell wie möglich von hier zu verschwinden."

„Was hat denn der Polizeipräsident damit zu tun?", fragte ich erstaunt.

„Unser Oberpolizist ist nicht nur Ehrenmitglied im ALRV, sondern obendrein noch in etlichen Grüppchen tätig, in denen auch die Bosse des Rennvereins ihr großes ehrenamtliches Engagement demonstrieren. Rotarier und so", fügte Böhnke zur weiteren Erklärung bei. Da werde auf dem kurzen Dienstweg manches Hindernis aus der Bahn geräumt, ohne unbedingt die rechtlichen Spielregeln einhalten zu müssen oder zu wollen.

Die Polizei hatte sich redliche Mühe gegeben, den Tatort diskret abzuschirmen. Den Weg zum Stall, in dem Meurer von Klinkenberg erstochen worden war, war mit einem hohen Gitterteil versperrt worden, das mit einer dunkelgrünen Plane jegliche Sicht nahm. Vor dem Gitter kontrollierte ebenfalls ein Polizist, der uns nach Böhnkes Gruß erlaubte, sich am Rand vorbei zu zwängen.

Wenige Meter weiter stand der geduldig wartende Klinkenberg in einer Gruppe von Wachmännern vor einer Stalltür. Er war zu warm angezogen für das angenehme, trockene Wetter und trug Handschellen, die ihm erst nach einem grimmigen Kommando von Böhnke abgenommen wurden.

Der Kommissar reichte dem Tatverdächtigen höflich die Hand.

Als ich es ihm nachmachen wollte, drehte sich Klinkenberg brüsk ab.

Langsam folgte ich den beiden Männern in das einstöckige, weißgetünchte Gebäude. Ich brauchte einige Augenblicke, bis sich meine Augen an die Lichtverhältnisse im Inneren gewöhnt hatten. Wir standen in einem leeren Pferdestall, der in etliche, erstaunlich große Boxen unterteilt war, die auf beiden Seiten eines breiten Mittelgangs angeordnet waren.

„Üblicherweise stehen hier die Spitzenpferde der Topreiter", flüsterte mir Böhnke zu, der sofort meine unausgesprochene Frage beantwortete. „Diese Boxen werden erst heute Abend belegt. Der Reiter ist mit seiner Truppe noch vom letzten Springturnier unterwegs."

„Was wollte denn Meurer hier? Es war doch gar nichts los?", fragte ich prompt.

„Er hat die Boxen inspizieren und vorbereiten wollen", antwortete ein kleiner, alter Mann im Blaumann und mit einer dunklen Baskenmütze. „Herpertz ist mein Name", stellte er sich mir vor, wobei er sich zum angedeuteten

Gruße leicht gegen die Mütze tippte. „Ich bin der Stallmeister. Ich habe Meurer gestern Morgen im Auftrag des Reitstalls eingestellt." Er verzog sein Gesicht zu einer entschuldigenden Grimasse. „Und ich habe gestern Nachmittag den Toten gefunden.«

Nach meiner Einschätzung gehörte der durchaus sympathisch wirkende Mann zur Gruppe Klinkenberg und damit zu den Pferdepflegern, die die Stallungen als ihr Wohnzimmer ansahen.

Sein Bericht bestätigte unser Wissen um die Tat. Herpertz hatte nichts anderes gesehen und getan als das, was wir bereits wussten. Er hatte auch die Polizei alarmiert und als Erster mit Klinkenberg gesprochen.

„Edwin hat mir sofort gesagt: ich hab's getan, ich habe das Schwein erstochen." Der Stallmeister sah seinen Kollegen betrübt an.

„Tut mir Leid für dich." Das Bedauern klang echt. Wahrscheinlich würde er wohl im Verfahren für Klinkenberg plädieren und sich abfällig über Meurer und dessen Charakter äußern. Eventuell würde ich ihn deswegen in einem Prozess in den Zeugenstand bitten.

Klinkenberg nickte stumm. Er beobachtete zwei Polizisten, die eine Puppe heranschleppten und über die Tür zu einer Box am hinteren, nur spärlich durch ein kleines Fenster beleuchteten Ende des Stalles legten. Einer nahm eine Mistgabel zur Hand.

„Sagen Sie uns, wie Sie's gemacht haben", forderte Böhnke den tatverdächtigen Pfleger auf. „Mein Kollege wird's dann nachmachen."

Gefasst und geduldig wiederholte Klinkenberg fast wortwörtlich seine umfassende Aussage, die in den Protokollen stand. Da gab es keine wesentliche Abweichung, da fand ich kein noch so winziges Schlupfloch. Die Schilderung war eindeutig und lückenlos.

Nur der Polizist sorgte für einen makabren Heiterkeitserfolg. Es gelang ihm einfach nicht, die Mistgabel fachgerecht in die Puppe zu stechen. Entweder traf er nicht richtig oder sie fiel um.

„Geben Sie her!", sagte Klinkenberg schnell. Ehe wir uns versahen, hatte er das Werkzeug gegriffen und mit einer entschlossenen Bewegung kraftvoll in die Puppe gestoßen. Fast wie ein Abbild des Mordes sah die Szene jetzt aus.

So war es wohl gewesen und damit hatte Klinkenberg eindrucksvoll bewiesen, dass er es perfekt gemacht hatte.

Nachdenklich meinen Gedanken nachgehend wollte ich mich mit Böhnke auf den Rückweg begeben. Klinkenberg war in einem neutralen, unauffälligen Wagen zurück in die U-Haft gebracht worden. Die mobile Sichtblende wurde schnell abgebaut, der gründlich durchsuchte und gereinigte Stall war für die Unterbringung der Pferde freigegeben. Kein Besucher des Turnierplatzes hatte etwas von der Rekonstruktion des Mordes und der Polizeipräsenz mitbekommen.

„Wollen Sie noch bleiben?", fragte mich der Kommissar. „Ich würde gerne übers Gelände schlendern. Beim CHIO gibt es viel zu sehen", sagte er begeistert. Er hatte den Ortstermin bereits abgehakt und freute sich jetzt über die

Gelegenheit zu einem Bummel. „Ich kann Ihnen einiges zeigen."

„Was denn?" Langsam setzten bei mir Vermutungen ein, Böhnke könnte bereits vom um diese Zeit in Aachen grassierenden CHIO-Virus infiziert worden sein. Immer zur Zeit des Reitturniers bekamen angeblich Kaiser Karls Nachfolger glänzende Augen, wenn sie nur irgendwo einen Pferdeapfel rochen oder Hufgeklapper hörten.

„Sind Sie etwa auch ein Pferdejeck?", fragte ich meinen Begleiter mit aller Vorsicht.

„Ich bin kein Jeck", belehrte mich mein väterlicher Freund mit einem milden Lächeln. „Ich bin – wenn auch zugezogener – Öcher und als Öcher liebe ich den CHIO und damit auch die Pferde." Leider hätte er nur viel zu selten Gelegenheit, ins Stadion zu kommen. „Da muss ich jede nutzen."

„Dann mal los!", forderte ich ihn auf. „Dann zeigen Sie mir mal Ihren CHIO!" Mehr aus Freundschaft zu Böhnke als aus tatsächlichem Interesse nahm ich seinen Vorschlag an.

Viel zu sehen gäbe es noch nicht, räumte Böhnke ein. „Das Turnier fängt erst am Dienstag richtig an."

Trotz der vermeintlichen Ruhe vor dem Reitersturm staunte ich nicht schlecht, als er mir zunächst das supermoderne Dressurstadion zeigte.

„Das Beste der Welt", sagte Böhnke fast ehrfurchtsvoll, als wir wie etliche andere Menschen auf der Tribüne saßen und auf das leere Sandviereck blickten, auf dem die Aufbauten für den ökumenischen Gottesdienst beiseite geschafft wurden.

Ich konnte mich nicht an den Aufräumarbeiten in dem architektonisch ansprechenden Gebäude ergötzen, wollte meinem Freund aber auch nicht widersprechen. Ich wollte lieber zum Abreiteplatz, wo immer der sein sollte. Dort sollte es eine Präsentation der „Dicken" geben, wie ich auf einem Programmzettel gelesen hatte.

Endlich hatte sich Böhnke an dem Dressurstadion satt gesehen und führte mich zur nächsten Attraktion.

Die „Dicken", das waren Kaltblüter. Gewaltige, tolle Pferde, mit denen wahrscheinlich kein Reiter ein Springen gewinnen würde, die aber auf der großen Wiese bei Paraden und Rennen, bei einer Rückearbeit mit Holzstämmen und in Anspannungen begeisterten und immer wieder Applaus vom Publikum erhielten.

Ich wusste nicht, ob ich mehr von den mächtigen Pferden oder von den Zuschauern fasziniert sein sollte. Die Tiere schienen an ihrem spektakulären Auftritt ebenso ihren Spaß zu haben wie die Menschen, die sich eng aneinander entlang der Abgrenzung versammelt hatten.

Unwillig ließ ich mich von Böhnke von der großen Rasenfläche fortziehen. Hier hätte ich es noch lange ausgehalten. Mir gefielen die stämmigen Vierbeiner, ihre Kraft und Gelenkigkeit beeindruckte mich.

„Wir müssen noch am Stall eins die Kaltblut-Ausstellung besichtigen. Und dann wird's Zeit für die Pressekonferenz", erinnerte Böhnke mich an unsere Arbeit.

„Ist die hier?" Ich deutete zunächst auf das in einem einfachen flachen, nicht sonderlich attraktiven Haus untergebrachte Pressezentrum am Rande des Weges und zeigte dann beim Weitergehen im Tribünengang auf ein

Hinweisschild neben einer altmodischen Metalltür mit einer undurchsichtigen Milchglasfüllung. „Oder soll sie im Besprechungsraum sein?"

„Weder noch", entgegnete der Kommissar. „Die ist bei uns im PP. Der ALRV hat dagegen protestiert, uns hier Räume zur Verfügung zu stellen. Der Mord habe nichts mit dem CHIO zu tun, insofern sei die entsprechende Pressekonferenz hier nicht angebracht. Bei den ewigen Nörglern und Kritikern könnte das zu falschen Schlüssen führen."

„Somit hat also Ihr oberster Dienstherr verfügt, dass sich die Journalistenschar bei Ihnen im Haus trifft."

„So ist es", bestätigte Böhnke ohne Groll.

Insgeheim wunderte ich mich, dass bislang noch kein einziger Journalist aufgetaucht war, um wegen des Mordes zu recherchieren.

Aber was nicht war, würde sich garantiert bald ändern.

Ich behielt Recht mit meiner Annahme, was wirklich keine große Kunst war. Das Medieninteresse war in der Tat gewaltig. Sämtliche Stühle im Konferenzzimmer des Präsidiums waren besetzt. Das Gemurmel war groß und die Luft schon verbraucht, bevor die Informationsveranstaltung eröffnet worden war. Offensichtlich hatte sich der spektakuläre Rachemord in Windeseile herumgesprochen und wer tatsächlich auf seinen tauben Ohren gesessen haben sollte, dem war auf die Beine geholfen worden. Sämtliche Medien waren spätestens durch das Polizeifax am Morgen mit der Einladung ins Präsidium darauf aufmerksam geworden, dass es etwas Besonderes geben musste.

Etliche Kameras surrten, zahlreiche Mikrofone reckten sich ihm entgegen, als der Alte, wie der Polizeipräsident mehr despektierlich als anerkennend behördenintern bezeichnet wurde, die Pressekonferenz eröffnete. Der bisweilen pfauenhafte, glatzköpfige Senior genoss sichtlich den Rummel, in dessen Mittelpunkt er stand. Sein Vortrag langweilte die Berichterstatter, er las wortwörtlich den Text ab, der bereits zuvor als Fotokopie verteilt worden war. Ungeduldig warteten die Journalisten darauf, endlich ihre Fragen zur Geschichte hinter der Geschichte loswerden zu können. Aber der Alte ließ sie zunächst nicht zu Wort kommen, er beließ es bei der Schilderung der Fakten und ging mit keinem Wort auf die Vorgeschichte ein.

„Lassen Sie mich eines zum Abschluss sagen, meine Herren", sagte er endlich unter unverhohlener Missachtung der beiden Frauen in der Journalistenrunde und hob die Stimme. „Wir können ausschließen, dass dieses Verbrechen in irgendeinem Zusammenhang zum ALRV und zum Reitturnier steht. Es ist eine Privatangelegenheit. Ich möchte Sie daher ausdrücklich bitten, nicht den Verein und den CHIO in diese Sache hineinzuziehen." Fragen werde er nicht beantworten, fügte er nach einer Kunstpause hinzu, dafür sei der ermittelnde Kommissar Böhnke zuständig.

Mit einem Fingerzeig auf den neben ihm sitzenden Mann erachtete der Alte seinen Part der Veranstaltung als beendet. Selbstzufrieden lehnte er sich im Wippstuhl zurück und überließ es Böhnke, sich vorzustellen und die Damen und Herren der Presse, auch im Namen des PP, zu begrüßen.

Wie nicht anders zu erwarten war, zielten die Journalisten mit ihren Fragen immer wieder auf die Motivation des aus ihrer Sicht bislang unbescholtenen, redlichen Klinkenberg. Der geschilderte Tathergang fand ihre uneingeschränkte Zustimmung. Was sollten sie auch daran zweifeln, zumal er schlüssig dargelegt worden war und der bedauernswerte Täter, der ihre volle Sympathie besaß, außerdem ein eindeutiges Geständnis abgelegt hatte?

Rache, Selbstjustiz, das waren die Stichworte, mit denen sie Böhnke außerdem konfrontierten. Er hörte geduldig zu, bestätigte stereotyp die Rache als mögliches Motiv und verurteilte ausdrücklich die Selbstjustiz. Selbst als eine der Frauen Klinkenberg als Opfer der menschenverachtenden Justiz bezeichnete, die durch ihr Verhalten den verzweifelten Mann in die tragische Lage gebracht hätte, behielt er seine Ruhe bei. Gesetze gelten bekanntermaßen für alle, meinte er, sie seien das Instrumentarium der Justiz, die sich nicht darüber hinwegsetzen könne. Das Gericht habe Meurer frei sprechen müssen, erklärte er eindringlich, es habe nicht anders gekonnt.

Mich freute Böhnkes Plädoyer zu Gunsten des Rechtsstaats, das auch meiner Rechtsansicht entsprach, die allerdings augenscheinlich von den meisten Journalisten nicht geteilt wurde. Für sie war die Gerechtigkeit bei diesem Prozess mit Füßen getreten worden und die Tat von Klinkenberg eine Art von Notwehrhandlung.

Ich schwieg zu diesen Diskussionsbeiträgen. Ich hatte mich in eine Ecke am Ende des Raums zurückgezogen, um dort unentdeckt zu bleiben, und hörte interessiert zu. Es hätte nichts gebracht, die Journalisten über die juristische Bewertung der beiden Taten zu belehren. Sie hätten mich nicht verstanden oder verstehen wollen. Außerdem billigte ich ihnen zu, Journalisten zu sein und nicht Juristen. Sie hatten zu schreiben, zu berichten und Empfindungen zu äußern. Sie trafen wahrscheinlich des Volkes Stimme, wenn sie mit Klinkenberg Mitleid hatten und Meurer nicht nachtrauerten. Sie verschwiegen zwar das juristische Problem, was ich ihnen vielleicht hätte vorwerfen können, aber sie hatten nicht die Notwendigkeit, darüber zu berichten. Das musste ich hinnehmen.

Der wichtigste Grund, weshalb ich mich bescheiden zurückhielt, war aber ein anderer. Mir reichte die negative Presse am Samstag. Die meisten der Journalisten kannte ich nicht und umgekehrt war es wohl ebenso. In den Gerichtssälen trieben sich in der Regel andere Schreiberlinge herum.

So konnte ich ziemlich unbeachtet der Pressekonferenz folgen und den hektischen Rückzug der miteinander diskutierenden Medienvertreter beobachten, als Böhnke endlich mit einem Hinweis auf die fortgeschrittene Zeit unmissverständlich das Treffen für beendet erklärte.

Ich wollte schon durchatmen, als es doch noch kam, wie es kommen musste. Alles andere hätte mich auch gewundert. Mein spezieller Freund von der Aachener Zeitung, Hermann-Josef Sümmerling, hatte mich entdeckt und kam auf mich zu, nachdem alle seine Kollegen verschwunden waren.

„Ich habe Sie sofort gesehen", meinte der dynamische Mann beim kräftigen Händedruck, „aber ich wollte lieber mit Ihnen in Ruhe sprechen als mit der Meute als Zuhörer. Das ist doch wohl auch ganz in Ihrem Sinne." Er grinste und schaute mich über seine winzige Nickelbrille an, die seinem Gesicht einen intelligenten Ausdruck verschaffen sollte. „Seit wann sind Sie Journalist, Herr Grundler?"

„Ich bin keiner und ich will auch keiner werden", knurrte ich, ahnend, worauf der Schreiberling hinauswollte.

„Ist schon komisch", meinte Sümmerling auch prompt, wobei er sich vorsichtig umschaute ob wir wohl von keinem seiner Kollegen beobachtet wurden, „erst wird Ihr Mandant Meurer dank Ihres übertriebenen Einsatzes freigesprochen, dann wird er von Klinkenberg umgebracht und jetzt sitzen Sie wieder mitten im Geschehen. Kann ich etwa daraus schließen, dass Sie einen neuen Mandanten namens Klinkenberg haben?" Der relativ kleine Mann Ende 40 sah mich über den Brillenrand mit großen Augen provozierend an.

„Welche Schlüsse Sie aus meiner Anwesenheit ziehen, interessiert mich absolut nicht", entgegnete ich mit spitzen Lippen, „ich finde es nur unverschämt, wenn Sie mir meine berufliche Pflicht als Strafverteidiger verübeln." Ich winkte ab. „Aber Sie haben ja keine Ahnung von Juristerei."

Sümmerling blieb gelassen. Eine derartige, vergleichsweise harmlose Provokation perlte, ohne Wirkung zu hinterlassen, von ihm ab. „Wir berichten nur, was passiert. Was ist mit Ihnen und Klinkenberg?" Er witterte seine eigene Geschichte, die keiner seiner Konkurrenten hatte. „Verteidigen Sie ihn?"

Ich sah ihn streng an. „Langsam und zum Mitschreiben: Ich verteidige Klinkenberg mit demselben Einsatz, mit dem ich Meurer verteidigt habe. Nach Ihrer Einschätzung also mit übertriebenem Einsatz." Ich schaute auf seinen Schreibblock, auf dem der Journalist etwas gekritzelt hatte. „Haben Sie es so, wie ich es gesagt habe, oder soll ich es Ihnen noch einmal diktieren?" Ein falsches Wort im Blättchen, und er hätte eine Gegendarstellung am Hals.

Für einen Augenblick staunte mich Sümmerling mit offenem Mund an. Er suchte wohl nach einer passenden Erwiderung. „Und? Was wollen Sie für Klinkenberg erreichen?"

„Einen ordentlichen Prozess und ein faires Urteil", antwortete ich. Mehr könne ich im Augenblick nicht sagen, weil ich noch Informationen sammeln würde, ergänzte ich.

Er könne mir dabei helfen, lockte ich Sümmerling in dem Wissen, wie er reagieren würde.

„Wenn Sie mich exklusiv informieren, was Sie tun werden und wie Sie Klinkenberg verteidigen, bekommen Sie von mir alles, was Sie wollen", entgegnete er schnell.

„Kein Problem", sagte ich zustimmend. Es war nicht unbedingt schlecht, Sümmerling auf meiner Seite zu haben. Wir hatten schon mehrmals miteinander gearbeitet, nachdem ich ihn bei der Entführung eines Karnevalisten einmal zum Handlanger degradiert hatte. Anschließend hatte ich ihm als Gegenleistung für hervorragende Informationen spektakuläre Geschichten geliefert, für die er später sogar mit Journalistenpreisen ausgezeichnet worden war. Aber dennoch war zwischen uns immer eine von gegenseitiger Skepsis geprägte Distanz geblieben. Wir bildeten gelegentlich eine Zweckgemeinschaft zum gegenseitigen Nutzen, ohne dass ich gleich mit ihm Pferde stehlen würde. So konnte es diesmal vielleicht wieder werden.

„Ich brauche von Ihnen alle Informationen über den

CHIO, über den ALRV sowie über Meurer und Klinkenberg."

Sümmerling stutzte. „Hat der Mord doch was mit dem Reitturnier zu tun." Er sah schon den Skandal heranreiten, mit dem er das anstehende Sommerloch füllen könnte.

Ich verneinte entschieden, obwohl ich mir nicht sicher sein konnte, dass der ALRV nicht betroffen oder gar beteiligt war. Ich nahm es zu dessen Gunsten an, weil sich Böhnke für den Verein ins Wort gelegt hatte. „Das nicht. Ich will mir nur ein Bild über das Umfeld machen, in dem unsere beiden Hauptfiguren tätig waren. Geht das klar?"

„Kein Problem. Wenn's weiter nichts ist", behauptete der Reporter lässig. „Ich stöbere in unserem Archiv und ich mache Sie mit der Pressesprecherin des ALRV bekannt. Eine ehemalige Kollegin von mir bei der Aachener Zeitung. Nette Maus. Die hilft Ihnen garantiert", er schmunzelte kurz, „wenn Sie ihr garantieren, dass Sie den CHIO und den ALRV außen vor lassen."

Ganz schön raffiniert, der Kleine, dachte ich mir. Er schiebt andere vor und erhält dann von zwei Seiten Informationen. Aber mich sollte es nicht stören.

Böhnke hatte unserer Unterhaltung interessiert zugehört. Weder Sümmerling noch mich hatte dessen Anwesenheit gestört.

„Zusammen kriegen wir die Kuh schon vom Eis", sagte der Journalist kumpelhaft. „Zusammen werden wir schon der Gerechtigkeit zu ihrem Recht verhelfen."

„Dann aber nicht mit einer so dämlichen Berichterstattung wie am Samstag", platzte Böhnke urplötzlich heraus, als hätte er nur auf diese Bemerkung gewartet. „Damit machen Sie mehr kaputt als Sie helfen."

Bevor die beiden in ein Streitgespräch gerieten, mischte ich mich beschwichtigend ein. „Wir brauchen keine Kuh vom Eis holen. Mir reicht es schon, wenn wir ein Kaltblut fehlerfrei über einen Springparcours bringen."

„Das ist fast unmöglich", behauptete Sümmerling sofort.

„Eben", konterte ich, „ebenso wie bei der Gerechtigkeit."

Ob die Suche nach Rasputin ein unmögliches Unterfangen war, diese Frage stellte ich mir, als ich am Nachmittag vor meinem Schreibtisch über den Unterlagen brütete. Wahrscheinlich war die Angelegenheit leichter zu erledigen als das Verfahren gegen Klinkenberg. Mir ging Donners Bemerkung, die Tiere bräuchten vertraute Menschen, nicht aus dem Kopf. Welche Möglichkeiten gab es da?

Donner schied aus. Er war nachweislich unterwegs gewesen.

Edeltraud hatte zwar auf dem Gestüt gearbeitet, war dann aber zu ihren Eltern gefahren.

Der eine Pole war am Tag vor dem Pferdediebstahl in Urlaub gefahren, der andere war noch vor Ort: Janek Kowalski. Hatte er etwas mit dem Verschwinden von Rasputin zu tun? Kowalski musste etwas mit dem Verschwinden zu tun haben, redete ich mir ein. Somit hatte ich wenigstens eine Vermutung, die ich als Ermittlungsansatz nutzen wollte.

Ich wartete noch auf einen Rückruf von Böhnke, dem ich frank und frei von meinem neuen Auftrag berichtet hatte. Er sollte für mich das klären, was ich bei meinem Besuch auf dem Gestüt nicht angesprochen hatte.

Endlich meldete sich mein väterlicher Freund und gab mir die gewünschten Informationen zur Strafanzeige, die Donner und Edeltraud gestellt hatten.

„Sie verlangen Sachen von mir. Ich habe Ihretwegen fast alle Kollegen der Kripo Düren aus der Wochenendruhe geholt." Dieses gespielte Wehklagen zeigte mir nur, wie wichtig er mich und meine Interessen nahm.

„Donner hat noch am selben Abend die Polizei alarmiert, nachdem ihn Kowalski über Handy angerufen hatte. Die Kollegen in Jülich haben sich nicht mehr auf die Suche nach dem Pferd gemacht. Die fahren am Wochenende im gesamten Kreis Düren gerade einmal mit vier Wagen auf Streife. Zwei waren bei einer Unfallaufnahme bei Freialdenhoven beschäftigt, einer fuhr in Düren und der vierte bei Heimbach in der Eifel herum. Die hätten nie einen Pferdetransporter gefunden", berichtete Böhnke.

Ich ließ ihn erzählen.

„Der Diebstahl war strategisch gut geplant", fuhr er fort, „sofern wir von einem Verbrechen ausgehen und nicht von einer Fahrlässigkeit des Mädchens. Es dauerte eine Zeit, bis der Diebstahl entdeckt wurde. Da am späten Samstagnachmittag die zuständige Polizeistation in Linnich nicht besetzt ist, vergeht noch mehr Zeit, bevor eine Streife vor Ort ist. Und wenn Sie dann sehen, wie schnell Sie von dem Gestüt auf die Autobahn und von dort in alle vier Himmelsrichtungen verschwunden sind, da können Sie sich eine Fahndung gleich abschminken."

„Also keine Anhaltspunkte?", wollte ich wissen.

„Eigentlich nicht", ließ sich Böhnke vernehmen und verriet mir damit, dass er noch etwas in petto hatte. „Bei der Überprüfung möglicher Täter oder Mittäter haben die

65

Kollegen herausgefunden, dass einer der beiden polnischen Angestellten von Donner es nicht ganz genau mit den Gesetzen nimmt. Kleinere Diebstähle und ein Schmuggeldelikt hat er vor einigen Jahren begangen."
„Weiß das Donner?"
„Wahrscheinlich nicht. Wir haben es herausgefunden."
„Und wie heißt das Früchtchen?
Die Antwort konnte nur Janek Kowalski lauten, sagte ich mir und ich wurde sofort bestätigt.
„Janek Kowalski wurde von uns beobachtet, aber er hat sich absolut unauffällig verhalten. Dem können wir nichts anhaften außer seiner nicht ganz astreinen Vergangenheit. Deshalb wird die Akte wohl ergebnislos geschlossen." Böhnke konnte sich ein Griemeln nicht verkneifen. „Da müssen Sie schon alleine herausbekommen, wer die Zeche zahlen muss. Die Polizei ist zwar dein Freund und Helfer, aber hier außen vor."

Die Obduktion

Die Freude über die Rückkehr meiner Sekretärin verdrängte am Montag meinen Ärger über die Zeitungen. Als ich Sabine in die Arme nahm und sie mich küsste, war die unsinnige Berichterstattung vergessen.
Ich hätte gewiss noch akzeptiert, wenn die Schreiberlinge den Mord an Meurer als verständliche und – im Sinne der Meinungsfreiheit – vielleicht sogar entschuldbare, wenn auch rechtlich nicht zu duldende Selbstjustiz von Klinkenberg dargestellt hätten. Mir platzte aber der Kragen, als ich lesen musste, dass ein agiler, oft über die Stränge

schlagender Anwalt einer renommierten Aachener Kanzlei unmittelbar schuld sei an dem Mord, weil er durch sein Taktieren im Prozess und sein Paktieren mit dem Mordopfer den bedauernswerten Täter erst zu dem Verbrechen verleitet habe. Auch ohne die Erwähnung meines Namens konnte danach jeder einigermaßen aufmerksame Leser erkennen, dass ich gemeint war. Meine nun angekündigte Verteidigung von Klinkenberg wurde als bescheidener Versuch gewertet, verursachtes Unrecht zumindest teilweise zu beheben. Zwar hatte Sümmerling mein diktiertes Zitat wiedergegeben, aber er schwächte es mit dem nächsten Satz wieder ab. „Doch ein bitterer Beigeschmack bleibt", schrieb Sümmerling zum Abschluss seines Berichts.

Warum ausgerechnet er diesen Dünnschiss produziert hätte, fragte ich ihn zornig noch beim ersten Frühstückskaffee in meinem Büro. Ich hatte ihn aus den Federn geholt und stieß dementsprechend auf einen missmutigen Gesprächspartner, den es zu spät von der Kneipe ins heimische Bett getrieben hatte.

Er habe nichts Falsches geschrieben, entgegnete Sümmerling barsch, der sofort auf Betriebstemperatur gekommen war. „Ich bin doch nicht Ihr Hofberichterstatter, Herr Anwalt." Er habe eine Exklusivgeschichte und seine Leser hätten das Recht, diese Geschichte zu lesen. „Alle Fakten stimmen", behauptete er forsch, „Sie haben Meurer verteidigt und freibekommen, obwohl er, wie wir alle wissen, ein Verbrecher ist. Klinkenberg hat ihn umgebracht und Sie verteidigen jetzt Klinkenberg. Was wollen Sie überhaupt?"

„Ich will, dass Sie die Fakten richtig bewerten und nicht einfach in eine unhaltbare Interpretation fassen", herrschte ich den Reporter an.

„Wie ich Fakten bewerte, lasse ich mir von Ihnen nicht vorschreiben", schnauzte Sümmerling zurück. „Oder glauben Sie etwa, nur das ist richtig, was Sie für richtig erachten? Haben Sie etwa die Wahrheit gepachtet? Kommen Sie endlich von Ihrem hohen Ross herunter, Herr Grundler!"

Ich schwieg. Es hatte keinen Sinn, sich mit dem uneinsichtigen Kerl zu zanken. Rechtlich konnte ich ihm nichts ans Zeug flicken, moralisch hatte er mir auch noch keine Angriffsfläche geboten. Ich hätte allenfalls auf der Stelle den bisweilen vertraulichen Kontakt mit ihm abbrechen können. Damit wäre wahrscheinlich nur meiner gekränkten Eitelkeit gedient, nicht hingegen meinem Mandanten.

„Morgen redet kein Mensch mehr von der Sache", fuhr Sümmerling versöhnlich fort. „Vielleicht stürzt ja der Dom ein oder die Alemannia entlässt mal wieder den Trainer. Dann interessiert sich kein Mensch mehr für Sie und Ihren Mandanten." Er werde sich, da ich ihn ohnehin aus der viel zu kurzen Nachtruhe gerissen hätte, um die Erledigung meiner Bitte kümmern. „Damit Sie nicht meinen, ich will Sie immer nur in die Pfanne hauen."

Das war, bevor meine Liebste zu mir gekommen war.
Als sie mich mit ihrem strahlenden Lächeln zur Begrüßung verzauberte, hakte ich das Telefonat als unbedeutend ab. Der mir unbekannte Onkel Horst aus Düsseldorf hatte, wie mir Sabine offenbarte, ein Problem – und mir schwante, dass dieses Problem auch für mich zu einem

gewaltigen Problem werden könnte. Denn der Bericht, den mir Sabine und Dieter gaben, verhieß möglicherweise auch einen Eingriff in meine perfekt geplante Lebensgestaltung. Onkel Horst, greisenhaft und steinreich, residierte allein als überzeugter, und daher ewiger Junggeselle in einer Villa im Grafenberger Wald. Aus uns allen unerklärlichen Gründen hatte er ausgerechnet Sabine zu seiner Lieblingsnichte und zukünftigen Alleinerbin auserkoren; allerdings unter einer Bedingung: Meine Liebste sollte in die Villa ziehen und ihn im letzten Abschnitt seines bereits 82-jährigen Lebens betreuen.

„Aber sonst ist in eurer Familie alles total normal?", kommentierte ich konsterniert den unglaublichen Bericht. „Wahrscheinlich wird der Kerl 100 Jahre alt. Dann bin ich tattrig und grau und weiß nicht mehr, wie Sabine aussieht." Schnell hatte ich ausgerechnet, dass ich dann die Mitte 50 längst überschritten hatte und von meiner schlanken Figur und dem kurzen, blonden Haar nicht mehr viel übrig geblieben wäre. Mir passte es überhaupt nicht, dass sich, mich fremdbestimmend, der Schulz'sche Familienclan offensichtlich schon darauf geeinigt hatte, Sabine als Aachener Vorposten in der Landeshauptstadt mit der betreuenden Aufgabe zu betrauen.

„Wenn Sabine nach Düsseldorf zieht, gehe ich weg", drohte ich grimmig. Eine kleine Kanzlei in Huppenbroich, das wäre doch was. Fast keine Mandanten, keine Arbeit, viel Ruhe und Buchenhecken um saftigen Weiden, soweit das Auge reichte, und außerdem gelegentliche Besuche von Böhnke, so stellte ich mir bereits meine freudlose Zukunft ohne Sabine vor.

„So weit ist es doch längst nicht", versuchte mich Sabine zu beschwichtigen. „Ich habe mir selbstverständlich Bedenkzeit erbeten, weil ich vorher mit dir reden wollte."
Allerdings schien sie durchaus angetan, als zukünftige Multimillionärin ihre Zelte in der Kaiserstadt abzubrechen und am Rhein in der Nähe der Neandertaler aufzubauen, vermutete ich. „Bis wann willst du deinen Erbonkel informieren?", fragte ich argwöhnisch.
„Nächste Woche Montag ist Notartermin in Düsseldorf", antwortete Dieter sachlich an Sabines Stelle. „Wir können immer noch absagen." Auch er schien einem familiären Vermögenszuwachs, den ich dann, unserer internen Arbeitsaufteilung entsprechend, wieder kostenlos zu verwalten und zu mehren hätte, nicht abgeneigt. Er ging jedenfalls, so interpretierte ich seine Antwort, davon aus, den Notartermin wahrzunehmen.
„Macht doch, was ihr wollt", brummte ich unzufrieden. „Ich jedenfalls finde das nicht gut." Ich sah meine Liebste lange an. „Würdest du allen Ernstes nach Düsseldorf ziehen?"

Das Telefon rettete Sabine vor einer Antwort, die ihr erkennbar schwergefallen wäre.
Obwohl wir Fräulein Schmitz strikt untersagt hatten, uns durch Anrufe zu stören, hatte sie ein Gespräch angenommen und versuchte nun beharrlich, es durchzustellen.
„Was soll das?", raunzte ich den Kanzleidrachen an. „Sie wissen doch ..." Ich kam nicht weiter mit meiner Schelte. Unsere Rezeptionsdame hatte mich bereits verbunden, ohne ein Wort zu sagen.

„Ich bin's, Herr Grundler", hörte ich Böhnke mit beruhigender Stimme. „Ich muss Sie dringend sprechen."

Sofort mäßigte ich meinen Tonfall. „Was gibt's?"

„Nicht am Telefon. Können Sie um 17 Uhr bei mir sein?"

Die Frage war mehr eine Bitte als ein Angebot.

Der Termin kam mir zupass. Für 15 Uhr war ich nach der Vorarbeit von Sümmerling mit der Pressetante des ALRV verabredet, da schloss sich das Treffen mit dem Kommissar nahezu nahtlos an.

Ziemlich wortkarg und mürrisch erledigte ich meine Büroarbeit und versuchte, Sabine aus dem Weg zu gehen. Die mögliche räumliche Trennung von ihr lag mir verdammt schwer im Magen.

Offensichtlich war auch unserem Fräulein Schmitz daran gelegen, mich zu ärgern und einem Magengeschwür zusätzliche Nahrung zu liefern. „Telefon für Sie", sagte sie kurz abgebunden über die Anlage, „ich weiß nicht wer."

Diese Art von Telefonvermittlung konnte ich leiden wie Bauchschmerzen. Der Rezeptionsdrachen ließ mich absichtlich hängen, wie ich vermutete.

„Was gibt's?", raunzte ich in den Hörer, nachdem das Fräulein mich, mit wem auch immer, verbunden hatte.

„Kowalski hier, Janek Kowalski", hörte ich ein Stammeln im Hörer. „Ich Sie sprechen."

Was, um alles in der Welt, sollte das denn? Was wollte Meurers Bruder von mir?

„Warum?", fragte ich barsch.

„Wegen Pferd. Rasputin. Sie verstehen?"

Gelinde gesagt verstand ich nichts. Außerdem war mir der Pferdediebstahl eine zu wichtige Angelegenheit, als dass ich sie mit einem dubiosen Zeitgenossen am Telefon bereden würde.

„Weiß Ihr Chef, dass Sie mich anrufen?", fragte ich.

„Nein", antwortete Kowalski hastig. „Er darf nicht wissen, dass wir reden. Ist Geheimnis."

„Und warum?"

„Nicht am Telefon. Wir treffen uns. Ja?"

Meine Begeisterung hielt sich in Grenzen. Andererseits musste ich alle Gelegenheiten nutzen, um Klarheit über das Verschwinden des Hengstes zu erlangen.

„Meinetwegen", antwortete ich. „Wann und wo?"

„Heute ich habe am Abend frei. Wir treffen uns um einundzwanzig Uhr in Autobahnraststätte vor Ausfahrt Mersch in Richtung Düsseldorf. Sie wissen Bescheid?"

Der Termin passte mir überhaupt nicht. Ich wollte auch noch mal einen Abend mit meiner Liebsten verbringen. Aber was tat ich nicht alles für die Gerechtigkeit?

„Ich werde Sie finden. Kein Problem." Ich hoffte, Kowalski hatte mir tatsächlich etwas zu sagen.

„Ist übrigens Ihr Kollege aus dem Urlaub zurück?"

Kowalski schwieg lange, ehe er sich zu einer Antwort durchrang. „Nein. Er ist verschwunden. Schlimmer noch. Er ist nicht in Polen angekommen. Ich habe angerufen. Er war nicht zu Hause." Kowalki hustete.

„Chefe kommt, ich mache Schluss. Bis heute Abend." Damit beendete er das Gespräch.

Als ich meine Sekretärin am Nachmittag mit übertriebener Höflichkeit um die Schlüssel für ihren Polo bat, lehnte sie entschieden ab.

„Ich fahre dich und sonst niemand", schlug sie vor. „Ich möchte mir das Reitstadion ansehen." Die glänzenden Augen, die sie bei der Ankündigung bekam, verrieten mir, dass auch sie schon vom CHIO-Bazillus infiziert worden war.

Während unserer schweigsamen Fahrt durch Aachen in die Soers betrachtete ich meine Liebste intensiv. Sie war schön mit ihren langen, blonden Haaren, den großen, blauen Augen und der Zufriedenheit ausstrahlenden Miene. Ich konnte mir nicht vorstellen, sie nicht mehr ständig an meiner Seite zu haben. Sie war die Frau, mit der ich Pferde stehlen könnte. Denn Sabine, die drei Jahre jünger war als ich, besaß eine ungewöhnliche Eigenschaft, die ich sehr an ihr schätzte und die sie aus der Schar der vielen attraktiven Frauen heraushob, die so gerne meine Nähe suchten: Sie wusste, was ich dachte und fühlte.

„Ich bin doch nicht aus der Welt", sagte sie beschwichtigend im beruhigenden Tonfall einer Mutter, deren Kind zum ersten Mal alleine in eine Ferienfreizeit fahren sollte. „Die Zugverbindung von Düsseldorf nach Aachen ist optimal. Ich habe in der Villa meine eigene abgeschlossene Wohnung. Du kannst immer bei mir sein, wenn wir wollen." Im Prinzip würde sich nicht viel ändern. Auch jetzt hätten wir zwei getrennte Wohnungen und würden oft alleine zu Hause sitzen, speziell sie, weil ich mich wieder einmal irgendwo herumtriebe.

Ihr Überzeugungsversuch behagte mir nicht. Viel konnte ich ihr aber nicht entgegenhalten. Sabine hatte ihren eigenen Kopf und ihr eigenes Leben. Sie nahm nur die Ansprüche wahr, die ich gerne für mich betonte: Selbstständigkeit und Freiheit ohne Fremdbestimmung.

Schweigend sah ich aus dem Seitenfenster. An den weißen Fahnenstangen entlang der Krefelder Straße waren die Stadtfahnen und die des ALRV aufgezogen. An der Einfahrt zur Albert-Vahle-Straße verkündeten große Schilder das bevorstehende Pferdesportereignis. Hier wurde farbenprächtig auf die nahe Zukunft hingewiesen, nämlich auf das einmalige Weltfest des Pferdesports CHIO Aachen.

Mir hätte eine schwarz-weiße oder gar dunkelgraue Beflaggung größeren Symbolcharakter vermittelt. Aber mit meiner persönlichen Zukunftsperspektive beschäftigte sich die sportbegeisterte Gesellschaft nicht.

Abgesehen von einigen Pferdetransportern herrschte wenig Verkehr.

„Das ändert sich morgen, wenn es endlich losgeht", bemerkte Sabine ungefragt. Sie war auf den kleinen Parkplatz rechts am Straßenrand direkt neben der Akkreditierungsstelle und dem Eingang abgebogen.

Erst als wir den Wagen abgestellt hatten, eilte ein dunkelgrün uniformierter Mann auf uns zu und behauptete aufgeregt, hier könnten wir nicht stehen bleiben.

„Können wir wohl", bellte ich unangemessen böse zurück, „wir haben einen Termin mit der Turnierleitung, mit einer Frau ..." Fragend sah ich Sabine an, die Sümmerlings Vermittlungserfolg entgegengenommen hatte.

„Mit Frau Andrea Delzepich, der Pressesprecherin des CHIO", ergänzte meine Sekretärin mit ihrem freundlichsten Lächeln, bei dem sie ihre weißen Zähne aufblitzen ließ.

Da konnte der umgarnte Wachmann nicht anders. Dienstbeflissen erklärte er uns den Weg zum Büro der CHIO-Verkäuferin.

Andrea Delzepich wusste nur zu genau, dass sie gut aussah – und sie sah verdammt gut aus. Anfang 30, nicht gerade groß, kurzes, braunes Haar und klare, braune Augen. Ihre Figur hatte sie in ein maßgeschneidertes, leichtes Sommerkleidchen gehüllt, das an den richtigen Stellen die richtigen Körperteile betonte. Sie saß an ihrem gläsernen Schreibtisch und arbeitete an einem Laptop. Behände war sie aufgesprungen, als wir eingetreten waren.

Die Frau reichte mir gerade bis zur Schulter und begrüßte mich mit einem zauberhaften Lächeln, nachdem sie Sabine mit einem flüchtigen Händedruck bedacht hatte.

„Sümmerling hat mich schon vor Ihnen gewarnt, Herr Grundler", sagte sie schmunzelnd und hielt meine Hand zur Begrüßung etwas länger fest, als dies für einen ersten Gruß erforderlich gewesen wäre, während sie mich, offensichtlich wohlwollend, ungeniert von oben bis unten musterte. „Ich habe Ihnen bereits einige Sachen herauslegen lassen." Sie deutete auf den dicken Papierstapel neben dem Laptop. Die Chronik des ALRV zum 100-jährigen Bestehen befand sich unter den Papieren ebenso wie das Programmheft des Turniers und einige andere Broschüren. „Heute herrscht gewissermaßen die Ruhe vor dem großen Sturm", merkte die Pressesprecherin an, derweil sie mir in der Gästeecke eine Tasse Kaffee einschenkte und mich mit zwei Stückchen Süßstoff verwöhnte. Sie lächelte mich an und zeigte dabei die entzückenden Lachfältchen in den Augenwinkeln. „Ab morgen kann ich mich nicht mehr so intensiv um Sie kümmern, wie Sie es verdient hätten."

Was ich bedaure, wollte ich höflich entgegnen, doch ich hielt mich in Gegenwart meiner Liebsten vorsorglich zurück.

„Heute ist nichts los auf dem Gelände. Fast alle Reiter sind bereits hier, die Zelte stehen, die Aussteller haben ihre Sachen ausgepackt. Von uns aus kann alles losgehen." Andrea Delzepich nippte kurz an ihrer Tasse und selbst diese kleine Bewegung sah elegant aus. „Was kann ich noch für Sie tun?" Sie sah mir ins Gesicht und legte ein leicht spöttisches Lächeln auf ihre wohlgeformten Lippen. „Viele Möglichkeiten habe ich leider nicht", kokettierte sie mit falscher Bescheidenheit.

Ich machte das nette Spielchen mit. „Wenn es Ihnen gelänge, mir irgendwelche Informationen über die Pferdepfleger Meurer und Klinkenberg zu besorgen, wäre ich Ihnen zu unendlicher Dankbarkeit verpflichtet." Ich verzichtete auf eine Erklärung meiner Bitte. Die Frau wusste garantiert dank Sümmerling Bescheid. „Ich möchte versuchen, mit meinen geringen Mitteln der Gerechtigkeit einen Dienst zu erweisen", sagte ich allen Ernstes und musste mir einen längst fälligen bösen Blick von Sabine gefallen lassen.

‚Hör mit dem Gesuse auf!", sagte sie mit ihren funkelnden Augen.

Sie versuche im Rahmen ihre Möglichkeiten ihr Bestes, spielte die Pressesprecherin den Ball flach zurück. „Ich kann Ihnen aber nichts versprechen." Ich müsse ihr allerdings versichern, dass ich den CHIO und den ALRV aus meiner Arbeit heraushielte.

Selbstverständlich willigte ich ein.

Mit einem flüchtigen Blick auf die kleine goldene Uhr am sommergebräunten zierlichen Handgelenk erklärte die geschäftige Frau unser Gespräch wegen unaufschiebbarer weiterer Termine für beendet. „Wenn Sie wollen, kommen Sie in den nächsten Tagen ruhig vorbei", schlug sie freundlich lächelnd vor und reichte mir im Austausch ihre Visitenkarte. „Vielleicht reicht es ja für eine Tasse Kaffee. Waren Sie schon einmal auf dem CHIO?"

Als ich verneinte, setzte sich Andrea Delzepich wieder vor ihren Laptop. „Darf ich Ihnen Eintrittskarten schenken?", fragte sie rhetorisch. Sie blätterte auf dem Bildschirm und schüttelte den hübschen Kopf. „Dauerkarten für einen bestimmten Platz gibt es nicht mehr", murmelte sie vor sich hin. „Wissen Sie was? Sie bekommen von mir für jeden Tag eine andere Karte für einen anderen Sitzplatz", schlug sie vor, „dann haben Sie immer wieder neue Blickwinkel und lernen unser Stadion richtig kennen."

Räuspernd meldete sich Sabine zu Wort. „Eine Karte reicht nicht. Wir brauchen zwei, denn wir treten immer als Duo auf", betonte sie eine Spur zu deutlich. Ihr Lächeln hätte andere Frauen zum Gefrieren gebracht.

Andrea Delzepich verzog lediglich ihr niedliches Näschen zu einem kurzen Rümpfen, um dann Sabines Bitte zu erfüllen. „Selbstverständlich sind auch Sie gern gesehener Gast des ALRV", heuchelte sie unverhohlen.

Beim Abschied in der Bürotür drückte sie meine Hand wieder länger als erforderlich. „Ich freue mich auf unsere Zusammenarbeit", hauchte sie mit einem strahlenden Blick und legte mir ihre Linke auf den rechten Handrücken.

„Du glaubst doch wohl nicht, dass ich dich auch nur eine einzige Sekunde mit dieser aufgetakelten Zimtzicke allein lasse", fauchte Sabine zu meinem Unverständnis, als wir wieder im Freien standen. „Das ist der Teufel in Person. Die wickelt dich um den kleinen Finger, ohne dass du eitler Pfau es merkst."

„Wie gut, dass ich dich habe und du auf mich aufpasst", entgegnete ich brav und wollte meine Liebste an mich ziehen.

Doch wandte sich Sabine brüsk ab. „Du gehst jetzt zu deinem Freund Böhnke", kommandierte sie streng. „Ich schaue mich in der Zwischenzeit auf dem Gelände um. Lass dir ruhig Zeit. Du kannst ja dann im Auto auf mich warten, wenn du fertig bist", sagte sie schnippisch und stolzierte hoch erhobenen Hauptes davon.

Böhnke wartete bereits ungeduldig auf mich, obwohl ich auf die Minute pünktlich war. Verwundert stellte ich fest, dass er die Besucherecke nicht vorbereitet hatte, in der wir schon so manches Gespräch geführt hatten. Er saß unruhig hinter seinem aufgeräumten Schreibtisch und bot mir den kleinen, harten Stuhl davor an.

„Was ist los?", fragte ich erstaunt. „Habe ich etwas verbrochen?"

Wieder machte der Kommissar einen ungewohnt müden Eindruck auf mich. „Sie nicht", antwortete er und lehnte sich tief durchatmend in seinen Sessel zurück. Er schob mir einen dünnen, grünen Aktenordner über die Tischplatte. „Lesen Sie's und vergessen Sie's schnell wieder, bis Sie offiziell informiert werden."

Die unscheinbare Verpackung enthielt den Obduktionsbericht über Meurers Leiche. Ich ersparte mir die Mühe, mich durch die medizinische Fachterminologie zu wühlen und suchte nach der abschließenden Beurteilung. Wenn ich Gebissträger gewesen wäre, wäre mir mein Kauwerkzeug wahrscheinlich aus dem Gesicht gefallen.

„Die genaue Todesursache ist ohne weitere, aufwändige Untersuchungen nicht zu klären", hatte der mir unbekannte Mediziner geschrieben. Ausführlich und umständlich erklärte er den Grund für diese Einschätzung. Unzweifelhaft hätte der Stich mit der Mistgabel tödliche Folgen gehabt, hieß es. Unzweifelhaft sei es aber auch, dass Meurer vergiftet worden war. Auch das Gift hätte tödliche Folgen gehabt.

„Es ist nun zu klären, ob das Opfer durch das Gift oder den Stich gestorben ist", bemerkte der Arzt sachlich.

„Und nun?" Ich spürte die Aufregung in mir aufsteigen. Da bahnte sich eine Wende an.

„Und nun haben wir ein Problem", antwortete Böhnke ausgesprochen langsam. Er erhob sich schwerfällig und ging zum Fenster, um hinauszuschauen und dabei nachzudenken. „Ist Meurer erstochen oder vergiftet worden?", überlegte er laut. „War er schon am Gift verstorben, als Klinkenberg zugestoßen hatte? Oder wurde er von Klinkenberg erstochen, bevor das Gift seine tödliche

Wirkung entfalten konnte? Das ist eine verdammt kniffelige Frage."

„Mit einer für meinen Mandanten existenziellen Antwort", fuhr ich fort. Schließlich könnte Klinkenberg einen Toten nicht ermorden. Dann aber hätte er keinen Mord, sondern nur einen Mordversuch begangen. Für die Verteidigung von Klinkenberg eröffnete sich jedenfalls eine neue Perspektive. Im Zweifel würde das Landgericht zum Versuch tendieren und nicht zur vollendeten Tat. Das hieße im günstigsten Fall acht Jahre Knast.

„Sie haben Sorgen", stöhnte Böhnke. „Das Problem, das sich mir stellt, ist ein völlig anderes. Wer sonst außer Klinkenberg wollte Meurer umbringen? Oder glauben Sie etwa, der Tote wollte Selbstmord begehen?" Der Kommissar kehrte zu seinem Schreibtisch zurück und setzte sich ächzend.

Ich verneinte. „Das ist in der Tat Ihr Problem. Ich pauke Klinkenberg raus, damit ist für mich der Fall erledigt." Böhnkes Augen blitzten kurz auf.

„Keine Sorge", beschwichtigte ich ihn schnell. „Ich bin Ihnen selbstverständlich gerne behilflich bei der Suche nach Ihrem möglichen Giftmörder, auch wenn Sie mich bei meiner Suche nach Rasputin schmählich im Stich lassen." Ich grinste. „Von wegen, die Polizei, dein Freund und Helfer."

Sabines Interesse hielt sich in Grenzen, mich bei meinem Treffen mit Kowalski zu begleiten.

„Ich will meine Ruhe haben, lass mich allein", sagte sie, als ich sie vor ihrer Appartement am Adalbertsteinweg absetzte. Sie müsse nachdenken.

Ich fragte nicht, worüber sie sich Gedanken machen musste. Ich konnte es mir denken, es war bestimmt wegen Onkel Horst.

Mir fiel es schwer, mich bei meiner Fahrt Richtung Jülich zu konzentrieren. Die Ungewissheit wegen Sabine machte mir mehr zu schaffen, als ich es zugeben würde.

Ziemlich früh erreichte ich den Rastplatz auf der Autobahn bei Mersch. Ich hatte fast noch eine halbe Stunde Zeit bis zu meiner Verabredung mit dem dubiosen Polen, als ich den Polo neben einem heruntergekommenen, wahrscheinlich verkehrsuntauglichen Ford abstellte.

In der nur schwach besetzten Raststätte suchte ich mir einen Platz in einer uneinsehbaren Ecke. Wie zu erwarten war, war Kowalski nirgends zu sehen. Ich musste mich gedulden und verbrachte meine Wartezeit damit, mir einige Stichpunkte für die anstehende Unterhaltung zu notieren.

„Guten Tag, Herr Grundler." Kowalski war überraschend an den Tisch getreten. Wie aus dem Nichts stand er plötzlich vor mir und reichte mir seine Pranke.

Ich konnte nicht anders, nur mit Widerwillen konnte ich seinen festen Händedruck erwidern.

Kowalski sah ebenso schmuddelig aus wie bei unserer ersten flüchtigen Begegnung. Zwar trug er statt des Arbeitszeugs eine abgetragene Jeans, aus der der Zipfel eines dunkelroten Hemdes hervor lugte, aber dadurch wurden seine Kleidung und er selbst nicht ansehnlicher. Über dem Hemd trug er ein ehemals wohl hellbraunes Cordsakko. Sein ungekämmtes, schwarzes Haar fiel ihm in die Stirn, sein stoppeliger Bartwuchs verstärkte den Eindruck der Ungepflegtheit. Zu allem Übel stank der Mann erbärmlich nach Nikotin, wodurch er endgültig bei mir verspielt hatte.

Kaum hatte Kowalski mir gegenüber Platz genommen, holte er schon eine selbstgedrehte Zigarette aus einem verbeulten Blechetui und zündete sie mit einem billigen, farblosen Einwegfeuerzeug an.

„Was wollen Sie von mir?", fragte ich streng, während Kowalski an seinem Glimmstängel sog.

Der Pole ließ mich ungebührlich lange auf eine Antwort warten. Er suchte wohl nach Worten und nach einem schlüssigen Inhalt seiner Erwiderung. Kowalski riss den Verschluss einer Bierdose auf, die er aus der Sakkotasche gezogen hatte, nahm einen kräftigen Schluck und inhalierte noch einmal tief, ehe er sich endlich bequemte, mir zu antworten. „Sie glauben auch, ich habe Rasputin gestohlen. Alle glauben das", stammelte er und schüttelte dabei den Kopf. „Aber das stimmt nicht. Ich unschuldig."

Wie er dazu käme, dass ich ihn verdächtigen würde oder jemand anders, hakte ich nach.

Er sehe es mir an, sagte Kowalski ernsthaft, er habe es mir angesehen, als wir uns auf dem Gestüt begegnet wären. „Ich beobachte genau. Auch Polizei guckt, was ich mache. Und Chefe auch denkt, ich bin Verbrecher." Zornig zerquetschte der Mann den Zigarettenstummel und trank erneut aus der Bierdose. „Ich unschuldig", beteuerte er, während er mich mit einem ängstlichen Blick ansah. „Sie müssen mir glauben."

Ohne eine Regung zu zeigen, betrachtete ich den Polen. Warum sollte ich ihm glauben? Warum sah er überhaupt eine Notwendigkeit, sich wegen eines Verbrechens verteidigen zu müssen, ohne dass er deswegen angeklagt war?

„Ich Pole, ich vorbestraft. Großes Vorurteil in Deutschland, dass alle Polen wertvolle Sachen stehlen und verschieben. Autos, Pferde, alles."

Ich hakte das Thema ab. Durch Kowalskis Unschuldsbeteuerung kam ich dem Auffinden von Rasputin keinen Deut näher.

„Wo könnte Rasputin sein?", fragte ich.

„Irgendwo in Deutschland", behauptete Kowalski. „In einem Gestüt. Bestimmt."

„Warum?"

„Zu Zuchtzwecken."

„Aber das geht doch nicht", hielt ich dagegen. „Ist doch alles registriert."

Kolwaski schnaubte verächtlich. „Was nützt das? Schein, Urkunde? Alles kann Betrug sein." Er leerte die Bierdose.

In Züchterkreisen sei bekannt gewesen, dass der zukünftige Deckhengst in Donners Gestüt aufgezogen würde.

„Nur auf richtige Gelegenheit warten, dann stehlen."

Auch diese Antwort konnte mich nicht zufrieden stellen. Langsam fragte ich mich, warum ich mich auf dieses Treffen eingelassen hatte. Es gehörte schon eine große Portion Selbstverleugnung dazu, die Zeit mit einem schäbigen Polen statt mit einer zwar schmollenden, aber dennoch äußerst attraktiven Blondinen zu verbringen.

Woher er meine Rufnummer habe, wollte ich von Kowalski wissen.

Aber auch hier war er nicht um eine Antwort verlegen. „Steht auf Ihrer Visitenkarte, die in Donners Büro liegt." Er grinste und zeigte mir seine beachtlichen Zahnlücken.

„Sie kennen sich gut aus bei Donner?"

Kowalski nickte. „Ich komme überall hin. Donner kann keine Geheimnisse vor mir haben. Ich bin schlau." Er sah mich frech an. „Ich kriege alle Geheimnisse raus."

„Nun gut." Ich räusperte mich und sah Kowalski ins Gesicht. „Wenn Sie alle Geheimnisse rauskriegen: Was ist mit Ihrem Kollegen?"

Sofort zeigte Kowalskis Gesichtsausdruck Trauer. „Marek ist verschwunden. Niemand hat ihn gesehen. Ich habe heute noch in Polen angerufen. Er ist nicht in Bobrek angekommen und hat sich auch nicht gemeldet." Kowalski griff mit zittrigen Fingern zur nächsten Zigarette. Das Schicksal seines Kumpels ging ihm sichtlich nahe. „Da ist was passiert."

„Und was?"

Die Geste war eindeutig: Kowalski strich mit seiner flachen Hand an der Kehle vorbei. „Der ist tot."

„Warum?"

Der Pole zuckte mit den Schultern. „Warum, weiß ich nicht. Ich weiß nur, Marek ist tot. Das spüre ich."

Die vermeintlichen hellseherischen Fähigkeiten des polnischen Pferdepflegers gingen mir langsam auf die Nerven. Er machte immer nur Andeutungen, um dann im Vagen zu enden. Bei seinen Fähigkeiten würde Kowalski mir bestimmt auch bei meinem letzten Stichpunkt unbefriedigende Entgegnungen liefern.

„Was ist mit Edeltraud und Donner?"

Kowalski betrachte mich mit einem Blick, der nur eines aussagen konnte: Grundler, bist du doof oder tust du nur so?

„Ein Mann, eine Frau", antwortete er.

„Er alt, sie jung", platzte ich los.

Dann verblüffte mich Kowalski mit einem Satz, den ich vielen zugetraut hätte, nicht aber diesem unsympathischen, schmutzigen Hinterwäldler aus Polen. „Hony soit, qui mal y pense."

Kowalski erhob sich. Er müsse los. Um zehn müsse er noch einmal in den Stall. Er verabschiedete sich nicht einmal von mir.

Ich sah ihm nach, als er in den alten Ford neben Sabines Polo stieg.

Die Suche

Es dauerte viele Stunden, ehe ich diesen Tag verdaut hatte. Das lukrative Angebot an Sabine, die neuen Perspektiven von Klinkenberg, die merkwürdige Begegnung mit Kowalski – da kam vieles zusammen. Als mich dann in meinen wirren Träumen ein wilder, schwarzer Hengst attackierte und ausgerechnet auch noch die attraktive Pressesprecherin des ALRV als rettender Engel erschien, da war es mit meiner kurzen Nachtruhe endgültig vorbei.

Ich fühlte mich gerädert, als ich am frühen Morgen unausgeschlafen in die Kanzlei stolperte.

„Deine neue Freundin hat sich schon nach dir erkundigt", bemerkte Sabine schnippisch zur Begrüßung. „Sie erwartet deinen Rückruf."

„Was will sie?" Ich bemühte mich, gelassen zu bleiben, obwohl mich die Frau mit ihrem patzigen Tonfall im Moment gewaltig nervte.

„Du kannst sie ja fragen", antwortete meine Sekretärin spitz und knallte mir einen Aktenberg auf den Schreibtisch. Sie drehte sich auf dem Absatz um und wollte gehen. Doch dann blieb Sabine stehen und besann sich eines anderen. Sie lächelte mich an, trat an mich heran und schlang ihre schlanken Arme um meinen Hals. „Manchmal sind wir schon kindisch", sagte sie versöhnlich und gab mir einen langen Kuss.

Ich schwieg und genoss. Warum sollte ich die Harmonie stören mit der überflüssigen Frage, wer von uns beiden sich kindisch benahm? Auch hielt ich es nicht für angebracht, mich nach Sabines Entscheidung zu des Onkels Angebot zu erkundigen.

Meine Vorfreude auf das Telefonat mit der CHIO-Sprecherin unterdrückte ich geflissentlich.

„Wann fahren wir in die Soers?" Sabine schien begeistert von der Aussicht, das Reitturnier miterleben zu können. Sie kramte das Programmheft hervor und las mir laut die Ereignisse des Tages beim CHIO vor: Ab 10.15 Uhr sollte es Springprüfungen geben, unterbrochen von einer Präsentation von Verkaufspferden am frühen Nachmittag. Der erste Turniertag endete kurioserweise mit einer Eröffnungsfeier, die die Aachener Nachrichten präsentieren wollten.

„Die sollen berichten, nicht präsentieren", knurrte ich wenig begeistert als Kommentar zu diesem Programmablauf, der mich nicht vom Hocker reißen konnte. Ich konnte mir Besseres vorstellen, als meine Stunden unter freiem Himmel am Stadtrand von Aachen zu verbringen.

„Erst die Arbeit, dann das Vergnügen«, mahnte ich meine Sekretärin. Ich deutete stöhnend auf den mächtigen Papierstapel mit den Informationen über das Turnier und den ALRV. Für niemanden sei ich zu sprechen, gab ich meiner Liebsten mit auf den Weg in ihr Schreibzimmer und vertiefte mich in den Unterlagen.

Die mehr als 100-jährige Geschichte des ALRV und des Reitturniers auf dem Weg zur größten Pferdesportveranstaltung der Welt war zwar beeindruckend, brachte mich aber im Mordfall Klinkenberg keinen Deut weiter. Ich erinnerte mich an einen Prozess vor einiger Zeit, bei dem der ALRV mit einer PR-Agentur gestritten hatte. Ich glaubte mich zu erinnern, dass der Streitfall nach einer höchstrichterlichen Entscheidung ein bis zwei Millionen Mark gekostet hatte.

Für mich jedenfalls war der Gedanke an den in den Unterlagen unterschlagenen Rechtsstreit der willkommene Anlass, „meine neue Freundin" Andrea Delzepich, wie Sabine gelästert hatte, anzurufen.

Dieses Thema sei tabu, erklärte mir die ALRV-Angestellte freundlich, aber zugleich verbindlich. Es gebe eine Vereinbarung zwischen den beiden Parteien, sich nicht mehr öffentlich zu dieser Zwistigkeit zu äußern. Außerdem müsse ich unterscheiden zwischen dem ALRV und der Aachener Reitturnier GmbH, einer Tochter des Rennvereins, die unter anderem für die Vermarktung des CHIO zuständig sei.

„Sie können allenfalls die bisherigen Urteile lesen, wenn Sie wollen", bot sie mir an.

Dazu hätte ich beileibe keine Zeit, sagte ich ablehnend. Diese leidige Geschichte würde mich in meinem Fall garantiert nicht vorwärts bringen. „Ich möchte lieber etwas über Meurer und Klinkenberg lesen."

„Können Sie, mein Bester." Sie habe die Personalakten der beiden Männer kopiert.

„Ich habe mir gedacht, dass Sie daran interessiert sind. Wenn Sie wollen, können Sie sie jederzeit bei mir im Büro abholen."

„Gerne", sagte ich eine Spur zu schnell. Sabine könnte sich ihre Pferde anschauen, derweil ich das Vergnügen hatte, mit Frau Delzepich plaudern zu dürfen.

„Haben Sie auch noch andere Unterlagen?", fragte ich jovial.

„Was meinen Sie?« Andrea Delzepich fragte vorsichtig zurück.

„Wissen Sie was über einen Hengst Rasputin?"

„Da gibt es viele von", behauptete die Pressesprecherin schnell. „Ein berühmtes Springpferd mit diesem Namen gab es ebenso wie vor etlichen Jahren einmal einen Galopper."

Ob sie etwas von einem Zuchthengst Rasputin wisse, fragte ich.

„Nein", antwortete die Frau. „Aber ich schaue gerne einmal in den Zuchtbüchern nach, wenn es Sie interessiert. Warum wollen Sie das eigentlich wissen?"

Das sei tabu. „Ich sage es Ihnen, wenn Sie mir etwas über den Prozess sagen."

Sie lachte hell auf. „Dann behalten wir unsere Geheimnisse für uns."

Wir verabredeten uns für den frühen Nachmittag. Zuvor wollte ich mit Böhnke und eventuell auch mit Klinkenberg sprechen.

Zu meiner großen Freude drängte die Staatsanwaltschaft wie ich auf die Feststellung der tatsächlichen Todesursache von Meurer. Versuch oder vollendete Tat von Klinkenberg, das war auch für die Anklagevertretung die entscheidende Frage. Es durften keine Zweifel bleiben, wenn sie Klinkenberg wegen des Mordes anklagen wollte. Vielleicht hatte auch das Wissen, dass ich Klinkenberg verteidigte, zu dieser Aufforderung an den Gerichtsmediziner geführt.

„Ich gehe jedenfalls davon aus, dass Meurer vergiftet werden sollte und vergiftet wurde. Also werde ich nach dem Giftmörder suchen", erläuterte ich Böhnke, während wir in seinem Büro auf Klinkenberg warteten. „Oder?"

Nachdenklich betrachtete mich der Kommissar. „Wer kommt in Frage?"

„Feinde, Unbekannte, alle, die ein Interesse an Meurers Ableben haben. Was weiß ich?", entgegnete ich. „Das Umfeld von Meurer muss überprüft werden."

Böhnke winkte lässig ab, als denke er gar nicht daran, mir die Arbeit zu überlassen. Er war selbstredend längst aktiv geworden. „Wir sind schon dabei." Er seufzte. „Aber wir haben noch nichts." Er schwieg, als die Tür geöffnet und Klinkenberg hereingeführt wurde.

Der Mann wusste offenkundig noch nichts von seinem zweifelhaften Glück. Er schien aber auch nicht sonderlich daran interessiert.

„Was soll das? Hauptsache, der Kerl ist tot", sagte Klinkenberg nüchtern, nachdem der Kommissar berichtet hatte.

Ich rieb mir die Augen. „Wenn ich Sie engagiert verteidigen soll, wie Sie es von mir erwarten und erwarten können, muss ich alle Möglichkeiten ausloten", erklärte ich ruhig, „und dazu gehört auch die Möglichkeit, dass Sie keinen Mord begangen haben, obwohl Sie es wollten, und Sie deshalb nicht lebenslänglich im Gefängnis landen." Es könne ihm doch nun wirklich nicht gleich sein, ob er für ein paar Jahre oder für den Rest seines Lebens im Knast sitzen müsste.

„Kapieren Sie das?«

Klinkenberg nickte fast unmerklich. Er wirkte auf einmal wieder wie der zaghafte, zurückhaltende Mann, den ich als Nebenkläger im Gerichtssaal kennen gelernt hatte.

„Fangen wir also noch einmal von vorne an mit den Geschehnissen am Samstag", fuhr ich fort.

Mein Mandant stöhnte auf. „Das habe ich doch alles schon tausendmal gesagt und zu Protokoll gegeben."

„Wirklich alles?", hakte ich nach. Auf Kleinigkeiten käme es an, auf scheinbar unbedeutende Dinge, die alltäglich schienen, sagte ich.

„Es gab nichts. Ich habe Meurer aufgelauert. Das habe ich doch schon alles gesagt. Er ist in den Stall gegangen und ich bin ihm heimlich gefolgt."

„Sofort? Oder in zehn Sekunden Abstand oder gar zwanzig?"

„Ich weiß es nicht so genau", bedauerte Klinkenberg. Er dachte nach. „Jedenfalls nicht sofort. Einige Sekunden habe ich schon gewartet."

„Vielleicht eine Minute?" Ich redete ihm zu wie einem kranken Gaul.

„Vielleicht auch eine Minute."

„Oder länger?"

„Kann auch sein", räumte Klinkenberg ein, „ich habe nicht auf die Uhr geguckt."

„Niemand hat Sie gesehen?"

Klinkenberg verneinte. „Ich hatte mich an der Seite versteckt und darauf geachtet, dass ich unbeobachtet blieb."

„Was machte Meurer?", fragte ich weiter. Ich hatte Mühe, mich zu beherrschen. Die abweisende Art von Klinkenberg ärgerte mich. „Ging Meurer langsam oder schnell? Hatte er etwas in der Hand? Oder war er ganz normal?"

„Ganz normal", behauptete Klinkenberg, „alles war normal." Dann stutzte er. „Nicht ganz. Ich glaube, er hat ein wenig gehinkt. Es sah so aus, als wäre Meurer kurz zuvor umgeknickt."

Ich sah sofort zu Böhnke, der erstaunt meinen Blick erwiderte.

„Meurer hat also leicht gehinkt, sagen Sie. Das wissen Sie genau?", fragte Böhnke schnell an meiner Stelle. Der Kommissar betrachtete Klinkenberg streng, der sofort wieder seinen Blick zum Boden senkte.

Klinkenberg nickte. „Ja, er hat leicht gehinkt", flüsterte er. Er sah wieder auf. „Aber was hat das mit mir zu tun?"

Vieles, hätte ich am liebsten gesagt. Aber ich wollte die Antwort Böhnke überlassen, der mich unangenehm verblüffte.

„Sie haben vollkommen Recht, Herr Klinkenberg. Das hat überhaupt nichts mit Ihnen zu tun." Der Kommissar hatte es plötzlich eilig, das Gespräch zu beenden. Er hielt mich zurück, als ich etwas sagen wollte, und ließ Klinkenberg in die Zelle führen.

„Was soll das?", fragte ich ungehalten über diese Anmaßung. „Sie wissen doch genauso gut wie ich, dass das Hinken durchaus der Beginn einer Nervenlähmung gewesen sein kann. Das Gift begann bereits zu wirken."

Der Kommissar stimmte mir unumwunden zu. „Das ist eine Möglichkeit. Ich wollte nur nicht, dass wir Klinkenberg zu früh Hoffnungen machen. Er glaubt, er sei der Mörder. Solange das so ist, hat er keinen Anlass, etwas von anderen Tatverdächtigen zu erzählen. Wir wissen, dass es wahrscheinlich nicht so ist." Böhnke blickte mich entschuldigend an. „Sie wissen doch, wie hellhörig gerade im Gefängnis die Mauern sind. Wir können jedenfalls in Ruhe ermitteln, während sich die möglichen Giftmörder in Sicherheit wiegen."

Ob diese Vorgehensweise im Sinne meines Mandanten war, schien mir bedenklich. Aber ich blieb still. Und ich schwieg auch zu dem so untypischen Verhalten von Böhnke, das so auffällig seinem normalen Umgang mit Menschen widersprach.

Wenngleich ich Böhnkes Ansicht nicht uneingeschränkt teilte, weil sie mir nicht schlüssig schien, konnte ich dennoch mit dem Gesprächsergebnis zufrieden sein. Auf dem Weg ins Reitstadion zog ich für mich Zwischenbilanz. Ich brauchte nur den tatsächlichen Mörder zu finden und schon war Klinkenberg aus dem Schneider.

Der Anblick von Andrea Delzepich ließ mich jedwede Zwischenbilanz vergessen. Ihre heitere, lebensbejahende Art erfreute mich ebenso wie der wieder etwas zu lange Händedruck zur Begrüßung. Leider könne sie mir nicht die mir angemessene Aufmerksamkeit schenken, meinte sie eilig, als sie mir einen Schnellhefter überreichte.

„Ich muss gleich eine PK eröffnen. Wir wollen unsere Enttäuschung darüber äußern, dass sich das Nationale Olympische Komitee gegen Düsseldorf als Kandidat aus Deutschland für die Olympischen Spiele 2012 ausgesprochen hat. Wir hätten sonst die Ausrichtung der Reiterwettkämpfe in Aachen übernommen", sagte sie mit aufrichtigem Bedauern. Nachdem die Weltreiterspiele 2006 nach Aachen vergeben worden seien, wären die Chancen auf Olympia noch gestiegen, doch habe das deutsche NOK Düsseldorf und damit dem Land an Rhein und Ruhr die kalte Schulter gezeigt, fügte sie hinzu, um dann wieder zur Gegenwart zurückzukehren.

„Im Hefter finden Sie alle unsere Unterlagen über Meurer und Klinkenberg."

Höflich bedankte ich mich. „Und was ist mit Rasputin?"

Es gebe einen Nachwuchshengst, der hieße so, antwortete Andrea Delzepich. „Von der Veranlagung her müsste das ein Spitzenspringpferd werden. Aber die Besitzerin will ihn nicht auf Turnieren zeigen. Sie versteckt ihn lieber im Stall meines Freundes Albert Donner. Schade."

Wie diese Freundschaft aussah, hätte mich schon interessiert. Aber ich hielt es für angebracht, darauf nicht zu sprechen zu kommen.

Andrea Delzepich lächelt mich wieder gewinnend an. „Ich muss los."

Gerne, wenn auch enttäuscht wegen der Kürze unserer Begegnung, ließ ich mich von ihr aus dem Zimmer schieben.

„Ihre Begleiterin wartet bestimmt schon auf Sie", sagte die Pressesprecherin abschließend, „bestellen Sie Ihr viele Grüße von mir." Ob ihr süffisantes Lächeln die Ehrlichkeit des Grußes unterstützte, wollte ich lieber nicht hinterfragen.

Auf der Mercedes-Benz-Tribüne waren Sabine und ich heute untergekommen. Meine Sekretärin saß auf dem ihr zugewiesenen Platz und verfolgte konzentriert einen Reiter, der sich redlich mühte, fehlerfrei sein Pferd über den Parcours zu führen. Sabine hatte kein Ohr für mich.

„Sei still", raunzte sie nur, als ich berichten wollte, „es ist unheimlich spannend."

Dieser Ansicht waren wohl die meisten der erstaunlich vielen Menschen im riesigen Rund. Mit „Oh" und „Ah" begleiteten sie den Ritt und klatschten begeistert, als der Reiter sein Ross abbremste.

„Null Punkte für El Paradiso", jubilierte Sabine und notierte fein säuberlich ihre vom Stadionsprecher bestätigte und auf den elektronischen Schautafeln angezeigte Erkenntnis auf einem Vordruck. „Jetzt gibt's auf jeden Fall ein Stechen."

Schon war der nächste Reiter auf das saftige Grün getrabt und wieder verfielen die Zuschauer einschließlich Sabine in ein angespanntes Beobachten mit den vielen „Ah" und „Oh".

Ich nutzte die Zeit des Springens, bei dem es sich um den zweiten Teil einer Qualifikation für irgendeinen großen

Preis handelte, für eine sinnvolle Beschäftigung und sichtete die Unterlagen über die beiden Pferdepfleger.

Unterbrochen wurde meine Konzentration nur durch einen Zwischenfall am Wassergraben. Dort war ein Pferd gestrauchelt, hatte seine Reiterin abgeworfen und war über sie abgerollt. Mit Notarzt und Rettungswagen wurde die Frau abtransportiert. Dass die Reiterin dennoch wenig später den größten Applaus des Tages erhielt, lag an der Lautsprecherdurchsage, sie sei wohlauf.

Ebenfalls erleichtert setzte ich meine Lektüre fort. Die Personalakte von Klinkenberg war makellos. Als 15-jähriger hatte er eine Lehre auf dem Gelände gemacht und war nunmehr seit über 30 Jahren einer der wenigen fest angestellten Helfer und Pferdepfleger des ALRV. Weitere Eintragungen fehlten.

Bei Meurer reichten dagegen zwei Blatt nicht aus. Auch er hatte vor über drei Jahrzehnten nach der Lehre eine Festanstellung bekommen, war aber in den folgenden Jahren mehrfach unangenehm aufgefallen. Besonders in den letzten Jahren häuften sich die negativen Vermerke über ihn. So hatte er lange im Verdacht gestanden, an einer Dopingaffäre beteiligt gewesen zu sein, dann sollte er auf Geheiß eines Springreiters ein Pferd gespickt haben. Doch war der letzte Beweis für sein Mitwirken nicht zu erbringen gewesen. Schließlich hatte er sich im vergangenen Jahr eine Abmahnung eingehandelt, weil er sich an einem illegalen Glücksspiel mit anderen Pflegern beteiligt haben sollte. Es ging dabei, wie ich laienhaft mitbekam, um Wetten auf bestimmte Reiter und entsprechende Manipulationen. Meurer hatte zwar die Vorwürfe bestritten, der ALRV hatte es bei der Abmahnung belassen, zumal er nicht betroffen war, sondern die Reiter, Pferde oder fremde Pfleger, und das Glücksspiel nicht auf dem Gelände stattgefunden hatte. Und noch eines unterschied Meurer von Klinkenberg. Meurer war nach dem letzten CHIO entlassen, dann aber wieder eingestellt worden. Eine Begründung dafür gab es nicht.

„Das Früchtchen ist nicht koscher", wollte ich meiner schönen Nachbarin zuflüstern, doch Sabine hatte keine Aufmerksamkeit für mich.

„Sei still", wiederholte sie bloß und starrte wieder angespannt auf den Turnierplatz.

Während ich daran dachte, unbedingt noch einmal mit Andrea Delzepich reden zu müssen, blickte ich gähnend durchs weite Rund.

Offenbar war ich der einzige Mensch weit und breit, der sich nicht freiwillig in dem gigantischen Stadion aufhielt. Hätte ich laut gesagt, ich würde mich langweilen, wären mir wahrscheinlich tausende verständnisloser Blicke entgegengeworfen worden. Ich konnte nichts daran finden, dass nacheinander immer wieder neue Reiter mit immer wieder neuen Pferden auf das Grün kamen und immer wieder Hindernisse in einer fest vorgeschriebenen Reihenfolge übersprangen; meistens jedenfalls, manchmal klapperte es auch gewaltig und begleitet vom mehrkehligen, enttäuschten „Oh" der Zuschauer fielen farbige Holzstangen zu Boden. Flugs riss ein in adrettem Grün gekleideter, streng dreinblickender Mann jenseits des Berufstätigenalters eine rote Scheibe hoch, ähnlich einem Schaffner an der Bahnsteigkante, zugleich blinkten auf den beiden großen Videotafeln eine Zahl auf, ungeduldig warte-

ten junge Helfer in Arbeitskleidung darauf, nach dem Aus-
ritt des fehlerbelasteten Paares das Hindernis wieder aufzubauen, um irgendwann einmal im späteren Verlauf des
Wettbewerbs erneut zur Reparaturarbeit anzutreten.

Was soll das?, fragte ich mich und meinte damit nicht nur
das Springen. Ich meinte auch die in immer größere Zahl
auf die Tribünen strömenden Menschen, die mit einem
zufriedenen Lächeln ihre Platzsuche beendeten und sich
dem sportlichen Treiben widmeten. Hatten die nichts
Besseres zu tun, als am beginnenden Feierabend in die
Soers einzufallen?

Zugegebenermaßen gab es ungastlichere Stellen auf diesem Kontinent als das Reitstadion. Es war schon beeindruckend, müsste ich bemerken, wenn ich objektiv die
Szenerie betrachtete. Fast wie ein riesiges Hufeisen, und
damit zu dieser Art Sport ungemein passend, wirkte die
großflächige Anlage mit den beiden großen Tribünen, die
von der runden verbunden wurden. Auf der vormals offenen Seite in Richtung Krefelder Straße standen neben
dem Richterhaus zwei kleinere, aber darum umso feinere
Tribünen, davor und dazwischen war noch ein Stück
Wiese zu erkennen, der letzte Rückzugsplatz für die ein-
gefleischten Pferdenarren, die am niedrigen Drahtzaun
hinter der Bandenwerbung stehend die Reiter und Pferde
aus der Ebene betrachten und zwischendurch auch einmal auf ihrer Wolldecke ein Sonnenbad nehmen wollten.
Wenn ich mich richtig erinnerte, sollte das Stadion noch
erweitert werden. Bis 2006, bei den mir nicht näher bekannten Weltreiterspielen, sollten die Tribünen ausge-
baut werden, damit dann rund sechzigtausend Menschen

97

zuschauen konnten. Offenbar ließ sich mit diesem Reit-turnier richtig gut Geld machen, dachte ich mir, sonst wä-ren solche Investitionen nicht möglich.

Eine Nationalhymne weckte mich aus meinen Beobach-tungen; ausgerechnet die deutsche, die auch schon zu meinen Ehren gespielt worden war, als ich als Jugendli-cher bei einigen Fußballländerspielen mitgekickt hatte. Schon damals hatte die Hymne nichts Ergreifendes für mich, auch jetzt erhob ich mich mehr der Gruppendyna-mik folgend als patriotisch und ließ die musikalische Dar-bietung des Blasorchesters über mich ergehen.

„Können wir endlich los?", fragte ich meine schöne Nach-barin, doch fing ich mir statt einer freundlichen Zustim-mung einen bitterbösen Blick ein.

„Blödmann", fauchte Sabine. „Jetzt kommt doch das Beste des Tages: die offizielle Eröffnung des Turniers."

Murrend hockte ich mich wieder hin und überlegte. Viel-leicht konnte ich …

„Einen Besuch bei der Delzepich kannst du dir abschmin-ken", unterband meine Gedankenleserin meinen Ansatz, „die muss bei der Eröffnung bei den Honoratioren sitzen. Oder glaubst du etwa, die hat jetzt Zeit für ein Date mit dir, du unbedeutende Nuss?"

Schmollend ergab ich mich meinem trostlosen Schicksal, betrachtete lustlos das bunte Treiben unter mir, sah mich dann aber genötigt, näher hinzuschauen.

Ich hatte mir nicht vorstellen können, wozu Pferd und Rei-ter im Stande sind. Aber was die Truppe da unten auf dem Grün vorführte, war schon respektabel – auch wenn ich es niemandem sagen würde. Die Spanische Hofreitschule, so hatte ich jedenfalls den Stadionansager verstanden, zauberte Figuren und Tänze auf den Rasen, die die zigtausend Besucher zu Beifallsstürmen hinrissen. Nach einigen wenig beachteten Reden und Lobesworten eröffnete der ALRV-Chef den CHIO und machte endlich wieder Platz für die Reiter und ihre farbenprächtig geschmückten Pferde. Ich ließ das Schauspiel über mich ergehen, klatschte artig mit, als endlich Schluss war und freute mich für Sabine, die sichtlich Gefallen an der Pferdeschau hatte.

Das konnte ja noch was werden in den nächsten Tagen, dachte ich. Fast 200 Springpferde, über 100 Dressurpferde und annähernd 150 Gespannpferde hatte ich im Programmheft gezählt. Sie würden jeden Tag springen, traben, fahren und dem Öcher Publikum Festtage bereiten. Ich ahnte schon, dass ich mich diesem Fest nicht entziehen konnte, wollte ich meiner Liebsten nahe sein.

Auch nach dem Programmende verspürte Sabine noch keine Lust, die Soers zu verlassen. Sie schlenderte vielmehr hinter den Tribünen durch die Budenstadt, schaute sich zwischen Piaf Platz, Meteor Allee und Ratina Gasse an verschiedenen Ständen um und testete etliche Hüte, ohne mich um einen Kommentar über ihr Aussehen zu fragen. Schließlich blieb sie vor einer kleinen Bühne stehen, auf der die AZ sich und ihre Gäste präsentierte. Rain City Rollers, so hieß die Musikgruppe, die zur Unterhaltung vieler Zuhörer aufspielte. Mich ließ das Geschehen kalt, ich hielt Ausschau nach Sümmerling, der aber offensichtlich seine Kollegen nicht unterstützte. Sabine wippte zu den Rhythmen moderner Musik und freute sich des Lebens.

Meine Liebste wollte scheinbar meine Freude, die ich für sie empfand, nicht wahrhaben. Sie erachtete mich schlichtweg als Luft, als unerwünschten Begleiter oder wie auch immer, als sie mich nach Hause fuhr. Sie machte keine Anzeichen, die Nacht bei mir verbringen zu wollen und sagte nur kurz: „Bis morgen", als wir am Templergraben anhielten.

„Was ist?", fragte ich verunsichert und beugte mich vom Beifahrersitz zu ihr hinüber.

Sabine schüttelte nur stumm den Kopf, krampfte ihre Hände ums Lenkrad und starrte trotzig durch die Windschutzscheibe.

Ich wusste nicht, was ich von diesem Tag halten sollte, redete ich zu mir, als ich noch um Mitternacht hellwach an meinem Schreibtisch saß und dabei durchs Fenster auf die stille Straße blickte. Den Gedanken, im „Knossos« nebenan meinen Verstand mit einigen Ouzos zu vernebeln, verwarf ich wieder. Der Schnaps machte den Kopf garantiert nicht frei für die tiefen Gedanken, die ich mir machen wollte, nein, machen musste: Was war wichtiger? Meine Beziehung zu Sabine, die aus mir unerklärlichen Gründen von ihr getrübt wurde? Oder die Verteidigung von Klinkenberg, für den ich mich verantwortlich fühlte?

Wer hatte Meurer auf dem Gewissen? Ich korrigierte mich: Wem nutzte Meurers Tod, sah ich einmal davon ab, dass Klinkenberg ihn töten wollte? Dass ein Dritter beteiligt gewesen sein musste, war wohl sonnenklar. Als paradox hätte ich es empfunden, wenn Klinkenberg das Ekelpaket abgestochen hätte und sich dabei unwissentlich zum Werkzeug eines anderen gemacht hätte. Der Dritte, wer immer es auch war, hätte unbemerkt sein Ziel erreicht. So aber hatte er sich durch die Giftattacke zu erkennen gegeben. Wer steckte dahinter? Wer wusste überhaupt, dass Meurer sich im Reitstadion aufhielt? Mit wem hatte er nach seiner Entlassung aus der U-Haft Kontakt gehabt?

Langsam wurde mir deutlich, wo und wie ich vorzugehen hatte. Es würde nicht lange dauern, spätestens Ende der Woche hatte ich den Fall gelöst, dann konnte ich mich ausschließlich um Sabine kümmern, wenn dann dazu noch Gelegenheit bestand.

Mir passte bei meinem Plan nur eines nicht: Ich kam nicht an Andrea Delzepich vorbei. Ich musste mit ihr zusammenarbeiten, auch wenn es meiner Beziehung zu Sabine zuwiderlaufen sollte.

Delzi

Das unerbittliche Telefon weckte mich viel zu früh.

Ob sie mich abholen solle, fragte mich eine ausgeschlafene Sabine, und damit war es schon viel zu spät für mich. Jetzt konnte es mir nicht schnell genug gehen.

„Wir könnten im Reitstadion frühstücken", schlug sie vor. Mit Dieter hatte sie bereits geklärt, dass wir nicht ins Büro kommen würden. „Ich glaube, wir müssen was bereden", fügte sie noch versöhnlich an und legte auf.

Wenige Minuten später fuhr ich an der Seite meiner Liebsten stadtauswärts. Mich wunderte das bereits in dieser Frühe bestehende Gewusel der vielen Menschen. Im Reitstadion herrschte schon am frühen Morgen mehr Betrieb als an einem verkaufsoffenen Sonntag in der Burt-scheider Fußgängerzone. In einem Zelt am Nachrichten-Stand im Soerser Eck fand Sabine einen kleinen freien Tisch für uns und besorgte das Frühstück; für mich wie seit längerem schon ein Glas Orangensaft und eine Banane, für sich das volle Programm mit Kaffee, Ei, Brötchen und Marmelade, selbstverständlich von Zentis, einem der CHIO-Sponsoren.

„Ich glaube, ich bin etwas durcheinander", sagte Sabine endlich.

Ich betrachtete sie ruhig, während ich an meinem Saft nippte, und wartete.

„Die verflixte Geschichte mit Onkel Horst macht mir zu schaffen", fuhr sie fort, „das viele Geld, die Aussicht, für alle Zeit sorgenfrei leben zu können. Das alles bringt mich durcheinander."

Ich schüttelte den Kopf. „Das stimmt doch nicht, meine Liebe. Die Alternative bringt dich durcheinander, der Verzicht darauf, die ständige Vorhaltung, was könnte es mir gut gehen, wenn ich damals zugestimmt hätte. Das Lamentieren kommt garantiert, wenn irgendwann einmal etwas schief läuft." Ich nippte wieder am Saftglas und atmete durch. „Aber das ist doch nicht der einzige Grund, weshalb du mit mir reden willst. Oder?»

Am kurzen Funkeln in Sabines Augen erkannte ich, dass ich richtig lag.

„Du bist sauer, wütend, was weiß ich, auf mich und wen auch immer. Und warum: Das Übel hat einen Namen: Andrea Delzepich. Stimmt's?"

Aus dem Funkeln wurden Blitze. Ich rechnete fast schon damit, dass mir Sabine den Kaffee ins Gesicht schütten würde.

„Warum eigentlich?" Zugegebenermaßen sah die Frau ziemlich nett aus und konnte gut flirten. Aber das war's auch schon. Ich würde mich hüten, Sabine zu sagen, Andrea sei keine Konkurrenz für sie. Damit würde ich mir nur einen wütenden Konter einfangen; alleine schon die Bemerkung „Konkurrenz" würde beinhalten, dass ich verglichen hätte. Sabine war für mich aber unvergleichbar; jedenfalls sollte sie das glauben.

„Die Delzepich ist nicht die erste Frau, mit der ich reden muss, und sie wird auch nicht die Letzte in unserem Leben sein. Das bringt mein Job mit sich." Ich sah meine mit regungsloser Miene zuhörende Freundin streng an. „Und ich muss noch oft mit ihr reden in den nächsten Tagen, ob es dir gefällt oder nicht."

Wieder blitzte es in Sabines Augen, aber nicht mehr so heftig.

„Jetzt gleich werde ich sie besuchen und befragen müssen. Es ist wegen Edwin Klinkenberg, wenn du weißt, was ich meine."

Das Funkeln in den Augen meiner Liebsten schwächte immer mehr ab und machte endlich dem von mir so geliebten Strahlen Platz.

Alles wäre in Ordnung gewesen, wenn Sabine nicht gesagt hätte: „Ich vertraue dir."

Dieser Satz ärgerte mich maßlos, aber ich schwieg.

So leicht, wie ich es mir gedacht hatte, wurde meine Kontaktaufnahme zu Andrea Delzepich nun doch nicht. Als ich vom Hauptweg über den Rasen zum Richterhaus gehen wollte, pflanzten sich vor dem Eingangsportal zwei ältere, elegant in ALRV-Sakkos gekleidete Herren vor mir auf und gaben mir unmissverständlich zu verstehen, dass ich hier nichts zu suchen hätte. Da könne ja jeder kommen, pfiff mich einer der beiden Senioren an, wobei sein abschätzender Blick erkennen ließ, dass er mich als armseligen Jeansträger einstufte, der sich als Schnorrer versuchte, um ins Heiligtum, sprich, in das Richterhaus, zu gelangen. Er machte keine Anzeichen, über ein Funkgerät die Pressesprecherin über mein Erscheinen zu informieren. Das war anscheinend weit unter seiner und ihrer Würde.

Endlich erlöste mich Andrea, als die beiden ALRV-Ordnungshüter schon darüber nachdachten, wie sie mich auf diskrete Weise zum Verlassen der Anlage bewegen könnten, und ich kurz davor stand, meine gute Kinderstube zu vergessen.

Ihr leichtes Tippen auf meine Schulter und die geflötete Frage: „Wollen Sie etwa zu mir?" machten mich froh.

Als ich mich umdrehte, stockte mir der Atem.

Andrea sah einfach bezaubernd aus in ihrer engen Designerjeans und der weißen Bluse, unter der sie offensichtlich nicht viel trug. Sie war noch attraktiver als bei unserem ersten Zusammentreffen. Ihr Parfüm strapazierte meine Geruchsnerven auf das Feinste, ihr Anblick ließ mich alles andere vergessen. Andrea lächelte mich provozierend keck an, derweil ich nach einer angemessenen Antwort auf die so leicht dahin geworfene Frage suchte. Aber mir fiel nicht mehr als ein gestottertes „Ja, Ja" ein.

Auf einmal war das Betreten des Heiligtums kein Problem mehr.

Andrea hatte sich bei mir eingehakt und mir mit einem netten Gruß an die beiden Kontrolleure den Weg frei gemacht. Es sei wohl angebracht, mir einen Ausweis zu geben, der mir zu allen Stellen und Ställen Zutritt verschaffe, schlug sie vor, als wir endlich im Büro standen.

„Sonst könnte es passieren, dass ich einmal zu spät komme, um Ihnen helfen zu können, Tobias." Sie musterte mich wohlwollend.

Offensichtlich gefiel ich ihr, was für mich kein Nachteil sein musste.

Andrea kramte in einer Schublade eines halbhohen Schranks und holte ein buntes Plastikkärtchen hervor, an dem sie eine stabile, gelbe Kordel befestigte. Lächelnd trat sie vor mich hin und hing mir die Karte wie eine Medaille um den Hals. Leicht berührten sich unsere Körper. Es bereitete mir Schwierigkeiten, meine Hände nicht um Andreas Hüften zu legen und sie an mich zu drücken.

Ich spürte ihren Atem, der nur wenige Zentimeter an mir vorbeistrich.

„So, damit haben Sie Ihre Hundemarke und mit einem Mal viele Neider mehr", sagte sie, während sie wieder einen Schritt zurücktrat. „Mit dieser Karte haben Sie uneingeschränkten Zugang zu allen Bereichen. Sie können in die VIP-Lounge, in die Stallungen, auf die Reitertribüne oder wohin auch immer." Auf eine derartige Karte sei so mancher angeblicher VIP verdammt scharf. „Aber er würde sie nur für verdammt viel Geld bekommen, wenn überhaupt." Sie lächelte mit gespielter Verlegenheit. „Und ich kann Sie überall finden. Wenn Sie mich suchen und ich nicht hier bin, finden Sie mich meistens entweder in der Pressestelle hinter der Haupttribüne oder im VIP-Zelt, meistens in der oberen Etage." Die Pressesprecherin sah mich erneut wohlwollend abschätzend ab. „Sie sind übrigens Gast des ALRV, ich bin damit persönlich für Ihr Wohlergehen verantwortlich." Sie lächelte. „Sie brauchen selbstverständlich nirgendwo zu bezahlen.

Für einen Moment wurde ihr Blick kühl. „Ich hoffe, Sie wissen dieses Privileg zu würdigen, Tobias?"

Interessiert betrachtete ich den Zauberstab in Form einer kleinen Postkarte. Einem geschenkten Gaul …, fiel mir ein. Auf der Karte waren rechteckige Felder eingezeichnet, die verschiedene Bereiche kennzeichneten. Nach den Piktogrammen zu urteilen, gab es etwa einen getrennten Bereich der Stallungen, einen extra VIP-Bereich, einen Bereich nur für die Presse. Mehr als zehn Felder mit unterschiedlichen Piktogrammen und Farben gab es auf der Karte. Wie es in der Erläuterung auf der Rückseite hieß, war sie gültig für alle Bereiche, die nicht durchkreuzt waren. Da kein Bereich angekreuzt war, durfte ich tatsächlich überall hin auf dem ALRV-Gelände.

Ganz geheuer war mir diese Ehre nun doch nicht. Wollte die Maus mich etwa schmieren? War der Schlüssel für alle Bereiche etwa zugleich die unausgesprochene, aber unmissverständlich erwartete Aufforderung, auf den ALRV und seine Belange Rücksicht zu nehmen? Sich schmieren zu lassen und zu ermitteln, das passte mir nicht und würde mir nicht gut zu Gesicht stehen. Ich beschloss deshalb, sehr zurückhaltend mit dem Tresorschlüssel umzugehen.

„Was ist, Tobias?" Andrea schien ob meiner Nachdenklichkeit verwundert. „Woran denken Sie?"

„Ach, nichts Besonderes." Ich drehte das Kärtchen langsam in den Händen und beäugte es noch einmal zweifelnd. Aber es stimmte: Die dort sichtbaren Symbole markierten in der Tat die Bereiche, zu denen ich Zutritt hatte. Da kein Symbol durchkreuzt war, hatte ich tatsächlich einen Freifahrtschein, auf dem allenfalls als törichte Bemerkung stand, die Karte sei, obwohl nicht mit einem Namen versehen, nicht übertragbar.

„Hm", ich räusperte mich. „Damit komme ich also in jeden Stall?"

Andrea bestätigte.

„Dann kann ich ja mal nach Rasputin suchen."

Die Pressesprecherin lachte kurz. „Den können Sie lange suchen, den werden Sie hier nicht finden. Der steht brav in seinem Stall oder vergnügt sich auf einer Weide des Gestüts Donner."

Offenbar wusste sie nichts von der Entführung, die im juristischen Sinne ein Diebstahl war, dachte ich mir.

„Pferde kommen hier nur nach tierärztlicher Kontrolle hinein. Da hat selbst der berühmteste Hengst oder die erfolgreichste Stute keine Chance. Alle Tiere auf dem Gelände sind gemeldet und registriert."

„Die haben einen Knopf im Ohr", platzte ich heraus.

„Das nicht gerade", schmunzelte Andrea Delzepich, „mittlerweile haben fast alles Pferde einen codierten Chip implantiert, mit dem sie zweifelsfrei zu identifizieren sind; von einigen Pferden aus dem ehemaligen Ostblock abgesehen."

Also doch, dachte ich mir, Rasputin ist nach Polen gebracht worden, wird dort dekodiert und als polnisches Pferd irgendwohin verkauft. So könnte der Plan der Entführer lauten.

„Es ist also nicht möglich, hier ein Pferd unter einem anderen Namen einzuschleusen?"

Die Frau schüttelte ihren hübschen Kopf. „Bei uns geht es nur mit Anmeldung und Kontrolle. Warum fragen Sie?"

Ich grinste gequält. „Ich wollte nur wissen, ob Pferde austauschbar sind." Es könnte ja sein, beispielsweise, jemand hätte sich den pechschwarzen Rasputin ausgeliehen, mit weißen Farbstreifen als Zebra getarnt und sei damit in die Soers geritten.

Wieder erklang das helle Lachen, mit dem Andrea mich begeisterte. „Erstens kommt der Mann mit dem Pferd nicht am Eingang vorbei und zweitens ist ein Zebra überhaupt nicht zu reiten. Da sieht man, dass Sie keine Ahnung von Huftieren haben, mein Bester."

Dieser, auf mein Wissen um Huftiere bezogenen Erkenntnis konnte ich nichts entgegenhalten. Ich schwieg und betrachtete die attraktive Frau vor mir. Was sollte ich noch sagen? Mir fiel nichts Geistreiches ein. Sollte ich das Schicksal der Reiterstaffel der Aachener Polizei ansprechen, die mir nichts, dir nichts aufgelöst wurde? Oder sollte ich nach dem besten Pferdemetzger der Region fragen?

„Sind Sie vielleicht mit Günther Delzepich verwandt?", fiel mir schließlich ein, um nicht über das sommerliche Wetter sprechen zu müssen. Ich musste die Gesprächssituation verändern, zu meinen Gunsten drehen, bevor ich zu meinem eigentlichen Anliegen kommen konnte.

Andrea lachte hell auf. „Weder, noch." Diese Frage würde ihr erstaunlicherweise immer wieder gestellt. „Ich kenne diesen Menschen überhaupt nicht. Sie etwa?"

Selbstverständlich kannte ich Delzepich nicht persönlich. Ich wusste nur, dass er vor vielen Jahren einmal ein beliebter Fußballer bei der Alemannia gewesen war mit einer abenteuerlichen Karriere, die wieder einmal typisch für die Tivoli-Kicker gewesen war. Delzepich war gerade gut genug gewesen, um in der zweiten Mannschaft mitspielen zu dürfen, war dann zum TuS Langerwehe gewechselt, von dort nach Wuppertal und dann wieder zurück zur Krefelder Straße, wo er zum Lieblingsspieler der Fans wurde.

„Er könnte glatt Ihr Vater sein", meinte ich.

„Ist er aber nicht", meinte Andrea freundlich, „wie gesagt: weder verwandt noch verschwägert." Ohne aufgefordert zu sein, berichtete sie mir ihren Lebenslauf: in Alsdorf vor rund 30 Jahren geboren, dort Abitur gemacht, dann Germanistik in Aachen studiert, zeitgleich als freie Mitarbeiterin bei der AZ gearbeitet, danach dort Volontariat und Redakteurstätigkeit als Kollegin von Sümmerling, anschließend Pressesprecherin des ALRV und des CHIO.

„Dabei habe ich mit Pferden nie etwas zu tun gehabt. Aber vielleicht hat mich die Distanz zu den Pferden vor einer Blauäugigkeit bewahrt, mit der immer alles nur in Rosarot gesehen wird, was sich hier abspielt." Der CHIO sei ja nicht die einzige Veranstaltung des ALRV, wie ich sicherlich wisse, erläuterte Andrea.

Zwar nickte ich zustimmend, obwohl ich es nicht wusste. Ich erinnerte mich nur an die Tochtergesellschaft. Aber im Prinzip interessierte es mich nicht sonderlich. Ich wollte nur die passende Gesprächsbasis haben, also ließ ich Andrea reden und ergötzte mich zugleich an ihrem fantastischen Aussehen.

„Eine erfolgreiche Frau. Kompliment", schmeichelte ich. Ein leichter Anflug von Enttäuschung huschte über Andreas Gesicht. „Beruflich kann ich wahrlich nicht klagen." Ich ahnte, was kam: Das Private lag im Argen.

„Aber in meinem Privatleben läuft es nicht so rund", bestätigte sie prompt. Sie sah mich mit einem melancholischen Blick an. „Der Richtige ist mir bis heute noch nicht über den Weg gelaufen." Sie lächelte schwach. „Aber es wird wohl noch werden. Ich gebe jedenfalls die Hoffnung nicht auf."

Die junge Frau spielte mir gewissermaßen in die Hände. Ein bisschen Flirten, ein bisschen Kontakt und ich konnte sie melken. Die Frage war nur, was Sabine dazu sagen würde; andererseits ging es darum, Klinkenberg vor einer womöglich lebenslangen Haft zu bewahren.

Die Hoffnung sterbe zuletzt, entgegnete ich floskelhaft, um hinzuzufügen: „Vielleicht ist der Richtige ja gar nicht mehr so weit weg. Sie wissen es nur nicht."

Sollte ein Hauch Röte über Andreas Wangen gehuscht sein, so musste sie sich schnell wieder gefasst haben. Ich sah sie mit meinem frechsten Grinsen an, das ich im Repertoire hatte. „Aber der Richtige muss verdammt gut sein, denn er kriegt es mit mir zu tun."

Das musste für den Anfang genügen. Ich schaute mich in Andreas Büro um. „Haben Sie vielleicht etwas zu trinken für einen alten, armen Strafverteidiger?"

Schmunzelnd wandte sich Andrea um, ging zu einem Wandschrank am anderen Ende des Zimmers und öffnete

110

hinter einer Tür einen versteckten, kleinen Kühlschrank. „Sekt oder Selters?«

Für Sekt sei es zu früh, antwortete ich, den sollten wir uns für die Siegesfeier aufheben.

„Welche Siegesfeier?", fragte Andrea neugierig.

„Wenn ich den Mörder von Meurer zur Strecke gebracht habe", entgegnete ich, „beziehungsweise, wenn ich Klinkenberg aus seinem Schlamassel herausgeholt habe", verbesserte ich schnell. Ich war gespannt auf Andreas Reaktion.

„Ist schon ein armes Schwein, der Klinkenberg", murmelte sie, „wäre toll, wenn Sie etwas für ihn tun könnten."

Mit ihrer Hilfe könnte es mir gelingen, entgegnete ich.

„Wie denn?"

„Sie müssen mir alles sagen, was Sie über die beiden Männer wissen, Andrea."

Das stünde doch alles in der Personalakte, meinte die Pressesprecherin.

Ich schüttelte den Kopf. „Darin steht nur, was darin stehen soll. Aber nicht alles. Warum beispielsweise wurde Meurer letztes Jahr zunächst entlassen und dann wieder eingestellt, um dann nach seiner Verhaftung wieder entlassen zu werden? Können Sie mir das erklären?"

„Nur sehr ungenau", antwortete Andrea bedauernd, „wie ich mitbekommen habe, hat ihn das Präsidium rausgeworfen. Meurer war ein richtiger Stinkstiefel. Nachdem sich ein bekannter Reiter intensiv für ihn eingesetzt hatte, ist das Präsidium weich geworden."

Die nächste Frage lag auf der Hand, doch brauchte ich sie nicht zu stellen.

„Als Grund für die Kündigung wurde ständige Unzuverlässigkeit angegeben. Das zieht immer, wenn man einen Mitarbeiter quitt werden will." Bei dem Reiter, der sich für Meurer eingesetzt habe, handele es sich um einen gutmütigen Menschen, über alle Zweifel erhaben.

„Er ist so etwas wie der Sprecher der Reiter. Das Präsidium wollte sich seiner Bitte um Gnade für Meurer nicht verschließen."

„So einfach ist das", wunderte ich mich, „ein Reiter hat eine Bitte und das Präsidium springt."

„So einfach ist das, wenn der Reiter populär und ein Zugpferd ist und die Leute ins Stadion lockt. Das hätte einen Aufschrei gegeben, wenn er in diesem Jahr nicht gekommen wäre." Andrea sah mich bittend an. „Wir wollten die Geschichte nicht an die große Glocke hängen, dazu war Meurer eine zu kleine Leuchte. Und es wäre schön, wenn auch Sie sie nicht an die große Glocke hängen würden."

Ich überhörte die Bitte. „Gibt es denn noch mehr, das Sie mir sagen wollen und das ich sofort wieder vergessen soll?"

Andrea zögerte. Sie mied meinen Blick, als sie mir endlich das Glas mit dem Mineralwasser reichte. „Wir sind hier alle eine große Familie", sagte sie leise, „da ist es nicht angebracht, Familienangelegenheiten auszuplaudern."

Schwarze Schafe, besser gesagt, schwarze Pferde, gab es in jeder Familie, dachte ich mir.

„Wenn Sie die faule Stelle nicht entfernen, fault der ganze Apfel", hielt ich dagegen. Ich sah zu Andrea, die sich abgedreht hatte und aus dem Fenster sah. Ich stellte mein Glas auf ihrem Schreibtisch ab und trat dicht hinter sie.

„Sie tun etwas für die Familie, wenn Sie mir helfen, Andrea", flüsterte ich ihr ins Ohr.

Sie drehte sich um und stand direkt vor mir. Das Parfüm entfaltete wieder seine betörende Wirkung, es fehlte nicht mehr viel, ...

Das unüberhörbare, energische Klopfen an der Tür beendete die teuflisch-schöne Situation. Ein aufgeregter Helfer wollte Andrea an ein Interview erinnern, das sie auf der AZ-Bühne geben wollte.

Andrea nickte zur Bestätigung, blätterte kurz in einem Verzeichnis auf ihrem Schreibtisch und notierte etwas auf einen Zettel, den sie mir gab.

„Puh", sagte sie durchatmend, „das war knapp." Sie errötete tatsächlich, als sie sagte: „Aufgeschoben ist nicht aufgehoben."

Sie ließ mich aus der Zimmertür treten, schloss ab und sprang behände vor mir die Treppe hinunter. Urplötzlich blieb sie am Treppenabsatz stehen.

Ich konnte gar nicht anders, ich prallte auf sie und umarmte ihren festen Körper. Sofort ließ ich sie wieder los, obwohl weder mir noch ihr die Enge unangenehm war.

„Übrigens, Tobias, meine Freunde nennen mich Delzi", hauchte sie mir zu.

Delzi, frei nach Delze, dem Spitznamen von Günther Delzepich.

Delzis Freunde

Neugierig blickte ich auf Andreas Notizzettel: „Ulrich Leinendekker" stand darauf in deutlicher, sauberer Schrift geschrieben, „Eburonenweg 27, Ac". Ungewöhnlicher Name, dachte ich mir. Ob der Mann ebenso ungewöhnlich war?

Schnell lief ich zur Tribüne, auf der Sabine und ich für heute einen Platz gefunden hatten. Das AZ-Interview mit der ALRV-Pressesprecherin wurde gerade über die großen, elektronischen Schautafeln übertragen, als ich mich neben meine Liebste setzte. Ich müsse sofort weg, berichtete ich ihr, sie könne mitkommen oder bleiben, ganz wie sie wolle.

Die Entscheidung fiel Sabine offenbar sehr leicht. Sie fingerte in ihrer kleinen Handtasche nach dem Autoschlüssel und wünschte mir viel Erfolg. „Deine Freundin kann ja nicht mit, die ist beschäftigt", gab sie mir wenig freundlich mit auf den Weg. „Ich warte hier auf dich, mein Liebster."

Auf dem Weg über die Krefelder Straße ins Städtchen achtete ich erstmals genauer auf die Hinweise zum CHIO und musste zu meinem Erstaunen feststellen, dass offenbar die ganze Stadt komplett auf das Reitturnier ausgerichtet war. Nicht nur die Fahnen entlang der Straße, auch die ASEAG-Busse bekannten Farbe, etliche Häuser hatten sich wegen des CHIO herausgeputzt, an allen Ecken und Kanten entdeckte ich kleine oder überdimensionale Pferdeskulpturen und künstlerisch verfremdete Plastikvierbeiner. Aachen war wohl doch eine Pferdestadt, was ich in all den Jahren meines oberflächlichen, interessenlosen Dahinlebens in ihren Mauern nicht hatte wahrhaben wollen; Kaiserstadt, Printenstadt, Alemannenstadt – ich musste tatsächlich meinem umschreibenden Vokabular für Aachen einen neuen Begriff hinzufügen: Aachen, die Pferdestadt.

Mein Orientierungssinn ließ mich nicht im Stich; spätestens nach meiner Jagd durch die Stadt auf der Suche nach anrufbaren Telefonzellen, als ich den entführten Lennet Kann wiederfinden wollte, war mir fast kein Winkel mehr fremd. Ich wäre sicherlich ein passabler Taxifahrer, sagte ich mir, wenn es einmal mit dem Job bei Dieter nicht mehr klappen sollte. Aber die Wahrscheinlichkeit war sehr gering, unser Vermögen wuchs beständig, nicht zuletzt dank meines Verdienstes. Die letzte Baisse hatte unsere Aktiendepots nicht sonderlich beeindrucken können, unsere Immobilien waren langfristig und gut an solvente Mieter, unter anderem an unsere Kanzlei, vermietet, wir lebten wirklich nicht schlecht. Was brauchten wir da die angeblichen Milliönchen von Onkel Horst aus Düsseldorf?

Das musste nicht sein, dachte ich mir, als ich an der Eburonenstraße endlich einen Parkplatz gefunden und den Wagen abgeschlossen hatte.

Wie ich nicht anders erwartet hatte, lebte Leinendekker in einem stinknormalen, unauffälligen Mehrfamilienhaus in einer Reihe von stinknormalen, unauffälligen Mehrfamilienhäusern, die wahrscheinlich einmal vor Jahrzehnten von einer Siedlungsgesellschaft im Rahmen des öffentlich geförderten Sozialen Wohnungsbaus hochgezogen und seitdem nur noch halbherzig renoviert worden waren. Preiswertes Wohnen für gering Verdienende oder Einkommenslose war die unausgesprochene Maxime, die unverkennbar auf Leinendekker zutraf.

Der schmächtige, grauhaarige Mann, den ich auf Mitte Fünfzig schätzte, schien erstaunt, dass er um diese Zeit Besuch erhalten sollte. In einer schlabberigen, schmutzigen Hose eines billigen Freizeitanzugs, unter der blaue, an den Spitzen dünn gewordene Socken lugten, und mit einem nicht mehr ganz frischen, weißen Unterhemd in Feinripp, aus dem graues Brusthaar quoll, stand Leinendekker im Türbogen und glotzte mich mit schläfrigen Augen in einem aufgequollenen Gesicht an, als ich über die drei Etagen durchs Treppenhaus gestiegen war. Er machte seinem ungewöhnlichen Namen keine Ehre.

„Was wollen Sie?", kläffte er ungehalten und zugleich verängstigt. Er fühlte sich unwohler, als er zum Ausdruck bringen wollte, er bellte mich an, weil er fürchtete, ich könnte ihn beißen.

Überaus höflich und zuvorkommend, mit mehr Respekt, als der Mensch überhaupt verdiente, stellte ich mich vor und übergab ihm auch eine meiner Visitenkarten.

Seine Hände zitterten, als Leinendekker auf das weiße Kärtchen schaute.

Ich sah ihm an, dass er überlegte: Wer um alles in der Welt war dieser Kerl namens Tobias Grundler, der sich als Rechtsanwalt ausgab?

Meinen Doktortitel, den ich irgendwann einmal erhalten hatte, hatte ich geflissentlich auf meinem persönlichen Kärtchen nicht erwähnt. Nur auf der offiziellen Karte der Kanzlei, mit der Dieter so gerne protzte, stand unter seinen Dr. Dieter Schulz eine Winzigkeit kleiner Dr. Tobias Grundler geschrieben, bevor noch kleiner geschrieben die lange Liste unserer angestellten Anwälte und Steuerbevollmächtigten erschien.

In Leinendekkers Denkapparat war der Hebel wohl an der richtigen Stelle eingerastet: „Sind Sie etwa der Winkeladvokat, der Meurer rausgeboxt hat?"

Wahrscheinlich wusste inzwischen ganz Aachen von meinem wenig ruhmreichen Prozesserfolg.

Ich hörte über die despektierliche Bezeichnung meines ehrenwerten Berufsstandes geflissentlich hinweg, ich war schlichtweg erstaunt, zu welcher Denkleistung Leinendekker doch fähig war. „Stört es Sie, wenn ich mit Ihnen sprechen möchte?", antwortete ich mit einer Gegenfrage. Selbst wenn es ihn stören sollte, würde ich mich nicht von einem Gespräch abbringen lassen.

„Was wollen Sie?", knurrte Leinendekker weiter. Er machte keine Anstalten, seinen Platz im Türbogen zu räumen. „Reicht es nicht, dass Sie Klinkenberg unglücklich gemacht haben?" Anscheinend war er an meiner Antwort nicht sonderlich interessiert. „Wie kommen Sie eigentlich nach hier? Woher wissen Sie, dass ich hier wohne?" Endlich stellte er die Frage, die ich längst erwartet hatte. Leinendekker war wohl doch nicht der Schnelldenker, für den ich ihn zunächst fast gehalten hatte.

„Wer schickt Sie?", fügte er seinem Fragenkatalog noch hinzu.

Mit der Bemerkung, das sei eine längere Geschichte, die nicht zwischen Tür und Angel zu erzählen sei, nötigte ich Leinendekker, mich mit ins Wohnzimmer zu nehmen.

Missmutig schlurfte der Mann vor mir durch den kleinen Flur, in dem der Nikotingestank hing, der im Wohnzimmer noch stärker wurde. Hier wurde nicht oft gelüftet, hier fehlte eindeutig eine Hausfrau. Der heruntergekommene Junggeselle legte wenig Wert auf Reinlichkeit, der Aschenbecher des Schmutzfinks quoll über, einige Kippen waren auf den kleinen, alten Wohnzimmertisch und sogar auf den vom Staubsauger entwöhnten, dreckigen Teppich gefallen, an dessen Ursprungsfarbe sich wahrscheinlich nicht einmal Leinendekker mehr erinnern konnte. Der Sessel, den mir Leinendekker mürrisch anbot, hatte seine besten Zeiten längst hinter sich, ebenso wie der Wohnungsinhaber.

Als ich mich vorsichtig und voller Unbehagen niederließ, fürchtete ich, in einer Staubwolke zu versinken, die einem Hausstauballergiker das Leben gekostet hätte. Doch wurde es so schlimm nun doch nicht, ärger war der Umstand, dass der Federkernsitz durchgesessen war und ich bis auf den harten Rahmen durchsackte.

Leinendekker hatte sich ächzend auf die Couch, gleiches Fabrikat, gleiches Alter, gleiche Qualität wie der Sessel, gepflanzt, blickte mit einem Auge in meine Richtung und mit dem anderen zum Fernseher, während er hastig zu einer Zigarettenschachtel griff.

„Wenn's Sie stört, haben Sie Pech gehabt", meinte er grob, als er den Glimmstängel umständlich befeuerte. Er deutete mit seiner Linken auf den Fernseher. „Ich meine das Reitturnier, das lasse ich laufen, egal, was Sie sagen." Erst jetzt sah ich auf die Glotze und erkannte das unvergleichliche Aachener Reitstadion, aus dem der WDR direkt übertrug.

„Wenn ich schon nicht mehr dabei sein kann, will ich wenigstens etwas mitbekommen", sagte er schwermütig.

Der Kerl war wie ein offenes Buch. Wenn er so weitermachte, brauchte ich nichts zu sagen und wusste doch alles. Somit schwieg ich und schaute auf dem Bildschirm, auf dem eine geradezu unerträgliche, hektische Quaktasche, die nach dem eingeblendeten Untertitel ausgerechnet auch noch Sabine heißen musste, mit einer völlig falschen Betonung einen Springreiter lobhudelte, der nach ihrer Meinung eine grandiose Leistung vollbracht haben musste, der aber nur, wie sich im Laufe des Interviews herausstellte, am Morgen beim Frühstück im VIP-Zelt seine Brieftasche verloren hatte, die ein ehrlicher Finder entdeckt hatte und die die WDR-Trulli jetzt an den Eigentümer zurückgab.

„Das ist doch Scheiße", schimpfte Leinendekker vor sich hin, „das hat doch mit dem Sport nichts mehr zu tun. Die machen nur noch Zirkus."

„Zu Ihrer Zeit war das anders?", fragte ich lockend.

„QuatscH", schnaubte Leinendekker. „Zirkus war immer dabei, aber er wurde nicht so betont." Seitdem das Geld immer wichtiger würde, ginge die Tradition im Reitsport verloren. „Jetzt zählen nur noch Preisgelder, Prämien und Siege." Die Zeiten, in denen Reiter und Betreuer abends gemeinsam gefeiert haben und in denen über Sieg und Niederlage diskutiert wurde, seien längst vorbei. „Das ist eine reine Industrie, eine Maschinerie, in der die Verlierer Versager sind."

War Leinendekker einer der Verlierer und damit auch ein Versager?

Der schmuddelige Mann glotzte mich an, als habe er mich nicht verstanden oder wisse nicht, warum ich so naiv fragte.

„Kennen Sie meine Geschichte etwa nicht?"

Ich verneinte.

„Hat Ihnen Delzi also nicht gesagt, was passiert ist?" Er stocherte mit seiner Zigarette im Aschenbecher. „Delzi hat Sie doch geschickt. Oder?"

Ich nickte.

„Gutes Mädchen", lobte Leinendekker. „Sie war die Einzige, die bis zum Schluss auf meiner Seite stand." Er sog den letzten Hauch Nikotin aus seinem Glimmstängel. „Aber sie konnte mir nicht helfen. Sie konnte nur verhindern, dass ich fristlos entlassen wurde." Die Zigarette glimmte noch auf dem Kippenberg im Ascher, als Leinendekker sich bereits zittrig die nächste anzündete.

„Ich mache es kurz", sagte er. „Ich bin beim ALRV geflogen, weil ich angeblich versucht haben soll, ein Pferd zu vergiften. Ich war es aber nicht, das müssen Sie mir glauben. Jemand hat die Ampulle mit dem Gift in meinem Spind versteckt, nachdem das Futter, das ich an meine Tiere verteilen wollte, vergiftet worden war. Ein anonymer Anrufer hat über meine angebliche Absicht den Stallmeister informiert. Er hat das Futter kontrollieren und die Vergiftung feststellen lassen. Niemand hat mir geglaubt, dass ich nichts mit der Sache zu tun hatte. Das Gift in meinem Spind war Beweis genug. Aber ich war es wirklich nicht", beteuerte Leinendekker.

„Wer denn?", fragte ich. Insgeheim wusste ich, welche Antwort kommen würde.

„Ich glaube, Meurer war das Schwein. Wir hatten mal wieder Streit gehabt. Er hatte am Vortag beim Kartenspielen verloren und wollte seine Spielschulden nicht bezahlen. Es war immer dasselbe mit ihm. Wenn wir ihn nicht mitmachen ließen, zettelte er deswegen Streit an. Ließen wir ihn mitspielen und er verlor, gab es Ärger, weil er sich nicht an die Spielregeln hielt." Leinendekker regte sich auf, war rot angelaufen und röchelte schwer. „Klinkenberg hat mir nach meiner Entlassung einmal eine Andeutung gemacht, er glaubte, gesehen zu haben, dass sich Meurer an meinem Spind zu schaffen gemacht hatte. Aber er konnte es nicht beschwören, und Meurer hat natürlich immer alles abgestritten. Der lügt, ohne rot zu werden. Der ist brutal und skrupellos."

Dieser Einschätzung wollte ich nicht widersprechen. „Sie trauern ihm keine Träne nach?"

„Garantiert nicht, mein Herr." Aufgebracht griffelte Leinendekker nach einem weiteren Nikotinröllchen. „Meurer hat mich auf dem Gewissen. Ich habe keinen Job mehr, niemand will mich haben, weil alle befürchten, ich könnte doch ein Giftpanscher sein. Ich bin arbeitslos, steure auf das Rentenalter zu und werde wohl zum Sozialfall, wenn ich nicht vorher abkratze." Er zog ein Hosenbein hoch und legte sein linkes Bein auf die Tischplatte. Viel Haut gab es nicht mehr.

„Raucherbein, muss vielleicht amputiert werden", erläuterte Leinendekker ohne Gefühlsausdruck.

„Das war wohl ein merkwürdiges Früchtchen, der Meurer, was?", fragte ich.

„Das war ein Verbrecher", schimpfte Leinendekker erwartungsgemäß, „müssten Sie doch wissen. Sie haben ihn doch rausgepaukt. Der arme Edwin, der tut mir leid." Zornig sah mich Leinendekker an, mit der Zigarette fuchtelte er vor meinem Gesicht. „Der Meurer hat Edwins Leben kaputtgemacht und auch meines. Ich könnte Ihnen noch viele Schmutzigkeiten von diesem Scheißkerl erzählen."

„Tun Sie's!", forderte ich ihn auf.

Doch Leinendekker schüttelte ablehnend den Kopf. „Der Kerl ist tot. Ich will nicht über Tote herziehen."

Er tat es zwar die ganze Zeit schon, aber ich verkniff mir die Bemerkung.

„Gibt es denn noch andere, die nicht gut auf Meurer zu sprechen sind?", fragte ich stattdessen.

Leinendekker schwieg für einen Moment, weil er sich bückte, um die heruntergefallene Zigarette aufzuheben. „Sprechen Sie mit Hans-Hermann Beyenthaler", sagte er knapp.

„Kenne ich nicht", entgegnete ich.

„Es gibt nur einen im Aachener Telefonbuch."

Diese Information musste reichen. Unvermittelt war für Leinendekker unsere Unterhaltung beendet. Er lehnte sich in seine Couch zurück und schaute gebannt auf den Fernseher. „Ich will das Springen sehen. Ich muss ja hier gucken, denn ich darf nicht mehr ins Stadion. Habe Hausverbot bekommen." Er winkte kurz mit der Hand. „Auf Wiedersehen. Sie wissen ja, wo die Tür ist."

Was sollte ich von Leinendekker halten? War er ein armes Schwein, das auf seine Rente oder sein Ende wartete? Oder spielte er mir etwas vor?, fragte ich mich, als ich zur Kanzlei fuhr.

Leinendekker hatte durchaus einen Grund, Meurer zu töten, falls seine Geschichte stimmte. Vielleicht hatte er Meurer getötet oder ihm das Gift untergejubelt. Ich nahm mir vor, nicht alles für bare Münze zu nehmen, das mir Leinendekker aufgetischt hatte. Ich würde ihn auf keinen Fall als möglichen Mörder von Meurer ausschließen. Und wenn diese Möglichkeit nur dazu dienen konnte, meinem Mandanten Klinkenberg zu helfen. Wenn es sein musste, würde ich Leinendekker vors Gericht zerren und ihn des

Mordes oder Mordversuches zu bezichtigen, um Zweifel an Klinkenbergs Täterschaft zu streuen.

Rache war durchaus ein Motiv, das Leinendekker getrieben haben könnte, den Tod von Meurer zu veranlassen. An seinem Verhalten hatte mich stutzig gemacht, dass er mit keiner Bemerkung die Tat von Klinkenberg kommentiert hatte. War das vielleicht sogar ein Indiz dafür, dass Klinkenberg nicht der Mörder von Meurer war, sondern jemand, den Leinendekker kannte?

Zeigte sich da ein Pferdefuß?

Mein Erscheinen in der Kanzlei sorgte für großes Erstaunen. „Mit allen hätte ich gerechnet, aber nicht mit meinem Kompagnon", lästerte Dieter, dem ich daraufhin am liebsten das Maul gestopft hätte. „Ausgerechnet unser bestes Pferd kommt von selbst in den Stall zurück."

Ich hielt mich zurück. „Ich will nur kontrollieren, ob du den Laden im Griff hast", entgegnete ich ziemlich friedfertig und grinste mein Spiegelbild an.

In der Tat gab es nicht wenige Menschen, die uns als Zwillinge ansahen und nur an unserer unterschiedlichen Kleiderordnung auseinander halten konnten.

Ob er Zeit habe, fragte ich meinen Freund; eine überflüssige Frage, denn selbstverständlich hörte er mir zu, als ich von meinen Untersuchungen berichtete.

Dieter gab keinen Kommentar dazu. Er saß hinter seinem Schreibtisch und betrachtete mich nachdenklich. „Was macht denn deine neue Freundin Andrea Delzepich?", fragte er stattdessen zu meiner Verblüffung. „Sabine war gestern außer sich, als sie bei uns war."

Es schmeichele mir zwar, wenn sie eifersüchtig sei, entgegnete ich, aber es bestehe kein Grund für Eifersucht.

„Sabine redet sich leider etwas ein", erklärte ich. „Ich hoffe, sie ist heute wieder zur Vernunft gekommen. Unser Gespräch am Morgen macht mich zuversichtlich."

Damit schien Dieter zufrieden. „Alles andere wäre auch blödsinnig. Wir sind doch erwachsene Menschen."

„Eben«, bestätigte ich aufatmend und wechselte schnell das Thema. „Hast du in der Zwischenzeit etwas von der Versicherung oder der Familie Tombeux gehört?"

Dieter verneinte. „Die hoffen wohl alle, dass du eine einvernehmliche Lösung findest." Er streckte seine Hände von sich. „Ich halte mich da raus."

Schöner Freund, brummte ich. „Was ist eigentlich mit Albert Donner und Edeltraud Tombeux. Haben die was miteinander?"

Urplötzlich änderte sich Dieters Gesichtsfarbe. Das gesunde, leichte Braun machte einem kränklichen, blassen Grau Platz. „Du sollst nicht nach Intimitäten forschen, du sollst das Schicksal des Gauls klären", fauchte er mich an. „Lass bloß die Finger aus dem Privatleben der Tombeux."

„Warum?", hakte ich verwundert nach. „Ist da etwa etwas dran?" Ich würde mich nicht wundern, wenn sich das Mädel, aus welchen Gründen auch immer, mit dem Sonnyboy Donner vergnügte oder vergnügen musste.

„Das ist bestimmt nicht so, wie du vermutest", behauptete Dieter wenig überzeugend. „Ich kann dich nur bitten, darüber keine Andeutungen zu machen. Das könnte uns einen interessanten Mandanten kosten." Mein Freund drehte sich brüsk ab. Mir blieb nichts übrig, als in mein Büro abzutauchen.

Falls nicht erforderlich, würde ich die Privatsphäre aller Beteiligten selbstverständlich schonen, falls es für den Erfolg meines Auftrags aber notwendig sein sollte, würde ich keine Rücksicht nehmen, weder auf Donner, noch auf Edeltraud oder auf ihre Eltern.

Ich machte mich auf die lange Suche auf meinem Schreibtisch, bis ich das von mir so selten benutzte Telefonbuch von Aachen endlich unter einem Stapel abgearbeiteter und abgerechneter Fälle fand.

Der Eintrag zu Hans-Hermann Beyenthaler war nur bedingt hilfreich. Der Mann hatte lediglich seine Rufnummer veröffentlichen lassen und musste, wenn ich mich auf die ersten drei Ziffern verlassen konnte, im Bereich Laurensberg beheimatet sein.

Wozu hat man seine guten Freunde bei der Stadtverwaltung?, fragte ich mich frohgemut und stellte mir eine Verbindung zum Rathaus her.

Es dauerte nur wenigen Minuten und ich war im Besitz der vollständigen Adresse von Beyenthaler, der dem Einwohnermeldeamt als Berufsbezeichnung „Makler" angegeben hatte.

Diese Berufsangabe fand sich auch auf dem Namensschildchen am Klingelkasten neben der Eingangstür des Wohn- und Geschäftshauses an der Richtericher Straße. Das Haus stand dort, wo früher einmal ein Fußballplatz gewesen sein könnte, wenn ich mich richtig erinnerte, so vor etwas mehr als 20 Jahren. Damals hatte mich das Gekicke manchmal hierher gebracht, wenn wir mal kurz die Landschnösel aufmischten. An die fußballerischen Schlachten erinnerte nichts mehr auf dem mit viel Beton bebauten Gelände – wenn sie überhaupt jemals hier stattgefunden hatten.

Eine Bestätigung meines Blicks in die Vergangenheit konnte mir Beyenthaler nicht geben.

„Woher soll ich das wissen?", schnaufte er. „Ich arbeite und wohne erst seit fünf Jahren in diesem Haus." Mit einer dicken Zigarre im Mund, die sein rundliches Gesicht umnebelte, hatte mich der massige Mann in seiner Wohnung, die wohl auch sein Büro sein sollte, empfangen. Auf dem Messingschild neben der Wohnung im ersten Stock hatte er jedenfalls darauf hingewiesen, dass er als Makler tätig und nur nach vorher vereinbarter telefonischer Absprache zu besuchen sei.

Jeden normalen Menschen macht ein derartiger Hinweis stutzig; so war es auch bei mir, aber ich verzichtete darauf, Beyenthaler danach zu fragen. Woher sollte ein Mensch wissen, dass ein gewisser Hans-Hermann Beyenthaler aus dem Telefonbuch als Makler in einer Privatwohnung tätig war und nur Dienst nach seinen eigenen Zeiten machte?

Der Mensch war auf seine Art faszinierend-abstoßend oder abstoßend-faszinierend, je nach Standpunkt des ästhetischen Selbstverständnisses. Wie konnte man nur so dick und fett sein? Der nicht einmal übermäßig große Mann brachte leicht und locker seine 180 Kilogramm auf die Waage. In Zeiten des CHIO war es angebracht, zu bemerken: Der durfte auf kein Pferd! Das arme Tier würde sofort unter der Last zusammenbrechen.

Aber der Reitsport kam für Beyenthaler gewiss nicht infrage. Er war nie und nimmer sportlich veranlagt, ein Antisportler, dessen sportliche Höchstleistung allmorgendlich darin bestand, seinen klobigen Fettwanst aus dem Bett zu hieven. Er würde eher die Pferdchen laufen lassen, als sich selbst auf ein Pferd zu setzten.

Vor mir watschelte der geschätzte Sechziger mit dem Glatzkopf und dem mit einer Fettkrause versehenen Stiernacken in seinem abgewetzten, blauen Anzug in das Zimmer, das er als Büro bezeichnet hatte. Er schwitzte unentwegt trotzt des milden Klimas, wahrscheinlich schwitzte der Dicke immer, ob Sommer oder Winter. Die Kurzatmigkeit trieb ihm die Schweißperlen ins Gesicht – oder waren es Fettperlen? Mühsam ließ Beyenthaler sich in einen abgenutzten Schreibtischsessel fallen.

Meine Befürchtung, das klapprige Ledermöbel könnte unter Beyenthalers Körpermasse zusammenbrechen, bewahrheitete sich erstaunlicherweise nicht.

Mit der qualmenden Zigarre deutete er auf einen einfachen Holzstuhl vor dem Tisch hin, auf dem ich Platz zu nehmen hatte.

Ich ließ mir Zeit mit meinem Gespräch, schaute mich ungeniert in dem Raum um, derweil sich Beyenthaler von seinem Marsch vom Schreibtisch zur Wohnungstür und zurück erholte. Viel Staat war mit diesem Büro nicht zu machen. Es gab einen offenen Regalschrank, in dem ziemlich wahllos abgegriffene Aktenordner aus schwarzer Pappe standen oder lagen. An den ehemals mit weiß gestrichener Raufaser tapezierten Wänden, die der Zigarrenqualm längst verdunkelt hatte, waren mit einfachen Reißzwecken nichtssagende Landschaftsposter mit Idyllen von Meeresstränden oder Hochgebirgen befestigt. Das gardinenlose Fenster zur Straße hätte eine Reinigung durchaus vertragen können, der Staubfilter auf dem Glas konnte schon mit einem hohen Lichtschutzfaktor bei intensiver Sonneneinstrahlung bewertet werden. Dieses hinterwäldlerische, geschmacklos-primitive Zimmer als Büro eines Maklers zu bezeichnen, sprach eigentlich Hohn, wenn da nicht die beiden Computerbildschirme auf dem Schreibtisch und sogar drei Telefonapparate gewesen wären. Diese medientechnische Ausrüstung stand im krassen Gegensatz zum sonstigen Mobiliar und dem Benutzer dieses Büros.

Dass hier nicht alles sauber war, war offensichtlich. Und auch die erste Frage, mit der Beyenthaler unser nachmittägliches Plauderstündchen eröffnete, passte nicht.

Ich hätte damit gerechnet, dass er mich fragen würde, warum ich keinen Gesprächstermin mit ihm am Telefon verabredet hätte oder wer ich denn, in Gottes Namen, sei. Aber mitnichten.

„Was immer ich für Sie tun kann, hat seinen Preis, mein Herr, und den will ich bar auf die Hand", sagte der Dicke mit einer feisten Lässigkeit, die ich noch nicht erlebt hatte. „Also, was kann ich für Sie tun?"

So hatte ich mir die Gesprächseröffnung nicht vorgestellt. Aber auch Beyenthalers nächste Bemerkung passte mir nicht, weil sie mich noch weiter von meinem Konzept entfernte.

„Wenn ich nein sage, meine ich es auch. Dann gibt's nichts mehr. Verstanden?"

Beschwichtigend hob ich die Arme.

„Wollen Sie denn nicht wissen, wer Sie mir empfohlen hat", schmeichelte ich, „und wer ich bin?"

Beyenthaler wischte abfällig mit seiner Zigarre durch den Raum und schaffte gerade noch die wenigen Zentimeter bis zum Ascher, ehe ein weißes Aschestück von seiner Tabakrolle abtropfte. „Meinen Sie etwa, ich lebe hinter dem Mond, Herr Grundler? Der Krebs hat Sie längst angekündigt."

Aha! So wurde also gespielt. Einer schickte mich zum nächsten, bis ich wieder beim Ersten, oder in diesem Falle, bei der Ersten ankomme.

„Krebs? Sie meinen Leinendekker?" fragte ich vorsichtshalber.

„Wen denn sonst?", schmunzelte Beyenthaler und schmierte sich mit einem feuchten, zerfransten Taschentuch, das er vor sich auf dem Schreibtisch liegen hatte, den Schweiß durchs nasse Gesicht. „Krebs wie Lungenkrebs." Er seufzte mit gespieltem Mitleid. „Der eine säuft zu viel, der andere raucht zu viel. Aber alle müssen sterben."

Jetzt hatte ich Beyenthaler vielleicht. „Der dritte tut zu viel und der vierte verzockt alles, was er hat. Und keiner überlebt."

Doch noch parierte der Makler nicht nach meinem Willen. Er spürte wohl, dass ich langsam in Fahrt kam und wollte mich zurechtweisen: „Und der fünfte fragt zu viel. Das sind die Schlimmsten."

So durfte der Fettbauch mir nicht kommen. „Auch wenn er dafür zahlt?" Demonstrativ griff ich nach meiner Geldbörse in der Gesäßtasche, zuckte sie kurz und schob sie zurück.

Das Blinzeln in den Augen verriet den Schweinskopf. Einladend winkte Beyenthaler mit seiner linken Pranke. Nur zu, wollte er mir damit zu verstehen geben.

„Womit makeln Sie, Herr Beyenthaler?"

„Mit allem, was sich bewegt oder steht", antwortete er bereitwillig. Das war wohl sein Standardsatz, ehe er mit der Litanei begann. „Sie können von mir eine Ferienwohnung auf Fuerteventura haben oder eine Beteiligung an einer Krokodilfarm in Australien. Sie können eine Reise buchen oder was auch immer. Zur Not verschachere ich Ihnen auch einen Fußballer der Alemannia, in bar, mit Quittung und schwarz-gelbem Geldkoffer aus dem Leder Ihrer australischen Krokofarm."

Das „was auch immer" interessierte mich am meisten, mehr noch als der ominöse Geldkoffer. „Und Sie makeln mit Informationen?"

„Wenn's sein muss, auch damit", sagte Beyenthaler beiläufig. Er grinste mich an, wobei das Grinsen wegen des fettwangigen Gesichts mehr zur Gruselmaske wurde, vor der Kinder wahrscheinlich verängstigt geflüchtet wären. „Jetzt wollen Sie wissen, was ich von Meurer halte. Stimmt's?"

Ich nickte, woraufhin Beyenthaler unmissverständlich mit Daumen und Zeigefinger seiner Rechten rieb.

Wieder zückte ich die Geldbörse.

Schon die Geste reichte dem Makler. „Das Schwein hat es nicht anders verdient." Beyenthalers Sätze kamen mir so bekannt vor, als seien sie mit Leinendekker abgesprochen. „Klinkenberg hat richtig gehandelt. Ich wünschte, ich wäre so mutig wie er, ich hätte Meurer auch umgebracht."

„Wieso?" Etwa wegen der Kindesmisshandlung oder wegen der Denunziation von Leinendekker?, fragte ich mich. „Dieser Betrüger hat mich um rund 100.000 Mark gebracht oder um über 50.000 Euro, um in der neuen Währung zu rechnen."

Meinem verständnislosen Blick entnahm der schwitzende Fettwanst, dass ich eine Erklärung brauchte.

„Wie gesagt, ich makle mit allem, auch mit Gewinnspielen." Beyenthaler zuckte kurz mit den Schultern, als wolle er sich entschuldigen. „Nicht immer ganz koscher, zugegebenermaßen, aber bei den Pferdepflegern sehr beliebt. Sie wetten auf bestimmte Reiter bei bestimmten Springen, ich habe die Wettbörse inne. Meurer war mein Mittelsmann. Nicht gerade die beste Wahl, aber für mich der Richtige. Er machte Druck, wenn ein Junge seinen Einsatz nicht zahlte, er teilte die Gewinne aus und kassierte eine kleine Provision." Beyenthaler hob betonend seine Zigarre in die Höhe. „Alles außerhalb des CHIO-Geländes und ohne Wissen des ALRV. Die hätten alle rausgeschmissen, wenn die etwas mitgekriegt hätten. War gewissermaßen eine reine Privatsache. Da haben wir drauf geachtet." Beyenthalers Stimme würde wütend. „Im letzten Jahr hat Meurer mich dann beschissen. Er hat mir Wetteinsätze vorgegaukelt und Gewinne nicht weitergegeben. Zum Schluss blieb ich bei einem Minus von 100.000 Mark hängen." Er korrigierte sich: „50.000 Euro." Der Schweißstrom auf Beyenthalers Stirn war stärker geworden als Zeichen der Erregung. „Ich habe ihn zwar angepfiffen, aber es hat nicht viel genutzt. Meurer ist zwar zunächst geflogen, aber wurde dann auf wundersame Weise wieder eingestellt." Mit einer zornigen Bewegung

zerquetschte Beyenthaler die Zigarre. „Ich hätte ihn umbringen können!"

Diese Bemerkung parkte ich in meiner Erinnerung.

„Seitdem laufen die Geschäfte schlechter?", fragte ich.

„Das können Sie laut sagen. Der CHIO war eines meiner
beiden Standbeine. Das ist erst einmal kaputt." Beyenthaler redete immer schneller. Seine Kurzatmigkeit zwang
ihn geradezu, die Sätze immer kürzer zu fassen. „Ich muss
es langsam wieder aufbauen. In zwei Jahren läuft der Ru-
bel wieder richtig. Bis dahin halte ich locker durch."
Beyenthaler setzte wieder seine Gruselmaske auf. „Bis
dahin ist bestes Weidegras über Meurers Leiche gewach-
sen." Schwerfällig schälte er sich aus seinem Sessel und
watschelte zum Fenster, um es zu öffnen und die abge-
standene Zimmerluft durch warme, abgashaltige zu tau-
schen.

„Haben Sie eigentlich schon mit der Delzepich über Meurer gesprochen?", fragte er beiläufig, während er sich
nach seinem Kraftakt am Fensterhebel festhielt.

„Wieso?", fragte ich verwundert.

„Man munkelt, sie hätte mit Meurer gemeinsame Sache
gemacht."

Ich hätte gewünscht, ich hätte diesen Satz nicht gehört.
Aber er war gesagt worden und ich hatte ihn verstanden.
Schnaufend schlich Beyenthaler zurück zum Schreibtisch
und unterzog seinen Sessel einen neuen Belastungstest.
Ich solle verschwinden, brummte er, in fünf Minuten er-
warte er einen wichtigen Kunden. „Das macht 1000
Euro", meinte er dreist.

Immer sachte mit den jungen Pferden, bremste ich seine Geldgier. Ich könne mich nicht erinnern, dass wir ein Honorar vereinbart hätten, entgegnete ich trocken. Er solle froh sein, wenn ich mich nicht an das Gespräch mit ihm erinnern würde, sonst könne er vielleicht unangenehme Fragen vom Finanzamt oder von der Staatsanwaltschaft gestellt bekommen. „Sie sind keinen Deut besser als Meurer", sagte ich Beyenthaler ins feuerrot angelaufene Gesicht und ging.

Die wüste Drohung, er würde mir die Polizei auf den Hals schicken, nahm ich nicht ernst. Aufschlussreicher war die letzte Anmerkung, die ich mitbekam: „Ich könnte Sie umbringen!"

Polen unter sich

Sabine oder Böhnke? Das war die Frage, die ich mir auf der Rückfahrt zur Soers stellte und auf die es nur eine eindeutige Antwort geben konnte: erst die Arbeit, dann das Vergnügen, wobei das Vergnügen in Anbetracht der von Sabine verursachten atmosphärischen Störungen durchaus zweifelhaft erschien.

Ich parkte den Polo auf dem VIP-Parkplatz und ging die paar Meter am Reitgelände vorbei zum Polizeipräsidium. Aber bei der Unterhaltung mit Böhnke wurde meine Stimmungslage auch nicht gerade auf das allerhöchste Niveau gehievt. Im Gegenteil, Böhnke legte es offensichtlich ebenfalls darauf an, mir meine Stimmung zu verderben, die schon bei der Rückfahrt nicht die Beste gewesen war. Beyenthalers Bemerkung über Andrea verunsicherte mich doch mehr, als mir lieb war.

Doch bevor ich mit Böhnke darüber reden konnte, hatte er mir schon den ersten Nasenstüber, – oder sollte ich besser Volltreffer auf die Kinnspitze sagen? – versetzt. Daraufhin wollte mir der Kaffee nicht mehr schmecken, den er mir in der Besucherecke eingeschenkt hatte.

„Sieht schlecht aus für Klinkenberg. Nach den ersten Zwischenergebnissen der Obduktion ist Meurer am wuchtigen, platzierten Stich mit der Mistgabel gestorben. Das Opfer war zwar schon durch das Gift geschwächt und wäre auch dadurch mit Wahrscheinlichkeit gestorben, aber die Stiche wirkten schneller." Böhnke sah mich mit aufrichtiger Betroffenheit an. „Sie wissen, was das bedeutet?"

Ich nickte stumm. Wenn sich dieses Zwischenergebnis verfestigte, hatte Klinkenberg einen vollendeten Mord am Hals. Lohnte es sich da noch, nach eventuellen anderen Verbrechern zu suchen, die einen Grund haben konnten, Klinkenberg zu ermorden; etwa Leinendekker oder Beyenthaler? Nutzte der Aufwand meinem Mandanten oder öffnete ich nur weitere Schleusen zu anderen menschlichen Verfehlungen, die für das Verfahren gegen Klinkenberg ohne Belang waren?

„Klinkenberg hat übrigens diese Mitteilung noch nicht", unterbrach der Kommissar meine Gedankengänge. „Ich denke, wir sollten die Entwicklung zunächst für uns behalten", schlug er kameradschaftlich vor.

Der Grund für diese Zurückhaltung war einleuchtend, zumindest aus der Sicht von Böhnke: Er wollte ebenfalls den

Kerl finden, der die Giftattacke zu verantworten hatte. Je weniger Bescheid wussten, umso größer war seine Erfolgsaussicht.

„Sind Sie einverstanden?", fragte er mich.

Ich stimmte sofort zu, wenngleich ich wusste, dass ich mich damit zum Partner von Böhnke machte. Ich musste weiter nach Spuren suchen, von denen ich hoffte, ich könnte damit Klinkenberg vor dem vollendeten Mord retten.

Das zufriedene Grinsen auf Böhnkes Gesicht zeigte mir, dass der Kommissar meine Gedanken erraten hatte. Lange wartete er nicht mit der nächsten Frage: „Wer ist der beinahe Giftmörder?"

Zwei potenzielle Kandidaten könnte ich ihm nennen, antwortete ich: Ulrich „Krebs" Leinendekker und Hans „Makler-Fetti" Beyenthaler. Ob noch weitere Kandidaten hinzukämen oder gar eine Kandidatin, verschwieg ich.

Interessiert hörte sich Böhnke meinen Bericht an.

Tatmotive hätten beide, darin waren wir uns einig. Außerdem schien Beyenthaler nicht nur eine erhebliche kriminelle Energie, sondern auch die entsprechende Skrupellosigkeit zu besitzen.

„Ihren Krebs würde ich in der Liste hinter Beyenthaler stellen", meinte der Kommissar. Er werde Ermittlungen veranlassen und mich informieren, versicherte er mir, während er sich auf den Weg zum Faxgerät neben dem Schreibtisch machte, das piepend angesprungen war.

„Vermissen Sie vielleicht einen Polen?", fragte er wenig interessiert, derweil er das Fax las. Große Bedeutung maß er dem Papier nicht bei.

„Wie kommen Sie darauf?", fragte ich erstaunt.

„Nur so. Das ist ein Rundschreiben vom LKA. Die haben da oben bei Warendorf eine Leiche gefunden. Ist schon ein paar Tage her. Eindeutig Mord. Jemand hat dem Opfer die Kehle durchgeschnitten." Böhnke las weiter und schüttelte den Kopf. „Nichts für uns. Der Tote ist ein Pole. Marek mit Vornamen, der Familienname ist unaussprechlich."

Während sich bei mir die kurzen Nackenhaare sträubten, zeichnete der Kommissar die Mitteilung aus Düsseldorf als gelesen und für ihn unbedeutend ab. „Bei uns im Gebiet ist kein Pole als vermisst gemeldet worden. Wird wohl ein Illegaler sein. Dieser Mensch ist nirgendwo gemeldet. Da waren wohl Polen unter sich am Werke."

Damit gehörte für ihn der Mordfall schon der Vergangenheit an.

Aber nicht für mich. Böhnkes letzte Bemerkung hatte mich endgültig stutzig gemacht. Ich hätte etwas für ihn, sagte ich langsam und bat um eine zweite Tasse Kaffee.

Ausführlich berichtete ich von meiner Suche nach Rasputin und dem zwielichtigen Kowalski. Auch verschwieg ich nicht, dass mir Donner versichert hatte, er würde nur gemeldete polnische Staatsbürger mit Arbeitserlaubnis beschäftigen.

„Sie sehen also, ich kann Ihnen doch noch Zusatzarbeit verschaffen", sagte ich entschuldigend.

Böhnke lächelte gequält zurück, als er seinen Notizblock beiseitelegte. „Grundler, Sie ziehen das Verbrechen an. Das weiß ich mittlerweile." Sein ungeduldiger Blick auf die Armbanduhr verriet untrüglich, dass er seinen Arbeitstag beenden wollte.

„Wenn wir uns beeilen, bekommen wir noch die Entscheidung bei der Qualifikation für den Großen Preis von Aachen mit", bemerkte er, womit er mich nicht gerade in schiere Begeisterung versetzte. Wohin sollte das noch führen, wenn sogar der Superermittler der Aachener Kripo Mörder laufen ließ, nur um ein paar Pferde über Stangen hüpfen zu sehen?

Oder war das Ereignis in der Soers für die Aachener doch mehr, als ich immer angenommen hatte?

Meine Liebste saß immer noch auf dem Platz, auf dem ich sie vor Mittag hinterlassen hatte. Sie strahlte mich mit einer Zufriedenheit an, die sie lange nicht mehr gezeigt hatte.

„Es ist so toll hier", freute sie sich, „ich könnte noch stundenlang bleiben." Sabine gab mir tatsächlich einen schmatzenden Kuss auf die Wange, um sich dann wieder von mir abzuwenden und sich voll und ganz dem Treiben im Stangenwald vor sich zu widmen. Kein Wort, was ich getan hatte, keine Frage, was ich erlebt hatte; nichts, ob ich neben ihr saß oder ob ich aus einem Flugzeug abgestürzt war, schien sie überhaupt nicht zu interessieren. Sabine war eins mit dem CHIO, Teil eines euphorisierten Publikums, das von den Reitern und noch mehr von den Pferden in den Bann gezogen wurde.

Ich konnte dem Gehüpfe auf der zuschauerumsäumten Wiese, das ich mit wenig Begeisterung betrachtete, nichts abgewinnen. Auch als ich mich ab und zu dabei erwischte, dass ich zusammenzuckte, wenn ein Pferd über eine mächtige Kombination von drei Hindernissen sprang, führte ich diesen Umstand mehr auf meine angespannte

Situation zurück als auf mein Mitfiebern für Reiter und Pferd. Dann ertappte ich mich tatsächlich auch noch dabei, dass ich Beifall klatschte, als ein Paar aus Mensch und Tier fehlerfrei neben dem Richterhaus aus dem Parcours entschwand. Vielleicht lag meine Applausbereitschaft auch daran, dass es sich bei dem Erfolgsduo um polnische CHIO-Teilnehmer handelte.

Mit Geduld ließ ich die nächsten beiden Stunden über mich ergehen, froh, neben meiner Liebsten sitzen zu können. Artig stand ich auf, als bei verschiedenen Siegerehrungen Nationalhymnen gespielt wurden, meistens die deutsche, und klatschte gruppendynamisch mit, als Zylinderträger, Kutschenfahrer oder Rotröcke in Ehrenrunden durch das Stadion trabten, fuhren oder galoppierten.

Auch nach dem Ende der reiterlichen Wettbewerbe sah Sabine noch keine Veranlassung, zurück zu kehren an den heimischen Herd oder in eines unserer Betten. Bereitwillig ließ ich mich durch die Budenstadt im Soerser Winkel hinter der gebogenen Tribüne und anschließend zu den Verkaufsbuden neben dem Reitplatz schleppen. Sabine hatte es auf einen Hut abgesehen.

„Jeder braucht einen Hut", behauptet sie und probierte ein Modell nach dem anderen.

Ich erinnerte mich bei der Hutmodenschau an eine Aktion des WDR-Landesstudio Aachen vor einigen Jahren, bei der ein extravagantes Hutmodell für einen guten Zweck versteigert werden sollte. Ein Ergebnis hatte es meinem Wissen nach nicht gegeben, der Hut war wohl als unverkäuflich an die Hutmacherin zurückgegangen.

Das würde mit dem Strohgeflecht nicht geschehen, das sich Sabine auf ihr blondhaariges Haupt setzte. Sie sah kess und elegant zugleich aus. Auch, wenn sie mich nicht fragte und das gute Stück selbst bezahlte, fand sie meine volle Zustimmung. Ich hätte ihr den Strohhut gekauft, wenn sie mich nach meiner Meinung gefragt hätte. Allerdings war die stillschweigende Harmonie getrübt, als meine Liebste bei unserer Rast an einem Getränkestand munter meinte: „Jetzt brauchen wir nur noch einen Hut für dich. Ein CHIO ohne Hut ist kein richtiger CHIO."

Damit machte sie bei mir alle Pferde scheu. Oder, um es drastischer in der Sprache der Pferdefreunde auszudrücken: Mich würden keine zehn Pferde dazu bringen, eine derartige Kopfbedeckung durch die Gegend zu tragen.

Da suchte ich lieber fluchtartig das Weite und steuerte das Richterhaus an, vor dem ich Andrea Delzepich entdeckt hatte. Mit ihr hatte ich noch ein klärendes Gespräch zu führen, hatte ich Sabine erklärt, die mich bereitwillig ziehen ließ.

„Ich warte genau fünf Minuten, bis ich meine Limo ausgetrunken habe, dann gehe ich zum Auto."

So lange würde ich nicht brauchen.

„Hallo, Delzi", rief ich laut und wurde erhört.

Die Pressesprecherin blieb stehen und drehte sich mit einem strahlenden Lächeln um, das mich sofort wieder in den Bann zog.

„Haben Sie heute Abend Zeit für mich?", fragte ich mit Herzklopfen, worüber ich mich ärgerte.

Meine Enttäuschung, als Andrea bedauernd ablehnte, war groß. „Geht leider nicht, heute ist Riders-Night im Quellenhof." Da müsse sie hin, das gehöre zu ihrem Job.

139

„Morgen stehe ich Ihnen den ganzen Tag über uneingeschränkt zur Verfügung", flötete sie. „Natürlich nur, wenn
Sie wollen."

Sollte ich etwa ablehnen?

„Dann bis Morgen, Delzi", sagte ich mit leichter Melancholie, winkte kurz und wandte mich wieder Sabine zu,
die mich genau beobachtet hatte.

„Na, hast du einen Korb bekommen?", schmunzelte sie
mit unverhohlener Schadenfreude.

Ich beschloss, nicht zu knurren, sondern in die Offensive
zu gehen. „Mir kann nur eine einzige Frau einen Korb geben, und das bist du. Alle anderen Frauen interessieren
mich allenfalls beruflich."

Der verkniffene Blick, mit dem mich Sabine anstaunte,
ließ nicht erkennen, ob sie mir glaubte oder ob sie sich
geschmeichelt fühlte.

Der Tag wollte wohl doch noch ein versöhnliches Ende
nehmen. Unser nur kurz geplanter Abstecher ins „Knossos" wurde zur längeren Sitzung, die unmissverständlich
vom griechischen Wirt beendet wurde, als er uns nach
Mitternacht höflich, aber bestimmt vor die Wirtshaustür
setzte. Er kannte uns zur Genüge und wusste, dass wir
den Weg heimwärts finden würden, schließlich lag meine
Behausung nur wenige Schritte entfernt.

Sabine hatte mir begeistert von den verschiedenen sportlichen Wettbewerben berichtet und hörte mir aufmerksam zu, als ich mit meiner Erlebnisschilderung begann. Sie
ließ mich berichten und stellte schließlich nur eine Frage:
„Warum schickt dich die Delzepich zu diesem Leinendekker, damit du am Ende doch wieder bei ihr landest? Da

stimmt doch was nicht." Es könne aber auch sein, dass der zwielichtige Makler die Frau absichtlich ins Spiel gebracht hatte, um mich aus eigenen, ganz eigennützigen Gründen auf eine andere Fährte zu lenken.

Ich musste ihr beipflichten. Doch kümmerten mich diese Fragen im Prinzip weniger als das Problem, wie ich Klinkenberg am besten helfen konnte. Da war es durchaus hilfreich von Delzi gewesen, mich auf Leinendekker aufmerksam zu machen.

„Glaubst du denn, er ist unschuldig?", fragte Sabine fälschlicherweise.

„Unschuldig ist Klinkenberg gewiss nicht", widersprach ich ihr. Die entscheidende Frage laute nach wie vor, ob er einen Mord oder einen Mordversuch begangen habe. Es schien mir nicht gerecht, wenn er für einen Mord in den Knast wandern würde, mit dem andere ihre Rachegelüste befriedigt sahen und sie oder andere zugleich das Glück besaßen, dass die Stiche schneller wirkten als das Gift. Allein Klinkenberg zur Verantwortung zu ziehen, fand ich nicht richtig, ungerecht, wenngleich eine lebenslange Haftstrafe wahrscheinlich juristisch nicht anzweifelbar war. Aber was war schon gerecht oder gar im Sinne unseres Rechtsstaates?

Deshalb entschied ich für mich, dass ich mit oder ohne Beachtung der Strafprozessordnung alles unternehmen würde, um Klinkenberg rauszupauken, selbst wenn ich dafür gegen Gesetze verstoßen müsste. Mein Innenminister hatte mir dieses Verhalten ja vorgelebt, ohne dafür belangt zu werden, als er bezahlte Spitzel als Kronzeugen benannte.

Das laute Klirren in der Nacht nahm ich zunächst nicht richtig wahr. Ich hielt es für den lärmenden Abschluss eines schon vergessenen Traums. Erst als sich Sabine erschrocken aus meinen Armen löste und sich aufrichtete, musste ich erkennen, dass das Klirren Wirklichkeit war.

„Was ist passiert?", fragte meine Liebste erschrocken und zog sich ein Shirt über. „Hast du das auch gehört? Da ist was im Wohnzimmer."

Sofort sprang ich aus dem Bett, schob Sabine beiseite, eilte voraus in den Nachbarraum und schaltete die Deckenleuchte an.

Das Schlamassel war unübersehbar: Jemand hatte die Fensterscheibe eingeworfen.

„Schöne Scheiße", fluchte ich und schaute mich um. Lange brauchte ich nicht zu suchen, neben dem Schreibtisch fand ich das Wurfgeschoss, einen faustgroßen Stein, der in ein Blatt Papier eingewickelt war.

Sabine hatte schon Handfeger und Kehrblech geholt und kehrte die Scherben auf dem alten Parkettboden zusammen. Wir füllten sie mitsamt dem Stein in eine Plastiktüte. Ich würde das Zeug morgen Böhnke überlassen mit der nur geringen Hoffnung, er könne aus dem Stein irgendwelche Rückschlüsse auf den Werfer ziehen. Bei all meinem Vertrauen in die Untersuchungsmöglichkeiten der Polizei, das traute ich den Jungs nun doch nicht zu.

Aufschlussreicher schien der Papierbogen, den ich mit zwei Pinzetten aufgehoben und auf der Schreibtischplatte geplättet hatte. Es handelte sich um einen Briefbogen, der mit dem offiziellen Emblem des ALRV und dem Aufdruck des diesjährigen CHIO versehen war. „Lass die Finger von Andrea Delzepich! Sonst wirst du was erleben!", stand darauf in einer typischen Computerschrift geschrieben, die in jedem Word-Programm zu finden war. Der anonyme Briefschreiber schien kein Freund der Pressesprecherin zu sein, sonst hätte er von „Delzi" gesprochen, dachte ich ironisch.

„Ist da jemand eifersüchtig auf dich?", wollte Sabine wissen, die mir über die Schulter blickte. „Ich habe doch immer gesagt, dass du was mit der Tussi hast." Sie schlang von hinten ihre Arme um mich und küsste mich in den Nacken. „Nur ich glaube das nicht."

Ich stellte mir eine andere Frage: Woher wusste der Steinewerfer, wer ich war und wo ich wohnte?

Wir betrachteten beide den merkwürdigen Satz auf dem merkwürdigen Fund. Sabine war zu müde, um sich mitten in der Nacht, kurz nach drei Uhr, weitere Gedanken zu machen. Ich hatte keine Lust, meine Überlegungen laut zu äußern.

In Anbetracht der milden Temperaturen und der geringen Wahrscheinlichkeit, dass ein Fassadenkletterer in meine bescheidene Wohnung einsteigen würde, konnte das demolierte Fenster ruhig offen bleiben, darum konnte sich am Morgen der Glaser kümmern.

Dass ich dennoch lange keinen Schlaf fand, lag an einem anderen Ärgernis: Warum, um alles in der Welt, wehte ein Hauch von Andreas betörendem Parfüm von diesem bescheuerten ALRV-Briefpapier?

Flüchtlinge

Der ungedämpfte und damit ungewohnte Straßenlärm vom Templergraben bereitete unserer unterbrochenen, nervenaufreibenden Nachtruhe ein recht frühes Ende. Sabine hatte noch vor mir das Bett verlassen und saß schon geduscht in all ihrer Schönheit am Frühstückstisch und ließ sich den Kaffee schmecken. Wir ließen den Tag langsam angehen, ich hielt mich lange an meinem O-Saft und der Banane auf, Sabine schlürfte genüsslich ihr Getränk. Auch wenn wir nicht miteinander sprachen, war doch wieder der gewohnte Einklang zwischen uns.

Erst das Telefon beendete unsere morgendliche Idylle. Böhnke lud mich zu seinem zweiten Frühstück ins Büro ein. Er habe mir interessante Mitteilungen zu machen, köderte er mich.

Ich könne mit selbigen aufwarten, warf ich meinerseits einen Köder aus.

Auch Sabine war mit meinem Termin bei Böhnke sofort einverstanden. „Dann komme ich wenigstens wieder ins Stadion", freute sie sich.

Auf den Glaser zu warten, erwies sich ohnehin als zwecklos. Einer war in Urlaub, der andere meldete Überfüllung, ein dritter nahm nicht einmal den Telefonhörer ab und der vierte vertröstete uns auf den späten Abend, dann käme er sofort, „wenn der CHIO vorbei ist".

Sollte ich deswegen fluchen? Böhnke, Sabine, der Glaser, der Reitturnierbazillus griff unaufhaltsam weiter um sich. Ich musste aufpassen, dass ich nicht auch noch davon betroffen wurde. Mein Anruf in der Kanzlei bestätigte das epidemische Ausbreiten der Öcher Krankheit: Schulz verprasste ungefragt unser schwer erarbeitetes Vermögen und hatte die Belegschaft für den Nachmittag ins Reitstadion eingeladen. „Wäre schön, dich dort zu sehen", meinte er nur. „Du vertreibst dort ja nutzlos deine gesamte kostbare Arbeitszeit."

Sabine druckste ein wenig herum, als ich uns im Auto zur Soers fuhr. Ob ich am Nachmittag das Auto bräuchte, fragte sie vorsichtig. Als ich verneinte und nach dem Grund ihrer Frage fragte, rückte sie mit ihrem Anliegen heraus. Sie hatte Onkel Horst versprochen, ihn heute zu besuchen. Er wollte ihr seine Vermögensverhältnisse offen legen.

Sie solle ruhig fahren, sagte ich wenig begeistert. Ich hatte gedacht, das Thema sei spätestens seit gestern Nacht durch gewesen.

Sabine würde erst in der Nacht zurück nach Aachen kommen, weil der millionenschwere Greis sie ins Apollo-Theater eingeladen habe. „Du musst ja sowieso auf den Glaser warten", fügte sie pragmatisch hinzu.

Auf dem VIP-Parkplatz hatten sich die ALRV-Parkwächter anscheinend mit dem nicht standesgemäßen fahrbaren Untersatz von Sabine und mir abgefunden. Zwischen Mercedes, BMW, Audi, Porsche und sonstigen Prestigekarossen wirkte der kleine, weiße Polo wie ein Exot. Ein Grund, weswegen wir dennoch freundlich auf einen Stellplatz hingewiesen wurden, war wahrscheinlich die Attraktivität meiner Partnerin. Sie war der eigentliche Blickfang auf diesem Flecken Erde. Da wurden die aufgetakelten

Kunstblondinen oder klunkerüberhäuften Zwangsver-
jüngten zur Makulatur, zur Staffage, die die Schönheit
meiner Liebsten noch verstärkte. Unsere Wege trennten
sich. Meine Liebste suchte ihren Sitzplatz, der heute auf
der Dunlop-Tribüne war, ich marschierte mit der Plastiktüte ins Polizeipräsidium.

Böhnke hatte in der Besprechungsecke seines Büros
schon das zweite Frühstück auffahren lassen, eine mit
Holländerkäse belegte Brötchenhälfte und eine Tasse Kaffee für sich, ein Glas Orangensaft und die Banane für
mich. Obst, Gemüse und Brot – seitdem ich meine Ernäh-
rung fast ganz auf diese Grundnahrungsmittel reduziert
hatte, war mein beginnendes Gewichtsproblem hinfällig
geworden. Bauchträger gab es zu Genüge auf der Welt,
ich wollte nicht dazugehören. Außerdem fühlte ich mich
wohler und frischer. Vielleicht sollte ich Böhnke einmal zu
dieser Umstellung motivieren, er machte immer noch den
müden, fast schon antriebsschwachen Eindruck, obwohl
er sich Mühe gab, seine ihn üblicherweise auszeichnende
Dynamik zu betonen.
Die Plastiktüte mit den Bestandteilen meiner nächtlichen
Schlafstörung nahm Böhnke mitsamt meiner Schilderung
mit einem verständnislosen Stirnrunzeln entgegen.
„Wem haben Sie auf den Schlips getreten?", fragte er,
wohlwissend, dass er keine klare Antwort von mir erhalten konnte.
Ich beließ es bei einem Schulterzucken, während ich die
Banane schälte.
Er habe wenig Hoffnung, etwas herausfinden zu können,
meinte der Kommissar, als er die Tüte neben seinen

Schreibtisch stellte. Ich solle allerdings aus dieser wahrscheinlichen Ergebnislosigkeit nicht den Schluss ziehen, bei der Polizei verliefen alle Untersuchungen im Sande, witzelte er.

Böhnke kannte mich wirklich gut. Tatsächlich hatte mir eine entsprechende lästernde Bemerkung auf den Lippen gelegen, die ich mir nun sparen musste.

„Der Fall Meurer/Klinkenberg kann mit weiteren Fakten versehen werden", sagte Böhnke feierlich, um sofort anschließend meine aufglimmende Hoffnung wieder zu ersticken. „Die Todesursache steht zwar noch nicht definitiv fest, aber nach wie vor gehen die Mediziner davon aus, dass die Stiche tödlich waren. Dafür spricht eine größere Wahrscheinlichkeit. So gesehen hat Ihr Mandant schlechte Karten."

Ich horchte auf. Wenn Böhnke „so gesehen" sagte, gab es noch eine andere Sichtweise.

„Der Staatsanwalt traut dem medizinischen Zwischenergebnis nicht so ganz. Er hat jetzt um eine parallele Untersuchung gebeten." Böhnke lächelte. „Sie sehen, mein Freund, man will auf Nummer sicher gehen. Oder auf Nummer unsicher im Sinne Ihres Mandanten."

Ich dachte nicht nach, als ich fragte: „Trifft es zu, dass Staatsanwalt Salentin den Fall betreut?"

Woher ich das schon wieder wisse, wollte Böhnke verwundert erfahren, aber ich winkte schwach ab.

„War eine reine Vermutung, die zufällig zugetroffen hat", meinte ich gelassen. Ich war damit zufrieden, auf der Gegenseite Salentin zu wissen. Er würde sicherlich nichts unversucht lassen, Klinkenberg zu helfen.

Das sei aber nicht der interessante Aspekt, fuhr Böhnke in seinem Bericht fort. „Ich habe ermitteln lassen, was Meurer seit seiner Entlassung gemacht hat." Es gebe zwar einige kleinere, wahrscheinlich unbedeutende, zeitliche Lücken, aber insgesamt seien die wenigen Stunden seiner Freiheit leicht nachvollziehbar. „Meurer war schon am Freitag im Reitstadion, hat dort mehrere Menschen angesprochen und eine Arbeit gesucht. Wie Ihnen bekannt ist, hat er eine Anstellung im Turnierstall Schnitzler gefunden. Gegen zwanzig Uhr ist Meurer am Freitag zu seiner Wohnung gefahren. Am Samstagmorgen hat er bei Schnitzler seinen Dienst begonnen. Wir haben selbstverständlich bei Schnitzler nachgefragt, aber es gab keine Beanstandungen. Meurer ist pünktlich erschienen und hat seine Arbeit ordentlich gemacht. Zu Mittag hat er in der Kantine fürs Personal gegessen, er saß alleine an einem Tisch. Anscheinend wollte niemand etwas mit ihm zu tun haben. Wir haben zwar eine Namensliste derjenigen, die in der Kantine waren, aber wir wissen zum einen nicht, ob sie vollständig ist, und zum anderen, ob sie uns überhaupt weiterbringt. Alle, mit denen wir uns unterhalten haben, haben übereinstimmend ausgesagt, Meurer habe mit niemandem geredet, er sei zwar einmal kurz aufgestanden und vermutlich in der Toilette verschwunden, das war's dann auch schon."

„Und selbstverständlich hat niemand gesehen, dass jemand etwas während Meurers Abwesenheit in dessen Cola oder Essen geschüttet hatte", fiel ich Böhnke ins Wort. „Das war die die beste Gelegenheit." Und für mich der gelungene Ansatz, einem Giftmord zu konstruieren.

„Selbstverständlich nicht", bestätigte der Kommissar nüchtern. Ich könne zwar die These aufstellen, Meurers Mahlzeit sei vergiftet worden, aber ich könnte sie nicht beweisen. Es gebe keine Zeugen, die etwas Verdächtiges beobachtet hätten.

Wahrscheinlich wäre es auch niemandem aufgefallen, wenn jemand etwas im Vorbeigehen ins Getränk oder ins Gemüse geschüttet hätte. Einige Tropfen Gift aus einem Fläschchen oder einer Papille, und schon war die Speise vergiftet; wenn überhaupt diese Konstruktion zutraf.

Abwegig sei sie in der Tat nicht, pflichtete mir Böhnke bei. Sie sei aber insofern belanglos, weil sie Klinkenberg nicht helfen könnte. „Es sei denn, die Mediziner strafen ihr eigenes Zwischenergebnis Lügen", folgerte der Kommissar, wobei er erkennen ließ, dass er dies für unwahrscheinlich hielt.

Wir schwiegen uns an und bequemten uns, das Frühstück schweigend zu beenden, als Böhnke ans Telefon gerufen wurde.

Ich lauschte dem Gespräch nicht. Böhnke würde sicherlich Wissenswertes mitteilen.

Kopfschüttelnd kehrte der Kommissar vom Schreibtisch zu seinem Sessel in der Besucherecke zurück. „Sie haben ein seltenes Geschick, mein Freund. Was Sie anpacken, führt unweigerlich zu Komplikationen."

Er nahm es mir nicht übel, dass ich seine rätselhafte Sprache nicht ohne weitere Aufklärung entschlüsseln konnte.

Sein Bericht brachte eine weitere Ungereimtheit. Am frühen Morgen hatten Kollegen der Jülicher Polizeistation, wahrscheinlich auf Bitten von Böhnke, wie ich mir dachte, auf Donners Gestüt nach Kowalski gesucht. Aber der

Mensch war nicht da. Donner hatte keinen blassen Schimmer, wo sein Pfleger war, der übrigens, wie Böhnke betonte, mit gültiger Aufenthaltserlaubnis und einem festen Arbeitsvertrag auf dem Gestüt angestellt war. Er war mit einem alten Wagen, dem Ford, wie ich richtigerweise vermutete, am gestrigen Abend davongefahren, ohne sich abzumelden, und war nicht zurückgekommen. Überstürzt musste Kowalski aufgebrochen sein, denn er hatte nichts aus seinem Zimmer mitgenommen.

„Das sieht ganz nach einer Flucht Hals über Kopf aus", kommentierte der Kommissar.

Ich blieb stumm. Mir fiel keine plausible Erklärung für Kowalskis Verhalten ein, außer einer: Er hatte Dreck am Stecken, wusste wahrscheinlich mehr über den Mord an seinem polnischen Kumpel und über Rasputins Verschwinden, als er bisher gesagt hatte.

Auch wenn ich es nicht glauben würde, fuhr Böhnke fort, so würde die Polizei inzwischen intensiv nach Rasputin suchen. „Mir zum Gefallen", sagte er und spielte damit auf die guten Beziehungen an, die er im Laufe seine vielen Dienstjahre geknüpft hatte.

„Es gibt wohl keinen Pferdestall im Umkreis von fünfzig Kilometern und keinen potenziellen Unterschlupf, den wir nicht überprüft hätten. Weder in Deutschland, noch in Belgien, noch in Holland. Der Gaul ist nicht zu finden."

Nach dem unergiebigen Gespräch bei Böhnke machte ich mich auf zum nächsten, ebenfalls wahrscheinlich nicht sonderlich erfreulichen Gespräch.

Ich war gespannt, wie Andrea Delzepich auf mein Erscheinen reagieren und den nächtlichen Steinwurf erklären würde.

Bei meinem Weg ins Reitstadion bewirkte das VIP-Kärtchen wahre Wunder. Überall, wo ich es hochhielt, durfte ich nach einem respektvollen Bückling des ehrfürchtigen Kontrolleurs passieren. Lediglich der Wärter am Eingang zu den Tribünen hatte zum Ausweis auch noch meine Eintrittskarte verlangt. Ich zückte sie gerne, zumal er mir daraufhin freundlich den kürzesten Weg zu meinem Platz zeigte, während er die Karte entwertete.

Karte und Ausweis stopfte ich wieder in die Hosentasche. Ich fand es bescheuert, die VIP-Karte einer Trophäe oder einer Medaille gleich am Hals baumelnd vor mir herzutragen, damit ein jeder sehen konnte, zu welch privilegiertem CHIO-Besucherkreis ich gehörte. Manch feister Kerl brüstete sich geradezu mit seinem Plastikkärtchen, manche ehemalige Schönheit holte sich dadurch die verlorene Attraktivität zurück – und ich versteckte den Schlüssel zum Pferdeparadies einfach nur so in meiner Jeanstasche. Auf dem Weg zu Delzis Arbeitsplatz nutzte mir dann aber auch der VIP-Karton nichts. Ein Kontrolleur hielt mir glattweg die Hand vor die Brust, als ich vom Hauptweg am Übergang zum Richterhaus wollte. „Pferde haben Vorfahrt", sagte er knapp und zeigte auf einen Reiter, der auf seinem nervös trippelnden Vierbeiner an uns vorbei ins Stadion einritt. Erst als sich hinter dem Paar die Schranke zum Turnierplatz geschlossen hatte, gab mir der gute Mann den Weg frei.

Schnell sprang ich durchs Treppenhaus in die erste Etage und klopfte an die Tür zu Delzis Büro. Als niemand reagierte, drückte ich die Klinke, doch blieb die Tür verschlossen.

„Wenn Sie zu Frau Delzepich wollen, haben Sie Pech gehabt", sagte eine freundliche Stimme in meinem Rücken. Sie sei heute Morgen nicht zum Dienst erschienen und hätte sich auch noch nicht gemeldet, erklärte mir ein älterer Mann in der ALRV-Einheitskleidung aus elegantem grünen Sakko mit schmuckem Wappen und passender dunkler Stoffhose mit messerscharfer Bügelfalte. Der Alte war unverkennbar besorgt: „Wir suchen überall nach ihr." Was sollte ich davon halten? Mitten im Reitturnier macht die Pressesprecherin blau. Bei allen, das mit der Delzepich zusammenhing, kam ich immer wieder zu dem Ergebnis: Hier stimmt etwas nicht. Aber was hatte das mit Klinkenberg zu tun? Mit größter Wahrscheinlichkeit nichts. Oder doch?

Während ich meinen Gedanken nachging, schlenderte ich die Tribünen entlang zu Sabine. Wieder einmal wunderte ich mich über das Gewusel der vielen Menschen aller Altersstufen und dem Aussehen und Gehabe nach verschiedener gesellschaftlicher Kreise auf dem Gelände. Hier fiel niemand auf, hier gab es eine große Familie der Pferdenarren. Wer gesehen werden wollte, der wurde gesehen, wer nur erleben wollte, der konnte ungestört erleben, bemerkte ich zu Sabine, die mich strahlend auf ihrem Sitzplatz erwartete hatte.

Heute sei doch gar nicht viel los, meinte eine ältere Dame mit rotem Käppchen, den achtzig näher als den siebzig, mit Stolz zur Schau getragener Bescheidenheit. Ich müsse erst einmal am Samstag oder Sonntag hier sein, empfahl sie, dann kämen mehr als fünfzigtausend Menschen. Sie wisse es ganz genau, behauptete sie ernsthaft.

„Wir kommen nämlich schon seit über 50 Jahren jedes Mal zum CHIO", ergänzte ihre Nachbarin aufgeregt, nicht weniger jung und wie ihre Altersgenossin im feinsten Sonntagskleid gewandet und mit einem neckischen weißen Sonnenhütchen geschützt.

Der Platz neben den beiden durchaus sympathischen Damen war frei geblieben, was mich zu der Vermutung veranlasste, die Dritte im Bunde sei nicht gekommen.

„So isses", bedauerte die erste Seniorin, „Martha is nit do. Die kütt sonst immer. Ich weiß nit, wat da passäet is."

Darüber wollte ich mir keine Gedanken machen. Ob es an den wieder gestiegenen Eintrittspreisen lag? Darüber wurde viel gemurrt, aber letztendlich kamen die Pferdefreunde doch alle wieder, koste es, was es wolle.

Auch die Seniorinnen widmeten sich lieber wieder dem sportlichen Treiben zwischen Wassergraben und Pulvermanns Grab als einer müßigen Diskussion über die Preisgestaltung des ALRV oder seiner Veranstaltungstochter. Sorgfältig füllten sie den Zettel aus, den es vor jedem Wettbewerb an den Tribünenaufgängen von den Platzanweisern gab.

Auch Sabine hatte dieses Papier zur Hand. „Ich muss jetzt los", meinte sie mit einiger Enttäuschung, „sonst schaffe ich es nicht rechtzeitig nach Düsseldorf." Mit dem unmissverständlichen Auftrag, den weiteren Verlauf des Springens zu notieren, und mit einem nassen Kuss mitten auf meinen Mund verabschiedete sich meine Liebste bis zum nächsten Morgen.

„Bleib anständig", gab ich ihr mit auf den Weg.

„Wollt' ich dir auch empfehlen", antwortete sie prompt und verschwand flugs.

Ihr rascher Aufbruch kam schon fast einer Flucht nahe.

Und schon saß ich, mitten am Tag, mutterseelenallein auf einer Tribüne im Reitstadion und versuchte, mit den Geheimnissen eines Ergebniszettels irgendeines unbedeutenden Nachwuchsspringens fertig zu werden, wobei sich, so viel wurde mir dann doch klar, sich die Bezeichnung Nachwuchs auf die Pferde und nicht auf die Reiter bezog. Ich las einige Namen, die ich schon im Sportteil der AZ gefunden hatte, wie Weinberg, von Rönne, Tebbel oder Becker, aber auch den Namen Schnitzler; der Reiter, der, wie ich mich erinnerte, für wenige Stunden Meurers Chef gewesen war. Ob ein Gespräch mit ihm mich bei meiner Hilfe für Klinkenberg weiterbringen würde, bezweifelte ich. Schnitzler würde mir auch nicht mehr sagen können, als er der Polizei gesagt hatte.

Der anschwellende Beifall holte mich zurück zum gerade beendeten Ritt von Schnitzler. „Null Punkte, clear round, zero point", schallte es aus den Lautsprechern, „damit haben wir auf jeden Fall ein Stechen."

Artig notierte ich auf dem Papier bei der Startnummer 221, Buxtehuder Lümmel, mit Eduard Schnitzler, die Null und stellte beim Überblick über die Zahlen fest, dass er erst der Zweite der bisherigen Starter bei diesem Springen gewesen war, der ohne Abwurf durch den Stangenwald gekommen war.

Plötzlich wurden die beiden Seniorinnen vor mir ausgesprochen erregt.

„Da isse ja", rief eine begeistert, alles übertönend aus. „Martha, huhu!" Heftig wedelte sie mit ihrem Hütchen der älteren Frau zu, die sich überall grüßend wacker durch die Zuschauerreihen bis zu ihrem Platz mühte. Herzlich umarmte sie die beiden anderen Altersgenossinnen.

„Wo wa'se?", fragte sie die offensichtliche Wortführerin. „Wir han dich vermisst."

„Ich konnte nicht. Minge Mann", entschuldigte sich die Neuankömmlingin, während sie sich schnaufend niederließ und ihre Handtasche auf dem Schoß absetzte.

„Wat is mit dem?" Mit selbstverständlicher Neugier kam die prompte Frage.

„Der ist dued«, war die knappe Antwort, die den beiden anderen Frauen ein knappes „Oh" entlockte.

„Der war krank und schon alt und ist gestern gestorben. Dat war für ihn dat Beste", berichtete die Neue weiter ohne Trauer und Mitleid. „Sa konnte ich gestern nicht kommen. Ich musste mich um das Gedöns kümmern."

Verständnisvoll und bemitleidend nickten die beiden Zuhörerinnen. „Wann is denn Beerdigung?"

„Der nächste Mandaach. Jottseidank, dann kann ich wenigstens auf der CHIO", antwortete die durchaus nicht traurige Witwe.

Damit schien die Welt für sie und ihre beiden Freundinnen wieder im Reinen.

„Ich hab' für dich alles aufgeschrieben", sagte das weiße Sommerhütchen und kramte aus ihrer Tasche mehrere zusammengefaltete Zettel, die sie der Witwe gab.

Schon war das erstaunliche Intermezzo beendet. Das Trio schaute auf den nächsten Springreiter, und ich überlegte, ob mir irgendjemand glauben würde, wenn ich diese Geschichte einmal zum Besten geben würde.

Unterhaltsam war es allemal, das rüstige, fidele Frauengrüppchen zu beobachten, das mit den Pferden und Reitern litt, aufgeregt mitfieberte, applaudierte, notierte, kommentierte und zu fast jedem Starter etwas zu bemerken hatte. Gerade hatten sie Peter Weinberg zwischen. „Der is jut", meinte Rotkäppchen und musste sich vom weißen Sommerhut anhören, die Helena sei besser, was die Witwe wiederum zum Anlass nahm, einen gewissen Peter Schmitz aus Schwarzenbroich in die Diskussion zu bringen, der früher viel besser gewesen sein sollte als heutzutage Helena und Peter Weinberg zusammen.

„Entschuldigung." Ich räusperte mich, als ich meine agilen Vorderfrauen ansprach. „Und was ist mit Eduard Schnitzler? Der ist doch noch besser. Oder?"

Einige Blicke, gemischt aus Verwunderung, Bedauern, Verachtung, Hohn und einer Prise Mitleid für meinen dürftigen Sachverstand sagten schon mehr, als es Worte ausdrücken konnten.

„Der war nie was und wird nie was werden", kanzelte die weißbehütete Seniorin mich und meinen vermeintlichen Favoriten ab. Aus ihren Augen sprach jahrzehntelange Erfahrung.

„Der hatte einmal ein gutes Pferd vor ein paar Jahren. Das hieß Donnerhall", ergänzte Rotkäppchen unter zustimmendem Kopfnicken ihrer Freundinnen und die muntere Witwe vervollständigte die Information: „Ist elendig eingegangen. Kolik oder so."

Damit waren auch dieser Fachkommentar und die Aufmerksamkeit für mich beendet. Das Trio begeisterte sich für eine Reiterin, die putzig klein auf einem riesigen Pferd wirkte und allein schon deshalb Sympathie einheimste.

Ich ließ meinen Blick durch das weite Rund schweifen. Mindestens zwanzigtausend, wenn nicht sogar fünfundzwanzigtausend Menschen waren versammelt, so hatten meine Seniorenfachfrauen geschätzt. Aber dann war mir, von einem Augenblick zum nächsten, das Nachwuchsspringen und damit auch Sabines Zettel einerlei. Wenige Meter vor mir, unterhalb auf dem schmalen Weg zwischen Tribüne und Springplatz, stand Leinendekker, intensiv im Gespräch mit einem Mann verwickelt. Die beiden Männer redeten heftig miteinander. An ihrer Gestik erkannte ich, dass es sich dabei keinesfalls um den Austausch geistreicher Witze handelte. Bei dem Wortgefecht ging es zwischen den beiden richtig zur Sache. Leinendekker hatte den anderen an den Schultern gepackt und geschüttelt. Die beiden kannten sich, das war unverkennbar. Wenn ich mich nicht sehr täuschte, war Leinendekkers Gesprächspartner Pferdepfleger oder Ähnliches. Wer sonst lief schon zu dieser Zeit in Gummistiefel und Arbeitsanzug herum? Leinendekker war beileibe nicht das Musterbeispiel für einen eleganten Mann von Welt. Aber der andere war noch schlimmer dran, er hätte nicht nur neue Kleidung, sondern auch eine frische Rasur und einen neuen Haarschnitt gut gebrauchen können.
Nachdem ich das Palaver einige Minuten beobachtet hatte, erhob ich mich. Leinendekker hatte mir einiges zu erklären. Von wegen Stadionverbot und so.
Fatalerweise schaute er just in dem Moment auf die Tribüne hinauf, als ich aufgestanden war. Er erkannte mich

sofort und verabschiedete sich auf der Stelle von seinem Kumpel. Hinkend versuchte er, zwischen den wandelnden CHIO-Besuchern zu verschwinden.

Rasch stürmte ich von der Tribüne herunter und hinter ihm her.

Leinendekker war schneller, als ich es ihm mit seiner Nikotinsucht zugetraut hätte.

Ich sah, wie er am Tribünenende auf den Stadionausgang zustrebte und am Kontrolleur vorbei verschwand. Ich verfolgte ihn, schob den maulenden Kontrolleur zur Seite und rannte Leinendekker nach, der auf der anderen Seite an einem Nebeneingang durch ein Eingangshäuschen wieder auf das Gelände lief. Ich wollte es ihm nachmachen, doch bremste mich der grimmige Türsteher.

Wo mein Zettel sei?, wollte er streng wissen.

Ich zeigte die Eintrittskarte, doch er bedauerte. Die entwertete Karte allein reichte nicht, machte er mir oberlehrerhaft deutlich. Da könne ja jeder mit einem bereits benutzten Billets kommen. Ich hätte mir am Stadionausgang auf der anderen Seite einen Zettel geben lassen müssen. Nur mit einer ungebrauchten Eintrittskarte oder nur mit diesem Zettel könne er mich hineinlassen.

Ungehalten schaute ich Leinendekker nach, der in der Menge aus meinem Blickwinkel verschwand, und heftete dem Kontrolleur zornig mein VIP-Plastik vor die Nase. Doch auch damit hatte ich kein Glück. Ich solle durch den VIP-Eingang am Zelt gehen, schlug der ordnungsliebende Mann vor und deutete wenige Meter weiter auf ein kleines Tor im Zaun, neben dem ein noch kleineres Hinweisschild angebracht war. Dort ginge es sofort ins Zelt, in das käme ich auch ohne gültige Eintrittskarte.

Problemlos und mit ausgesuchter Höflichkeit machte mir der dort postierte Kontrolleur Platz. Aber was nutzte mir mein erfolgreicher Wiedereintritt auf das Gelände? Leinendekker war spurlos verschwunden und würde sich hüten, sich noch einmal von mir erwischen zu lassen.

Freundschaftsdienst

Heute schien wirklich nicht mein Glückstag zu sein. Ich lungerte noch einige Zeit lustlos im Reitstadion herum, verfluchte wechselweise Leinendekker, Delzepich und meine Sekretärin, vermied es, mich im VIP-Bereich aufzuhalten, musste erfahren, dass die Delzepich immer noch nichts von sich hatte hören lassen, und ging schließlich unzufrieden von der Soers in die Stadt.

Bis in die Kanzlei trieb es mich, aber auch dort war es trostlos. Es gab für mich nichts zu tun. Den Zettel auf meinem Schreibtisch mit der Notiz, ich möge Sümmerling anrufen, zerknüllte ich. Ich solle doch, wie es jeder macht, der das Glück hatte, zum CHIO gehen zu können, dorthin gehen, war die erste und einzige Bemerkung, die mir ein junger, sehr penibler Referendar machte, der wegen der Examensvorbereitung auf den von seinem Chef finanzierten Besuch verzichtete und sich während der Stallwache seinen juristischen Facharbeiten widmete.

Auch ein handgeschriebener Brief unserer Rezeptionsdame, den ich in meinem Brieffach fand, konnte mich nicht aufheitern. Fräulein Schmitz beklagte in ihrer fein säuberlichen Schrift zunächst den rüden Umgangston, den ich ihr gegenüber anschlug und bekannte dann, am letzten Freitag Meurer meine Geheimnummer gegeben zu haben, weil sie sich über mich geärgert hatte. Damit seien wir quitt, schrieb sie und wünschte uns weiterhin eine gute Zusammenarbeit. Wenigstens hatte sich so die kleine Frage wegen des Anrufs von Meurer geklärt, tröstete ich mich schwach. Darüber hatte ich mir aber ohnehin nur die wenigsten Gedanken gemacht. Wenn sich alle Probleme so schnell lösen ließen, hatte ich bald nichts mehr zu tun.

Bei einem letzten, kontrollierenden Blick in den Briefkasten am Hauseingang fiel mir der braune Briefumschlag in die Hand. In ungelenker Schrift war darauf mein Name vermerkt, sonst nichts. Irritiert riss ich den Umschlag auf und griff nach einem Zettel, dessen Inhalt ich überhaupt nicht einordnen konnte, nachdem ich das Schreiben endlich entziffert und verstanden hatte.

Der undatierte Brief war von Kowalski. Er sei geflüchtet, so interpretierte ich die Worte, weil er Angst habe. Er suche Rasputin und werde ihn finden. Dann würde er sich bei mir melden.

Was sollte ich von diesem Schreiben halten? Vor wem hatte Kowalski Angst? Wo wollte er Rasputin finden, was zugleich bedeutete, dass Kowalski annahm oder wusste, dass der Hengst noch lebte? Wann und wo wollte Kowalski sich mit mir treffen?

Die Ernsthaftigkeit schien mir mehr als zweifelhaft. Ich hatte das Gefühl, Kowalski wollte mich täuschen, mir eine Zusammenarbeit oder Hilfsbereitschaft vorgaukeln, um von seinem tatsächlichen Bestreben abzulenken. Aber andererseits hatte ich schon Pferde kotzen sehen, und das ausgerechnet vor der Apotheke.

Vielleicht war Kowalski doch ein guter Mensch, in dem ich mich täuschte. Aber auf ihn zu setzten, konnte auch bedeuten, auf das falsche Pferd zu setzen. Auch deutete der Brief darauf hin, dass Kowalski in der Nähe sein musste. So oft, wie in unseren Briefkasten geschaut wurde, konnte das Papier nicht über Stunden unentdeckt bleiben. Das sprach dafür, dass sich der Pole in der Nähe aufhielt. Kaum hatte sich das eine, kleine Problem erledigt, kam das nächste, größere zu den schon vorhandenen hinzu, sinnierte ich vor mich hin.

Ich trottete zum Templergraben, pflanzte mich an den Schreibtisch und machte mir nachdenklich Aufzeichnungen, derweil ich auf den Glaser wartete.
Was konnte ich bloß anstellen, um Klinkenberg zu helfen? Ich spielte sogar mit dem Gedanken, Staatsanwalt Salentin zu kontaktieren, um mit ihm über einen Deal zu verhandeln. Aber Salentin würde nichts zusagen, solange er nicht die Gewissheit hatte, woran Meurer tatsächlich gestorben war, oder die Klarheit besaß, dass die Todesursache nicht eindeutig zu klären war. Dann ließe sich vielleicht etwas deichseln. Welche Chancen Klinkenberg aber hatte, wenn ich den mutmaßlichen Giftmörder ausfindig machen würde und dessen Verteidiger im Prozess auf die Karte setzen würde, Klinkenberg sei für Meurers Tod verantwortlich; diese Möglichkeit wollte ich lieber noch nicht durchspielen.
Ich versuchte gerade zum wiederholten Male vergeblich, Beyenthaler oder Leinendekker ans Telefon zu bekommen, als endlich der ersehnte Glasermeister erschien.

Er betrachtete die Reparatur nicht als abendliche Belastung. „Ich war bis gerade auf der CHIO", erklärte er mir zufrieden und in unüberhörbarem Öcher Slang mit ortsüblicher Grammatik, während er den Kitt knetete. „Dat war richtig jut. Richtig spannend. Der Beerbaum hat gewonnen. Vor seiner Schwägerin."

„Aha", entgegnete ich nur. Mir waren das Springen und das Verwandtschaftsverhältnis der Beerbaums ziemlich egal. Mich interessierte allenfalls der Ausgang des Nachwuchsspringens, um Sabines Zettel zumindest mit dem Endergebnis zu versehen. Aber das wiederum interessierte den Handwerker überhaupt nicht.

Der Glaser hielt sich nicht länger als er musste in meiner Wohnung auf und verschwand so schnell wie er gekommen war, was mir gar nicht so unlieb war, denn das Telefon plärrte.

Böhnke meinte, mich heute Abend noch per Telefon unbedingt über eine interessante Entwicklung im Mordfall Meurer informieren zu müssen. „Die Mediziner haben inzwischen einwandfrei das Gift identifizieren können, das man Meurer zugefügt hat. Es heißt Horse-Ex und wird dazu benutzt, Pferde einzuschläfern. Ein Tropfen davon und es haut den stärksten Mann für immer um."

Ich machte mir meine Notizen, während der Kommissar redselig fortfuhr: „Jetzt wird's für Sie richtig interessant. Da natürlich niemand weiß, wie schnell oder wie langsam dieses Gift auf den Menschen wirkt, kann auch niemand definitiv sagen, wann die tödliche Wirkung exakt eingesetzt hat." Feldversuche am lebenden Objekt seien schwerlich machbar, ironisierte Böhnke. Er sprach aus, was ich dachte: „Das kann ein gewaltiger Pluspunkt bei der Verteidigung von Klinkenberg sein. Meinen Sie nicht auch?"

Selbstredend pflichtete ich meinem väterlichen Freund bei.

Er bot sich an, mich auf dem Laufenden zu halten und ich nahm sein Angebot ebenso an wie er das meinige, ihm bei der Suche nach dem Giftmörder zu helfen.

Meine neuen Fakten nahm der Kommissar interessiert zur Kenntnis.

„Es gibt übrigens auch Neues zu Ihrem Freund Beyenthaler", berichtete er im Gegenzug. „Der hat sich heute abgeseilt und ist spurlos verschwunden. Auf dem Anrufbeantworter hat er etwas von einem längeren Urlaub gefaselt."

Er solle nach dem Makler fahnden lassen, schlug ich vor. Doch reagierte Böhnke so, wie ich erwartet hatte. „Weshalb denn? Wir haben doch keine handfesten Anhaltspunkte, dass der Kerl irgendwie in den Mord verstrickt ist. Gegen den läuft ja noch nicht einmal ein Ermittlungsverfahren." Das mögliche Mordmotiv, dass Meurer ihn um 100.000 Mark geprellt habe, reiche nicht aus. „Da müssen Sie mir mehr liefern, Herr Grundler."

Leinendekker sei übrigens auch verschwunden. „Er hat sich von einem Taxi zum Hauptbahnhof fahren lassen", sagte mir der Kommissar. „Sie sehen, ich habe viel für Sie getan, mein Freund."

Zugegebenermaßen hatte Böhnke seinen Apparat für mich arbeiten lassen, doch ich stand nun da mit meinem Latein. Zwei potenzielle Mörder, Beyenthaler und Leinendekker, machten sich quasi vor meinen Augen aus dem

Staub und Klinkenberg kam wahrscheinlich wegen der undurchsichtigen Umstände um den Mord an Meurer mit einer relativ milden Strafe, vermutlich wegen Versuchs, davon. Darüber musste ich in der nächsten Zeit mit Salentin verhandeln, nahm ich mir vor. So schnell änderte sich halt mit einer neuen Information die Sachlage.

Auch bei meinem dritten Verschwundenen erhielt ich erwartungsgemäß keine positive Erwiderung. Kowalski hatte sich zwischenzeitlich weder freiwillig noch gezwungenermaßen um Kontaktpflege mit der deutschen Obrigkeit bemüht.

Und was war mit der unauffindbaren Delzi? Die Frage interessierte Böhnke überhaupt nicht. Vielleicht sei sie ja bei einem Einkaufsbummel oder schlafe einen Rausch aus.

Kaum hatte er die Leitung freigemacht, da plärrte das Telefon erneut.

Do meldete sich mit besorgter Stimme: „Hast du was von Sabine gehört?"

„Wieso?", entgegnete ich. „Ist was?« Ich wollte mich nicht von Do verunsichern lassen.

Sabine wollte sich, so hatte sie ihrer Schwester gesagt, melden, sobald sie in Düsseldorf angekommen war. „Das hat sie nicht getan", beklagte Do, „und Onkel Horst geht auch nicht ans Telefon."

Sabine habe den Rückruf vergessen, meinte ich beruhigend. Ich sah keinen Grund zur Besorgnis, kannte vielmehr die oftmals übertriebene Ängstlichkeit von Do. Sabine sei wohl mit dem Onkel in die Stadt gefahren, vermutete ich. „Unkraut vergeht nicht", witzelte ich schwach zum Abschluss unseres Gesprächs.

Ich machte mir bei weitem nicht die Sorgen, die Do bedrückten. Sie und ihre Zwillingsschwester waren halt sehr aufeinander fixiert. Ich mochte Do nicht weniger als Sabine, ich kannte sie sogar schon länger. Sie war bereits mit Dieter verheiratet, als dieser mich vor mehr als zehn Jahren bei einem Strafprozess rausgeboxt hatte, zumindest hatte er es versucht. Damals hatte unsere Freundschaft begonnen. Jetzt gehörte ich gewissermaßen zur Familie und war auch stolzer Patenonkel von Tobias junior.

Das Telefon holte mich zurück von meinem Ausflug in die turbulente Vergangenheit. „Das letzte Mal, dass ich heute abhebe«, sagte ich laut vor mich hin und meldete mich barsch: „Grundler.«

„Hallo, ich bin's", flötete eine leise Stimme, die nur einer Frau gehören konnte: Andrea Delzepich.

Für einen Moment war ich sprachlos und perplex. Sollte ich lospoltern, fragen, schimpfen? Ich entschied mich zu schweigen.

Sie habe mir viel zu sagen, meinte die Frau. „Wollen Sie nicht kurz bei mir vorbeikommen? Ich mache uns etwas zu essen. Salat, Obst, Brot. Wie wär's?"

Der Hinweis auf das Essen erinnerte mich an mein Hungergefühl, die Einladung daran, dass ich den Abend und die Nacht ohnehin alleine verbringen musste. Was sprach also dagegen, das Angebot von Andrea anzunehmen, zumal ich ihr noch eine Frage zu stellen hatte und sie mir einiges erklären musste? Schnell willigte ich ein. Sie solle sich mit dem Salat beeilen, riet ich ihr frohgelaunt.

Als ich in der Wohnungstür stand und voller Vorfreude losmarschieren wollte, klingelte das Telefon erneut. Ich ließ es klingeln, weil ich mich an meinen Entschluss hielt, heute kein Gespräch mehr anzunehmen.

Eine Viertelstunde später stand ich vor der Eigentumswohnung von Andrea Delzepich an der Oststraße.

Die Frau schien schon auf mich gewartet zu haben.

Kaum hatte ich den Klingenknopf gedrückt, da wurde mir auch schon geöffnet. Andrea zog mich schnell in den Flur und umarmte mich.

„Schön, dass Sie da sind, Tobias", hauchte sie mir ins Ohr.

Ich konnte nicht anders, auch ich umarmte die Frau und zog sie an mich. Delzi roch betörend gut. Unter ihrem ärmellosen Kleidchen, eher die Andeutung eines Kleides, spürte ich ihren nackten, festen Körper. Ich musste mich besinnen, um mich von dieser Frau wieder zu lösen.

Die Wohnung war ziemlich übersichtlich. Andrea bevorzugte augenscheinlich klare Linien und die Farbe Weiß. Da gab es kein unnützes Mobiliar, Andrea beschränkte sich bei der Einrichtung auf das Wesentliche, durchaus schlicht, aber erkennbar teuer. Diese Wohnung war nicht jedermanns Geschmack, es sei denn, er war an dem einzigen Schmuckstück interessiert, das in dieser Farbmonotonie unweigerlich auffiel; eben die bezaubernde Bewohnerin, die mich mit einer einfachen Geste an den bereits gedeckten, kleinen Esstisch lenkte.

„Lassen Sie es sich schmecken, Tobias", forderte sie mich freundlich auf.

Dass jemand so ausgiebig an einem einzigen grünen Salatblatt knabberte, wie Andrea es tat, hatte ich noch nicht erlebt, vielleicht einmal abgesehen von Mümmel, dem putzigen Zwergkaninchen aus meiner Kindergartenzeit.

Sie müsse auf ihr Gewicht achten, kokettierte das Püppchen komplimenteheischend mit ihrer Figur und ich machte das mir aufgezwungene Kompliment: „Werte, Sie sehen blendend aus."

Ihr Lächeln war dankend und vielversprechend zugleich. Doch vor dem Vergnügen stand zumindest für mich heute Abend die Arbeit.

„Andrea, wo waren Sie? Ich habe Sie vermisst."

„Wieso?", fragte sie verwundert-geschmeichelt zurück und ich berichtete von meinem vergeblichen Auftritt vor ihrem Büro.

Sie habe sich doch beim ALRV-Präsidium hochoffiziell abgemeldet, erklärte Andrea. „Die wussten Bescheid, dass ich heute nicht komme." Sie seufzte. „Haben die Jungs wahrscheinlich nicht weitergegeben. Die werden langsam alt und vergesslich."

Ob ich denn wissen dürfe, wo sie den heutigen Tag verbracht habe, fragte ich höflich weiter.

Andrea lachte vergnügt auf und prostete mir mit dem Wasserglas zu. „Die Welt ist verrückt. Bei der Riders-Night gestern Abend hat mir die Deutsche Reiterliche Vereinigung das Angebot gemacht, Marketingleiterin und Verantwortliche für die Öffentlichkeitsarbeit zu werden. Darüber habe ich heute den ganzen Tag über mit dem Vorstand, zu dem übrigens auch der ALRV-Präsident gehört, verhandelt." Andrea schmunzelte provozierend. „ Bei der Feier habe ich auch lange mit Donner gesprochen. Sie wissen, der Züchter, bei dem Rasputin untergestellt ist. Ich wusste ja gar nicht, dass Sie und er Klassenkameraden waren. Er war sehr daran interessiert, was Sie machen, aber ich konnte ihm nicht viel sagen. Und gegen zwei Uhr bin ich mit dem Taxi nach Hause gefahren, darüber habe ich sogar eine Quittung." Sie lächelte schelmisch.

„Sie sehen, ich habe sehr viele, vertrauenswürdige Zeugen für ein lückenloses Alibi."

„Brauchen Sie denn eins?" Ich machte das neckische Spielchen gerne mit.

„Wer weiß?" Andrea zuckt mit den Schultern und schlug die Augen nieder. „Vielleicht versuchen Sie ja, mich mit dem Mord an Meurer in Verbindung zu bringen."

Spielte diese Frau mit mir oder wusste sie Bescheid? Langsam wurde mir Andrea unheimlich und ich zog die Schraube an.

„Selbstverständlich haben Sie mit dem Mord zu tun. Sagt jedenfalls ein Makler namens Beyenthaler."

Ein kurzer Blitz schoss durch Andreas schöne, braune Augen.

„Sie haben mich doch selbst zu Leinendekker geschickt, der mich dann zu diesem Vogel weiterlotste", fuhr ich fort, bevor Andrea etwas sagen konnte. „Was soll das Verwirrspiel?"

Andrea nahm mir meine Attacke nicht übel. Während sie den Salatteller in die Küche brachte und einen Obstteller auftischte, berichtete sie mir frank und frei, sie habe mich auf Leinendekker aufmerksam gemacht, damit ich erkennen konnte, was für ein Verbrecher Meurer war und dass es mehrere Menschen gab, die ihm den Tod wünschten.

„Mir war klar, dass Leinendekker Sie zu Beyenthaler schicken würde. Auch der hatte allen Grund, Meurer abzumurksen. Sie sehen, Klinkenberg hat ein gutes Werk getan und Sie sollten jetzt für Klinkenberg ein gutes Werk tun."

„Und Sie? Hatten Sie auch einen Grund?"

Andrea sah mich diesmal mit tatsächlicher Verblüffung an. „Wissen Sie es nicht?"

Ich verneinte. Was sollte ich wissen?

„Meurer hat nach der letzten CHIO-Fete versucht, mir mit Gewalt näher zu kommen. Versuchte Vergewaltigung nennt man so etwas wohl. Wenn mir Klinkenberg nicht geholfen hätte, ich weiß nicht, was dann passiert wäre. Ich habe dann in meiner Wut laut gebrüllt, dass es jeder mithören musste, der irgendwo im Umkreis war, wenn er jemals noch einmal versuche, eine Frau oder ein Mädchen anzugrapschen, würde ich ihn umbringen." Andrea atmete tief durch. „So, jetzt ist es raus. Jetzt können Sie denken, ich bin auch eine potenzielle Auftraggeberin für einen Mord an Meurer."

Das brachte ja ein vollkommen neues Licht in die Geschichte. Hatte Klinkenberg Hintermänner gehabt? Oder waren es Hintermänner gewesen, die den Giftmord in Auftrag gegeben hatten und die jetzt davon profitierten, dass Klinkenberg als Mörder überführt wurde?

Ich hörte wieder Andrea zu, die ruhig weiterredete: „Jedenfalls bin ich Klinkenberg zu Dank verpflichtet, denn er hat auch in meinem Sinne gehandelt. Das war eine Art Freundschaftsdienst."

Andrea stand auf und trat atemraubend dicht an mich heran. „Wenn ich Ihnen jetzt noch sage, dass ich Klinkenberg Geld gegeben habe, um ihm die Nebenklage finanziell zu ermöglichen, können Sie sich Ihre Gedanken machen, Tobias, oder auch nicht. Ich bin jedenfalls froh, dass Meurer tot ist und ich hoffe auf Gerechtigkeit für Klinkenberg."

Dafür werde ich schon sorgen, murmelte ich vor mich hin, während ich Andrea beobachtete, wie sie den Esstisch abräumte. Ich solle es mir auf der Couch bequem machen, rief sie mir aus der Küche zu.

Ich setzte mich in die Ecke der großen, weißen Ledercouch, von der ich über den weißen Lacktisch hinweg den Blick auf einen großen, weißen Fernseher hatte. Der Verlockung der Fernbedienung widerstand ich, angespannt wartete ich auf meine Gastgeberin, vergeblich darum bemüht, meine Gedanken und meine eingeworfene Fensterscheibe in diese Geschichte einzusortieren.

Mit zwei Weingläsern und einer entkorkten Weinflasche in der Hand kehrte die entzückende Andrea ins Wohnzimmer zurück. Ehe ich mich versah, hatte sie das Getränk abgestellt, sich neben mich gesetzt und an mich gelehnt.

„Erzähl mir aus deinem Leben, Tobias", schnurrte sie und kraulte mir zärtlich durch das Nackenhaar.

Horse-Ex

Ich hatte mich am Morgen in meiner Wohnung gerade ausgiebig geduscht und gemächlich umgezogen, als das Telefon dort fortfuhr, wo es am Abend aufgehört hatte.

„Wo warst du, Tobias?" Sabine hörte sich müde und enttäuscht an.

„Unter der Dusche", antwortete ich ausweichend.

„Und gestern Abend?"

Ich hätte einen Anruf von Böhnke erhalten und wäre danach noch ins Städtchen gegangen, antwortete ich wahrheitsgemäß, wenn auch nicht vollständig.

„Du Heuchler", hörte ich. Sabine schien zu weinen, „ich habe die ganze Nacht durch versucht, dich zu erreichen. Du warst nicht da." Sabine schluchzte, dann legte sie auf. Betroffen und hastig wählte ich ihre Privatnummer, aber sie nahm nicht ab. Ich fühlte mich hundeelend. Mehrmals, bis zur Zwangstrennung durch die Telekom, klingelte ich sie an.

Verfluchter Mist!, schimpfte ich vor mich hin. Wie sollte ich Sabine erklären, was passiert war und dass ich von der letzten Nacht viele Vorteile erwartete?

Als sich das Telefon wieder bemerkbar machte, riss ich sofort den Hörer an mich: „Sabine?"

„Nein, Tobias, ich bin's, Do."

Ich atmete erleichtert auf. Wenn in dieser vertrackten Situation jemand Verständnis für mich aufbringen und mir helfen konnte, dann war es Do, Sabines Zwillingsschwester.

„Ich will gar nicht wissen, wo du die Nacht verbracht hast", sagte sie mit ungewohnter Härte in der Stimme, „ich will dir nur sagen, dass Sabine gestern Nachmittag einen verdammt schweren Verkehrsunfall hatte und die Nacht über im Jülicher Krankenhaus gelegen hat."

Mein Puls hämmerte vor Schrecken und Aufregung. Ich dachte, mich tritt ein Pferd. „Was ist los? Was ist passiert? Was ist mit Sabine?" Ich wusste nicht, wie viele Fragen ich gleichzeitig losließ. Ich merkte nur, dass Do nicht antwortete.

„Was ist?", fragte ich schließlich vorsichtig.

„Du hältst jetzt die Klappe und hörst zu", bestimmte Do energisch. „Dann setzt du deinen Verstand ein, wenn du

171

den noch haben solltest, und bereinigst die Situation. Verstanden?"

Mein Schweigen verstand Do richtigerweise als Zustimmung.

„Als Sabine gestern nach Düsseldorf fahren wollte, hatte sie auf der Autobahn bei Jülich einen Unfall. Was passiert ist und wann, weiß ich nicht. Ist auch egal. Der Polo ist Schrott. Sabine hatte dank des Airbags Glück gehabt und ist mit Prellungen davongekommen. Ich habe sie heute Morgen aus dem Krankenhaus geholt und zu uns nach Hause gebracht."

Meine Idee, zu ihrem Reihenhaus auf der Hörn zu kommen, machte Do sofort zunichte.

„Bevor du dir nicht im Klaren bist, was du machst und was du willst, brauchst du dich erst gar nicht bei uns blicken zu lassen. Dir sind wohl die Pferde durchgegangen. Du hast Sabine jedenfalls die Entscheidung, nach Düsseldorf zu ziehen, sehr erleichtert, du Idiot."

Zu einem Widerspruch kam ich nicht, denn Do legte unvermittelt auf.

Nachdenklich setzte ich mich an meinen Schreibtisch und folgte Dos Ratschlag. Nachdem ich mir einen Plan entworfen hatte, fühlte ich mich erleichtert und sogar zuversichtlich, die Kuh vom Eis zu holen.

Zu Hause würde ich allerdings meine Ziele nicht erreichen. Meine Ziele konnte ich nur in der Soers mit Hilfe von Böhnke und Andrea verwirklichen.

Mit einem Anruf im Polizeipräsidium bereitete ich den Besuch bei meinem väterlichen Freund vor.

Andrea meldete sich nicht an ihrem Arbeitsplatz, sie war wahrscheinlich noch von der anstrengenden Nacht geschafft.

Sie hatte noch tief und fest geschlafen, als ich sie am frühen Morgen auf der Couch zudeckte, bevor ich zurück zum Templergraben gegangen war; verunsichert und euphorisch zugleich, hoffnungsfroh, aber auch mit einigem Unbehagen.

Und auch jetzt war ich verunsichert und zugleich hoffnungsfroh.

Böhnke hatte bereits das Fax mit dem Unfallbericht der Autobahnpolizei Eschweiler besorgt. „Lesen Sie!", forderte er mich auf, derweil ich mich in den Besuchersessel sinken ließ. Geduldig wartete er, bis ich das Papier überflogen hatte.

Mit Herzklopfen nahm ich zur Kenntnis, dass Sabine zwischen den Anschlussstellen Jülich-Ost und Jülich-Süd bei Kilometer 33,5 beim Versuch, einen Lkw zu überholen, die Kontrolle über ihren Wagen verloren hatte, nach links gegen die Mittelleitplanke geprallt war und zurück auf die Fahrbahn geschleudert wurde, wo sie mit der Beifahrerseite mit dem Anhänger des Lkw kollidierte. Von dort prallte sie wieder zur Leitplanke, an der der Polo hängen blieb. Als vermutliche Unfallursache gab die Polizei „unangepasste Geschwindigkeit" an. Als Unfallzeuge war der Lkw-Fahrer benannt, der auch die Polizei und den Rettungsdienst alarmiert hatte.

„Das Übliche", brummte der Kommissar unzufrieden, als ich ihn fragend ansah. „Wenn's nichts gibt, ist von unangepasster Geschwindigkeit die Rede."

Ich konnte ihm nur beipflichten und wunderte mich. Sabine war eine vorsichtige, defensive Fahrerin und ihr Polo nicht gerade ein ausgesprochener Rennwagen.

„Reicht Ihnen das etwa?", fragte Böhnke, ohne eine Antwort zu erhalten, und wedelte abfällig mit dem Fax. „Mir jedenfalls reicht es nicht. Ich habe meinen Kollegen Dampf unter dem Hintern gemacht", ließ er sich vernehmen. „Sie sollen gefälligst das Wrack untersuchen. Vielleicht gibt es ja einen geplatzten Reifen oder etwas anderes." Spätestens am Mittag wisse er Bescheid. „So lasse ich das nicht im Raum stehen."

Mich freute das Bemühen von Böhnke. Es war nicht seine Aufgabe, sich um derartige Unfälle zu kümmern. Wenn er es trotzdem tat, so geschah es nicht aus dienstlichem Übereifer, sondern aus dem Bestreben, mir und Sabine zu helfen und Klarheit zu verschaffen.

Dieser Unfall falle weder in sein Ressort noch in seine Zuständigkeit, gab ich zu bedenken.

Es gebe ohnehin nichts zu tun, knurrte der Spezialist für Mordfälle. Außerdem hätte er noch einen Gefallen gut bei den Knollen-Sheriffs in Jülich. „Alle meine Kunden machen CHIO-Pause." Er grinste. „Und den einzigen nicht endgültig aufgeklärten Mordfall, den haben Sie sich unter den Nagel gerissen." Er verbesserte sich auf der Stelle. „Ist ja eigentlich kein ungeklärter Mordfall, es geht nur noch darum, wer außer Klinkenberg noch Meurer umbringen wollte."

Ich hätte widersprechen müssen, aber unterließ es. Solange es irgendeine theoretische Möglichkeit gab, dass Meurer bereits durch das Gift verstorben war, bevor Klinkenberg zugestoßen hatte, solange hatte für mich mein

Mandant die Tat nicht vollendet und war demzufolge kein Mörder.

„Was macht Klinkenberg eigentlich?", fragte ich den Kommissar.

„Nichts. Er sitzt in seiner Zelle, ist freundlich und fügt sich in sein Schicksal. Pflegeleicht würde ich sagen. Er hat nicht einmal Sehnsucht nach Ihnen, Herr Grundler."

Sehnsucht war das Stichwort. Ich weiß nicht, warum, aber ich dachte sofort an Delzi. Rasch verabschiedete ich mich von Böhnke, der mir versprach, mir am Nachmittag die Ermittlungen über die Unfallursache von Sabine zukommen zu lassen.

Auf meinem kurzen Fußweg vom Polizeipräsidium zum Reitstadion entdeckte ich die schmale Tür im Maschendrahtzaun, der das ALRV-Gelände einzäunte. Dahinter lagen die Stallungen und die mobilen Unterkünfte für Pferde und Reiter. Mehr aus Neugierde getrieben, was dort ablief, als aus Notwendigkeit steuerte ich das von einem uniformierten CHIO-Mann behütete Tor an. Er kam mir zwar bekannt vor, doch fiel mir nicht ein, wo mir dieses Gesicht schon einmal aufgefallen sein könnte. Ich sah aber auch keinen Grund, den Kontrolleur zu fragen, wo und wann ich Bekanntschaft mit ihm gemacht hatte. Dafür war er eine zu kleine Leuchte.

Der unscheinbare Zeitgenosse ließ mich freundlich passieren, als ich mein plastifiziertes Wunderkärtchen aus der Hosentasche zauberte. Ehe ich mich versah, befand ich mich hinter den Kulissen des CHIO, in der es nichts von der Eleganz der Reiter und der Schönheit der Rösser im Reitstadion oder im Dressurviereck gab. Hier ging es hemdsärmelig zu, liefen Reiter ohne Sakko und Kappe herum, wuselten Pfleger beider Kategorien und auffällig viele junge Frauen herum, striegelten Vierbeiner, fütterten sie oder führten sie an der Leine. Es war ein ständiges Kommen und Gehen, bei dem niemand sonderlich Notiz von mir nahm. Jeder war mit sich und seiner Aufgabe beschäftigt und hatte keine Zeit für mich.

Ich schlenderte durch den Park der Wohnmobile und Pferdetransporter, zwischen denen manchmal ein Zelt aufgebaut war. Auch waren etliche Pkw der oberen Preisklasse dort abgestellt. Ich wusste nicht, ob ich mich wundern sollte, als ich einen silbermetallicfarbenen Jaguar am Rand eines Fahrstreifens entdeckte, der nur Donner gehören konnte. Ich konnte mir nicht vorstellen, dass es noch ein zweites Exemplar dieses auffälligen Fahrzeugs mit Dürener Kennzeichen geben sollte.

Aber warum sollte der Pferdezüchter aus der Jülicher Börde sich nicht bei seinen Reiterfreunden in Aachen aufhalten?, fragte ich mich und gab mir selbst die plausible Antwort: Immerhin lebte er zum Teil von ihnen.

Es gab große Unterschiede zwischen den Fahrzeugen der Turnierteilnehmer und ihrer Helfer. Große, fast omnibusartige Unterkünfte und Sattelschlepper als Pferdeställe und daneben alte Wohnwagen mit kleinen Transportern; reich und arm war unverkennbar, Erfolg und Misserfolg spiegelten sich in den Gefährten. Sprachfetzen schwirrten um mich herum, es ging international zu. Mit dem Prunk und dem Glanz des Stadions oder bei der Dressur hatte das Geschehen nichts zu tun. Hier roch es nach Alltag und Arbeit, hier war die Schminke ab.

Ich war schon fast wieder auf dem Weg in den öffentlichen Bereich des CHIO-Geländes, als ich im Augenwinkel etwas bemerkte, das mich stutzig werden ließ. Der vermeintliche Pferdepfleger, den ich gestern zusammen mit Leinendekker gesehen hatte, diskutierte aufgeregt mit zwei Männern. Heftig gestikulierend versuchte er sie offenbar über irgendetwas aufzuklären.

Langsam schlich ich mich näher und versteckte mich hinter einem Geländewagen.

Einer der Gesprächspartner war unzweifelhaft ein Reiter. Das lässig am Daumen über die Schulter des weißen Hemdes gehängte rote Sakko, und die unter dem Arm geklemmte schwarze Kappe ließen ebenso keine Zweifel aufkommen wie die in den hohen schwarzen Stiefeln endende dunkle Reithose. Bemerkenswert fand ich seine Frisur. Das lange, braungraue Haar hatte der Mittvierziger zu einem Pferdeschwanz zusammengebunden. Der daneben stehende, gleichaltrige Mann war in Zivil, aber durchaus auch elegant gekleidet. Er behielt die Rolle des interessierten Zuhörers bei, als der Reiter sich an dem Palaver beteiligte und ebenso engagiert auf den Pfleger einredete, wie dieser es tat.

Auf ihre Reaktion war ich gespannt, als ich aus meinem Versteck trat und auf das Trio zuging. Ich hatte bislang nichts verstanden und sollte auch weiterhin nichts verstehen.

Kaum hatten die drei mich gesehen, beendeten sie ihre Diskussion und betrachteten schweigend, wie ich an ihnen vorbeischritt. Ich hatte nicht das Gefühl, dass sie sich sonderlich für mich interessierten. Auch hatte es nicht den Anschein, als habe mich der Pfleger, der sehr nervös aussah, wiedererkannt. Sie wollten lediglich nicht, dass ich Fetzen ihres Gesprächs aufschnappte.

Einmal im Lager der Reiter und Pferde, wollte ich die Gelegenheit nutzen, nach polnischen Gästen Ausschau zu halten. Zwei, drei Fragen an Pfleger und schon stand ich in einem Karree von Wohnwagen und Pferdetransportern, über denen unverkennbar eine polnische Fahne wehte.

Anscheinend verstand mich jeder polnischer CHIO-Teilnehmer. Sie nickten freundlich, als ich sie nach einem gewissen Jan Kowalski fragte, und machten mir unmissverständlich deutlich, dass sie niemanden mit diesem Namen kennen würden. Meine Hoffnung, in diesem Kreise auf Donners Hilfsarbeiter zu stoßen, zerstob damit so schnell, wie sie in mir gekeimt war.

Nach Rasputin brauchte ich erst gar nicht zu fragen. Und ich hatte nicht den Eindruck, dass diese freundlichen Menschen mich belogen hatten.

Freudestrahlend sprang Andrea auf, als ich ihr Büro betrat. „Schön, dass du da bist, Tobias", hauchte sie, als sie mich auf die Wange küsste. Sie hakte sich bei mir unter und zog mich mit, als sie zurück zu ihrem Schreibtisch ging. „Ich habe meine Aufgaben gemacht. Und du?"

Ausgesprochen heiter plauderte Andrea los, mit keinem Wort auf den Abend, die Nacht und meinen frühmorgendlichen Aufbruch eingehend.

Was sollte ich antworten? Mit dem schweren Unfall von Sabine wollte ich nicht beginnen, die atmosphärischen Störungen wollte ich nicht thematisieren, mein Besuch bei Böhnke war mehr privater Natur gewesen.

„Ich warte auf deine Ergebnisse, erst dann kann ich weitermachen", antwortete ich ausweichend.

Andrea lächelte mich triumphierend an und wedelte mit einem Blatt Papier. „Was bekomme ich dafür?"

Den geforderten Kuss hatte sie sich allemal verdient. Ich hatte Mühe, mich von ihr zu lösen; ich brauchte Informationen, kein privates Techtelmechtel.

Andrea zog einen Schmollmund, dann strahlte sie sofort wieder. „Alles über Horse-Ex, was du brauchst. Bin ich nicht gut?"

Selbstverständlich lobte ich Andrea und griff dann schnell nach dem Blatt. Horse-Ex war, wie Andrea auf meine Bitte herausgefunden hatte, ein rezeptpflichtiges Tötungsmittel für Pferde. Es wurde in England hergestellt und war in Deutschland auf dem freien Markt nicht erhältlich.

„Ich habe unsere Veterinäre befragt. Sie lehnen Horse-Ex entschieden ab und verwenden es nicht. Es gibt ein Mittel aus deutscher Produktion, das schonender wirkt." Andrea verzog die Mundwinkel. „Als ob es bei der Tötung eines Pferdes schonend zugehen kann." Sie schüttelte sich. „Also", sie wiederholte sich, „die Tierärzte beim CHIO, aber auch bei allen anderen Reitturnieren in Deutschland, würden niemals Horse-Ex verwenden, wenn tatsächlich einmal ein Ernstfall eintreten würde und ein Pferd getötet werden müsste." Das käme immer wieder einmal vor. Meistens geschehe das hinter dem Rücken des Publikums, aber es sei auch schon vorgekommen, dass während einer Springprüfung auf dem Hauptplatz ein Pferd nach einem Sturz getötet werden musste. „Die niedergelassenen Ärzte schreiben keine Rezepte darüber aus, weil es üblicherweise nicht erhältlich ist."

179

Andrea sah mich fordernd an: „Du hast mir versprochen, mir zu verraten, warum du diese Informationen brauchst. Jetzt bist du an der Reihe."

Ich betrachtete die schöne, junge Frau sehr lange, dann trat ich dicht vor sie und legte meine Arme um ihre schlanken Hüften. Ich wusste nicht, warum, aber ich vertraute ihr.

„Meurer wurde mit Horse-Ex vergiftet", sagte ich rasch und gab ihr einen Kuss mitten auf den Mund.

Jetzt war es Andrea, die sich schnell von mir löste. Ihr entsetzter Blick verriet mir, dass ich sie überrascht hatte. Dieser Blick konnte niemals gespielt sein.

„Wieso?", stammelte sie, „was ist? Ich verstehe nicht."

Ich zog sie wieder an mich, Andrea lehnte ihren Kopf an meine Schulter. Ich hörte und spürte ihren aufgeregten Herzschlag. Offenbar ging ihr diese Mitteilung sehr nahe. Ich streichelte ihr sanft über das Haar.

„Kein Wort zu niemandem", bat ich sie. „Du kannst mir helfen, einen Mord aufzuklären, aber nur, wenn niemand etwas von dem Giftanschlag mit Horse-Ex erfährt."

Andrea nickte und schmiegte sich noch enger an mich.

„Was ist denn mit deiner Partnerin?", flüsterte sie. „Weiß sie Bescheid?"

„Sie weiß von nichts und wird auch nichts erfahren", antwortete ich langsam. „Nur du kennst die wahre Todesursache von Meurer. Er war schon tot, als Klinkenberg auf ihn einstach", behauptete ich.

Ich wunderte mich über mich. Was war mit mir? Was war mit Sabine? Ich erinnerte mich an die Worte von Do: „Kläre die Sache, bevor du zu uns kommst!"

Auf eine Art sei es doch gut, dass Meurer mit Horse-Ex vergiftet worden war, so makaber es klinge, fuhr ich fort. Den Gabelstich von Klinkenberg ließ ich außen vor, um Andrea nicht mit den juristischen Komplikationen zu behelligen. „Oder meinst du nicht?"

Andrea verstand nicht auf Anhieb.

„Wenn ihr es nicht verwendet und es die Tierärzte ablehnen, spricht das doch dafür, dass das Reitturnier und der ALRV überhaupt nichts mit dem Mord zu tun haben", erklärte ich. Ich lächelte Andrea an. „Das ist doch ganz in eurem Sinne."

Wir redeten noch längere Zeit über diesen Mord und über meine eindringliche Bitte, zu schweigen, was mir Delzi hoch und heilig versprach.

„Sehen wir uns heute Abend?", fragte ich schließlich.

Andreas Antwort enttäuschte und erleichterte mich gleichermaßen. „Heute muss ich mich um etliche Botschafter und um den deutschen Außenminister kümmern. In wenigen Minuten beginnt der Preis der Nationen, da muss ich den ALRV repräsentieren, und am Abend geht es auf eine entsprechende Gala. Da muss ich leider auch dabei sein." Sie lächelte bedauernd. „Job ist Job."

Was denn der Preis der Nationen sei, fragte ich noch, nur um das Gespräch mit Delzi fortsetzen zu können.

Sie klärte mich gerne auf und nannte mir wie aus der Pistole geschossen die Nationen und deren jeweils vier Reiter, die daran teilnehmen würden. Bei der deutschen Equipe vermisste ich den Namen Schnitzler, meinte ich, bemerken zu müssen.

Andrea lachte mich aus. „Da sieht man, dass du überhaupt keine Ahnung hast. Der Pferdeschwanz gehört doch schon lange nicht mehr zur ersten Garnitur in Deutschland. Der hat nicht mehr das Material." Sie winkte abfällig ab. „Ist er ja selbst schuld."

„Wieso?", fragte ich unwissend. Die Nennung des Spitznamen hatte mich verständlicherweise neugierig gemacht.

„Der Schnitzler hat nicht unbedingt den besten Ruf", meinte meine wunderhübsche Gesprächspartnerin. Sie wechselte unvermittelt das Thema, ohne mir weitere Erklärungen zu geben. Es schien ihr nicht angenehm. „Wo ist deine Kollegin? Sitzt sie schon auf der Tribüne?"

Meine Antwort, Sabine habe gestern einen Unfall gehabt, quittierte Andrea mit Bestürzung, wobei ich mir nicht im Klaren war, ob diese Anteilnahme echt war.

Das Telefon verhinderte, dass ich weiter über den Unfall und über den Reiter sprechen konnte. Ich hörte nicht zu und sah zum Fenster hinaus auf die kleine Grünfläche zwischen der Reitbahn ins Stadion und dem zweistöckigen VIP-Zelt, als Andrea zum Hörer griff, und war überrascht, als sie mich von hinten an die Schultern packte.

„Ich habe etwas Tolles für dich." Sie küsste mich auf die Wange. „Quasi als Ersatz für deine Einsamkeit heute Nacht. Wenn du willst, kannst du Morgen in einer Kutsche mitfahren bei der Geländeprüfung im Aachener Wald."

Andrea gab mir ein Kärtchen, das ich am Morgen vor dem Start vorzeigen sollte. Danach würde mir ein Platz zugewiesen werden.

Rückzug

Lange hielt ich es nicht auf der VIP-Tribüne des Richterhauses auf, auf der ich für den heutigen Tag Karten bekommen hatte. Meine vage, völlig irrationale Hoffnung, Sabine würde sich vielleicht dort aufhalten, erfüllte sich nicht. Die Handvoll Menschen, die dort herumlungerten, hatten mich abfällig gemustert und dann demonstrativ an mir vorbeigesehen.

Schon nach wenigen Ritten verließ ich den fast leeren Spezialbereich, langweilte mich noch kurz im extravaganten VIP-Zelt, in dem sich ziemlich exaltierte Damen bei Champagner und Hummer- Kanapees über das angeblich untypische CHIO-Wetter unterhielten, und machte mich erneut auf den Weg durch das Stadion zu Böhnkes Büro. Was die Damen an dem strahlenden Sonnenschein auszusetzen hatten, der uns schon seit mehr als einer Woche verwöhnte, konnte ich nicht nachvollziehen. Wäre ihnen etwa Regen lieber gewesen?

Noch weniger verstand ich allerdings die Situation zwischen den Wohnmobilen und den Pferdeboxen, die ich miterleben musste: Ich erkannte Andrea, die aus einem großen Wohnmobil trat und winkend davonging. Im Eingang des Gefährts blieb ein großer Mann mit einem Pferdeschwanz zufrieden blickend zurück.

Was sollte das? Ich war wütend; mehr auf mich als auf Andrea. Was war mit dem Kerl, mit dem sie sich so vertraut gab?

Ob sich meine Vermutung bewahrheitete, würde sich durch eine Recherche meines AZ-Spezies Sümmerling klären lassen. Was, um alles in der Welt, hatte die Delzepich mit dem Schnitzler zu schaffen?

Der Kommissar wartete bereits auf mich, geduldete sich jedoch notgedrungen und ohne große Begeisterung, bis ich mein Telefonat mit Sümmerling beendet hatte. Er hatte es mir nicht verwehren wollen.

Der AZ-Reporter war nicht gerade gut auf mich zu sprechen, nachdem ich vor wenigen Tagen noch vollmundig verkündet hatte, wir würden den Fall gemeinsam klären, und seitdem nichts mehr von mir hören ließ.

Er solle sich nicht so mädchenhaft anstellen, sagte ich flapsig. Sein Genöhle würde ihm nicht zu einer spektakulären Story verhelfen, sondern seine ausgiebige Recherche. Nur zu gerne erinnerte ich Sümmerling daran, welche Aufsehen erregenden Geschichten ich ihm in den letzten Jahren verschafft hatte.

„Wenn Sie wieder eine Exklusivstory haben wollen, versorgen Sie mich bitte schnellstens mit den Informationen", sagte ich. „Am besten gestern" wollte ich alles, was die AZ über Schnitzler im Archiv hatte.

Meine Aufforderung, er solle gefälligst die Unterlagen aufs Faxgerät von Böhnke schicken, machte den Journalisten endgültig hellhörig und arbeitswillig.

„Hat das etwas mit Meurer zu tun?"

„Nein", antwortete ich. Sollte ich ihm etwa sagen, dass ich aus rein privatem Interesse über Schnitzler Auskünfte haben wollte beziehungsweise über ihn und über sein von mir vermutetes Verhältnis zu Delzi? In mir keimte einer dieser blödsinnigen Verdächtigungen auf nach der Devise: Was wäre, wenn? Was wäre, wenn die Delzepich und der Schnitzler etwas miteinander hätten? Was wäre, wenn die Frau dem Kerl etwas über den Giftanschlag auf Meurer erzählt hätte? Was wäre, wenn die beiden das Geheimnis ausplauderten? Und so weiter und so fort.

Er sei nicht davon ausgegangen, von mir als sein Bürovorsteher eingesetzt zu werden, brummte Böhnke. Er habe sich mit seiner Lebensgefährtin zum CHIO verabredet und verspüre keine Lust, zu warten, bis Sümmerling sich endlich meldete.
„In einer Stunde ist Feierabend, mein Freund. Und außerdem erwartet Ihr Chef Ihren Rückruf. Es sei dringend." Er sah mich grimmig an. „Aber nicht von hier."
Das waren vollkommen ungewohnte Züge bei Böhnke. Bislang hatte er stets seine privaten Interessen den beruflichen oder vielleicht beruflichen untergeordnet. Warum er jetzt so gereizt reagierte, nur weil ich auf Informationen wartete, wollte ich nicht verstehen.
Böhnke sah mich nachdenklich an. Er hatte noch etwas anderes, das ihn sehr belastete.
„Was haben Sie denn jetzt schon wieder getan?", fragte er mich.
Auf diese Frage konnte der Kommissar wahrlich keine Antwort von mir erwarten.
Mein anscheinend dümmlicher Gesichtsausdruck ließ ihn bitter auflachen.
„Auf der Autobahn, das war kein Unfall gestern, das war ein hinterlistiger Anschlag."

185

„So?" Ich gab mich betont lässig, als könne mich nichts erschüttern, obwohl ich in mir die wütende Aufregung und Anspannung spürte. Dieses nervige Chaos hält doch kein Pferd aus, sagte ich mir.

„Meine Kollegen haben bei der Untersuchung des Fahrzeugs festgestellt, dass sich jemand an der Lenkung des Polos zu schaffen gemacht hat. Es war nur eine Frage der Zeit, bis der Wagen unlenkbar wurde. Die Manipulation muss in den letzten Tagen erfolgt sein. Das Versagen der Lenkung war kein technischer Defekt, es war von einem Fachmann absichtlich herbeigeführt worden."

Da kam nur der VIP-Parkplatz am Reitstadion infrage, dachte ich laut. Irgendjemand hatte an Sabines Polo herum gefuhrwerkelt in der Absicht, mir zu schaden. Warum? Ich verstummte erschrocken. Oder sollte der Anschlag etwa Sabine gelten?

Wieder begann das unsägliche Was-Wäre-Wenn-Spiel, das ich verdrängen wollte, aber nicht verdrängen konnte. Was wäre, wenn Andrea dahinter steckte, wenn sie notfalls über Leichen ginge, um zu einem Mann zu gelangen, den sie haben wollte? Was wäre, wenn sie derart skrupellos war? Eifersucht? Rache? Wer weiß, was ihr krankes Hirn alles ausbrütete? War sie dann nicht auch zu anderen Dingen fähig?

Ihr Besuch bei Schnitzler hatte mir den Wink gegeben. Sie spielte mit allem und jedem, versuchte, ihre Umwelt nach ihrer Vorstellung zu prägen. Die Frau war teuflisch.

Oder doch nicht? Redete ich mir meine Ansicht nur ein, um Distanz zu ihr zu bekommen, um ihrer Ausstrahlung zu entgehen?

Was mit mir los sei, fragte mich Böhnke verwundert. „Seit wann spekulieren Sie, statt zu analysieren? Wo sind die Fakten?"

Ich musste dem Kommissar Recht geben. Fakten zählten, nicht irgendwelche Hirngespinste.

„Welche Fakten haben wir denn?

Böhnke winkte ab. „Welche Fakten haben Sie?", verbesserte er mich und zählte auf, was er wusste: Meurers Tod durch Horse-Ex oder Mistgabel, Klinkenberg Täter oder nicht, Fensterscheibe eingeworfen und Polo manipuliert. „Sonst noch was?"

Nichts, das ihn im Moment weiterbringen würde, entgegnete ich und listete meine Fakten auf: Andrea, ihr Besuch bei Schnitzler, Leinendekker und Beyenthaler, mögliche Mordmotive. Wie das alles zusammenpasste, war das große Geheimnis, wobei nicht einmal sicher war, dass alles auch zusammenpassen musste.

Mein Nebenkriegsschauplatz, die unbefriedigende Suche nach Rasputin, erschien vor meinem Auge. Der Parkplatz an der Autobahn, das Auto von Kowalski, dem gelernten Automechaniker, neben dem ich geparkt hatte. Hatte er vielleicht den Polo manipuliert? Er war vor mir zum Rastplatz gekommen, aber ich musste auf ihn warten. Vielleicht hatte ich nur das irre Glück gehabt, dass die Lenkung nicht schon früher versagte.

„Sie müssen nach Kowalski fahnden lassen", drängte ich Böhnke. „Das ist das größte Schwein", ereiferte ich mich. Immer stärker wuchs in mir die Überzeugung, dass der Pole hinter dem Attentat stand. Er war der Mörder seines Kumpels Marek, er wollte mich ermorden; das stand für mich fest, je länger ich nachdachte. Nicht meine Untersuchungen auf dem CHIO-Gelände waren die Ursache für den feigen Anschlag, sondern meine Suche nach Rasputin.

Damit wäre auch Andrea aus dem Schneider, fügte ich erleichtert für mich hinzu.

„Kann sein", stimmte mir Böhnke zu, „oder auch nicht." Er war nicht weniger verunsichert als ich.

Mit jeder Minute, die verstrich, spürte ich die in Böhnke wachsende Unruhe. Dazu bedurfte es nicht seines ständigen Blicks auf die Uhr.

„Das können Sie gar nicht wiedergutmachen", maulte er, „meine Freundin gibt mir die Papiere, wenn ich nicht mit ihr auf den CHIO gehe." Es werde höchste Zeit. „Sie ist eine völlige Pferdenärrin, wenn sie heute nicht auf den Platz kommt, wird sie verrückt."

Ich hätte vielleicht etwas für sie, quasi als Entschädigung, meinte ich in meinem Bemühen, Böhnke zu beschwichtigen.

„Wäre Ihre Partnerin vielleicht an einer Kutschenfahrt morgen durch den Aachener Wald interessiert?"

Böhnke sah mich geradezu entgeistert an, als hätte ich vollkommen den Verstand verloren. „Wenn Sie das bewerkstelligen könnten, das wäre wie ein Lottogewinn."

„Nichts leichter als das", schmunzelte ich und holte die Einladungskarte aus der Hosentasche. „Sagen Sie ihr, ich wünsche ihr viel Vergnügen."

Böhnke staunte mich lange an. Er war viel von mir gewöhnt, aber das war die Krönung, die ihn bereitwillig auf das Fax von Sümmerling warten ließ.

Dann brauchte er sich doch nicht mehr lange zu gedulden. Schon wenig später spuckte das Faxgerät eine Seite nach der anderen aus.

Ich las schon interessiert das erste Blatt, derweil unentwegt weitere folgten. Handschriftlich hatte mir Sümmerling auf dem Einleitungsfax die Einschätzung einer Kollegin aus der Sportredaktion über Schnitzler mitgeteilt: „Er wäre gerne ein Großer, aber er ist und bleibt wohl immer ein Gernegroß."

Den Zeitungsberichten aus dem AZ-Archiv entnahm ich, dass Schnitzler vor einigen Jahren mehrmals Beachtung erhalten hatte, nachdem er einige große Springprüfungen gewonnen hatte. Als vor drei Jahren sein Spitzenpferd einging, blieben die sportlichen Erfolge aus. Mehr recht als schlecht mühte sich nunmehr der Reiter mit seinem Stall ums Auskommen bei den Turnieren. Insofern teilte Schnitzer das Schicksal vieler seiner Kollegen, so interpretierte ich jedenfalls das Porträt, das als letztes Fax aus dem Gerät gelaufen war.

Eine Bemerkung hatte mich, aber auch Böhnke stutzig gemacht. Neben dem Bericht über das unerwartete Ableben des Spitzenpferdes Donnerhall hatte jemand per Hand eine Notiz gemacht: „Doping?"

Wir sahen uns verwundert an. Das fehlte noch, dass wir hier in ein Wespennest getreten waren. Gab es etwa eine Verbindung zwischen einem angedeuteten, mutmaßlichen Dopingfall vor etlichen Jahren und dem Mord an Meurer?

Ich wartete, bis Böhnke diese Frage laut ansprach, dann hatte ich endlich meine Genugtuung: „Seit wann spekulieren Sie, statt zu analysieren. Wo sind die Fakten?"

Auf Böhnkes Angebot, mich mit ins Städtchen zu nehmen, verzichtete ich dankend. Mir stand nicht der Sinn danach, auf meiner Bude herumzuhocken. Ich wollte mich lieber im Reitstadion umsehen, auch wenn ich dort nicht von Andrea mit offenen Armen empfangen würde. Ich wusste nicht einmal, ob ich das gewollt hätte. Lieber wäre mir die Anwesenheit von Sabine gewesen.

Aber davor stand ein Problem, das ich zu lösen hatte.

Es war schon erstaunlich, welche Wege mir das VIP-Kärtchen frei machte. Unbehelligt kam ich ins Dressurstadion, wo allerdings lediglich aufgeräumt wurde und ich von einer leeren Tribüne aus die ungewöhnliche Architektur bestaunte. Hier ließe sich gut ein Open-Air-Konzert durchführen, dachte ich mir, mit einer Bühne an der offenen Seite und den drei Sitztribünen und der Innenfläche. Vielleicht sollte ich einmal diese Überlegung über Andrea an den ALRV weiterleiten.

Das Kärtchen öffnete mir auch die Türen zum Verwaltungsbereich des CHIO im Richterhaus. Äußerst zuvorkommend wurde von einer freundlichen Sekretärin meine Bitte nach einem Telefon erfüllt. Unbeobachtet durfte ich in einem kleinen Schreibzimmer das von Dieter angeforderte Telefonat führen.

„Wo brennt's?", fragte ich launisch. „Hast du die Autoschlüssel verloren?" Ich konnte mir nicht vorstellen, was mein Freund von mir wollte.

„Sitzt du gut?", fragte er ernst zurück.

Gut, das konnte ich nicht sagen, aber der einfache Stuhl schien zumindest stabil.

„Wieso?", fragte ich verunsichert.

„Tombeux hat gegen Mittag angerufen. Du sollst sofort die Suche nach Rasputin abbrechen. Er hat kein Interesse mehr daran. Der Fall sei erledigt."

Ich gab Dieter zu verstehen, dass diese Aufforderung meine geistigen Fähigkeiten übersteige. „Was soll das?", fragte ich verärgert. „Kannst du mir das erklären?"

„Tobias, ich weiß es nicht." Dieter schien ungehalten. „Tombeux hat mir gesagt, er ziehe das Mandat zurück und lege keinen Wert mehr auf unsere Arbeit in dieser Angelegenheit."

„Hat er sich mit der Versicherung geeinigt? Oder ist Rasputin wieder aufgetaucht?" Ich musste einfach fragen, um mein Unverständnis loszuwerden.

„Nein", antwortete Dieter und bezog das Nein auf beide Fragen. „Tombeux will einfach nicht mehr. So einfach ist das. Er hat mir sogar gedroht, sämtliche Geschäftsbeziehungen zu beenden, wenn wir die Suche nach dem Gaul nicht einstellen. Die Sache ist erledigt."

Für Tombeux vielleicht, dachte ich mir, wenngleich ich keinen plausiblen Grund für den Abbruch der Suche sah.

Für mich hingegen war die Sache verdammt akut, immerhin hatte Kowalski versucht, mich zu töten und hatte beinahe Sabine erwischt.

Es war zu früh, Dieter davon zu berichten, sagte ich mir, er hätte nur nach Möglichkeiten gesucht, mich doch noch von dieser Sache abzubringen, und meinte laut stöhnend: „Des Mandanten Willen ist sein Königreich."

Dieter atmete hörbar auf: „Dann lässt du also die Finger davon?"

Sollte mein Freund das ruhig glauben. Ich jedenfalls blieb still.

Voller Gedanken trat ich wieder ins Freie. Im Reitstadion empfing mich nicht nur die angenehme Wärme, sondern auch eine ungeheure Menschenmenge. Was sollte das erst am Sonntag werden, dachte ich mir, wenn hier schon in der Woche vor Feierabend Hochbetrieb herrschte? Ich blickte auf die Logen auf der Haupttribüne, erkannte aber weder einen Bundesminister noch die ALRV-Pressesprecherin. Wahrscheinlich schäkerten sie Sekt schlürfend im Promibereich miteinander, grollte ich.

Das Springen interessierte mich nicht sonderlich, und so lenkte ich schon bald wieder meinen Schritt zurück in den Bereich der mobilen Stallungen hinter dem Abreiteplatz und dem Dressurstadion. Ich hatte kein direktes Ziel vor Augen und verfolgte dennoch eines. Ich hatte sehr viel Zeit, redete ich mir ein, und näherte mich langsam dem Bereich, in dem Schnitzer mit Wohnmobil und Pferdeanhängern hauste.

Der Springreiter schien sich für das Geschehen im Reitstadion ebenso wenig zu begeistern wie ich. Schnitzler saß in einem weißen Plastikstuhl vor seinem Wohnmobil, neben ihm der Mann, der auch am Morgen bei ihm gewesen war. Beide hielten eine Flasche Bier in der Hand und schauten mit schläfrig-gelangweilten Blicken durch die Gegend.

Mich nahmen sie nicht einmal zur Kenntnis, sie hatten mich und unsere flüchtige Begegnung schon längst wieder vergessen.

Schnell sprang ich ums Eck, als der schmuddelige Pfleger am anderen Ende des Weges heranstolperte. Er wirkte angetrunken, schaukelte jedenfalls heftig, als er auf die beiden sitzenden Männer zusteuerte.

Ich war zu weit entfernt, um sein heftiges Gerede zu verstehen, aber ich verstand noch genug, um mitzubekommen, dass er fürchterlich mit den beiden schimpfte. Die Männer ließen ihn gewähren, nahmen ihn zunächst wahrscheinlich nicht für ernst.

„Schluss!", brüllte plötzlich Schnitzler aufgebracht. Er sprang von seinem Sitz auf und schubste den Pfleger. „Hau ab", herrschte er ihn an, „und schlafe deinen Rausch aus, du Penner!" Er warf tatsächlich eine leere Bierflasche hinter dem Kerl her, als dieser mit hängenden Schultern davon torkelte.

Nicht für Dritte bestimmt, aber doch eine Spur zu laut, meinte Schnitzler zu seinem Nachbarn: „Wir müssen uns was einfallen lassen. So geht das nicht weiter. Der wird uns sonst noch gefährlich."

Der andere stimmte mit einem kurzen Nicken zu und nahm einen tiefen Schluck aus seiner Flasche.

Jetzt wusste ich, was ich zu tun hatte. Ich schlich mich an Schnitzler vorbei und verfolgte unbemerkt den Pfleger. Er schwankte zunächst zu einer Tür im Begrenzungszaun, sprach dort kurz mit dem Wärter und schwankte weiter in Richtung Kantinenzelt. In sicherer Entfernung von ihm nahm ich auf der benachbarten Bank der Bierzeltgarnitur Platz und beobachtete den Pferdepfleger, der eine Flasche Bier orderte und sich offensichtlich auf eine längere

Wartezeit einrichtete. Geduldig harrte ich aus und wunderte mich nicht, als endlich der Kontrolleur erschien, mit dem der Pfleger zuvor geredet hatte. Als ich ihn längere Zeit beobachtete, erinnerte ich mich, den Türwächter schon einmal gesehen zu haben. Jetzt bekam meine Geschichte langsam ein Geflecht, das ich ausfüllen konnte. Den Kerl hatte ich damals, bei meinem ersten Besuch bei Andrea gesehen, als er sie an einen wichtigen Termin erinnerte. Damit ergab sich für mich eine weitere Frage, die ich Delzi zu stellen hatte.

Hoffentlich bekam ich das Ganze auf die Reihe, denn ich wollte unbedingt am Sonntagabend Klarheit; rechtzeitig, um Sabine zu überzeugen, bei mir zu bleiben und nicht zu Onkel Horst zu ziehen.

Der Kontrolleur blieb nicht lange neben dem Pfleger sitzen, der nach ihrer Unterhaltung hastig noch zwei weitere Flaschen Bier trank. Nach meinem Verständnis musste er längst volltrunken sein, nach seinem Verständnis hatte er wohl gerade seinen Normalzustand erreicht.

Was hatte ich zu verlieren?, fragte ich mich, als ich mich dem ungepflegten, angetrunkenen Mann näherte. Er glotzte mich zwar kurz an, kümmerte sich aber nicht weiter um mich, als ich mich grüßend neben ihn setzte. Er erwiderte den Gruß nicht. Auf mein Angebot, ihm ein Bier zu spendieren, grunzte er, er könne sein Bier selbst bezahlen und drehte sich von mir ab.

Paule, so hieß der Knabe – jedenfalls sprach ihn die junge Bedienung mit diesem Namen an – legte eine beachtliche Schlagzahl vor und leerte die Bierflaschen schneller als ich ein Glas Mineralwasser trinken konnte. Ungeniert rülpste der Mann, der die fünfzig überschritten haben dürfte und den ich dem Alter nach gleichaltrig mit Klinkenberg und Meurer schätzte.

Ich rückte nach einiger Zeit wieder näher an ihn heran. „Kennen Sie eigentlich Meurer?«, fragte ich, ohne im Geringsten zu ahnen, dass ich mit dieser Frage eine Lawine auslöste.

Es war weit nach Mitternacht, als ich endlich zu Hause ankam, voller Eindrücke und Erklärungen, aufgesogen aus dem Gelalle von Paule, der sich heute wahrscheinlich nicht mehr daran erinnern konnte. In gewisser Weise tat mir der Kerl Leid, allerdings nicht so sehr wie ich Klinkenberg bedauerte, für den die Situation verflixt-vertrackt wurde. Wie ich ihn aus seiner tragischen Lage herauspauken konnte, war mir noch nicht klar. Darüber würde ich mir in der vor mir liegenden, wohl schlaflosen Nacht noch einige Strategien ausdenken müssen.

Erstaunt schälte ich mich aus meinem Bett, als das Telefon meinte, lang anhaltend Laute von sich geben zu müssen.

„Wo warst du, Tobias?", hörte ich eine vertraute, müde und sogar vielleicht etwas erleichtert klingende Stimme.

Das sei eine lange Geschichte, stöhnte ich und machte es mir in einem Sessel bequem. Ich hätte versucht, einen Fall zu lösen, deshalb hätte ich mich heute Nacht im Reitstadion fast besaufen müssen. Dann berichtete ich umfangreich von meiner Konstruktion und fügte dabei auch die Manipulation an dem Polo an.

Sabine hörte mir geduldig zu.

„Wenn ich nicht wüsste, dass du an diesem Fall beteiligt bist, würde ich sagen, du lügst, mein Lieber", kommentierte sie abschließend und ich wusste, dass sie mir glaubte.

Endlich hatte ich die Gelegenheit, ausführlich und lange mit meiner Liebsten zu reden. Wir befanden uns auf unserer bewährten Wellenlänge und kamen sogar zur gleichen Schlussfolgerung: „Da bleibt im Prinzip nur noch die Frage, welche Rolle Andrea Delzepich spielt", meinte Sabine. „Ist sie Drahtzieherin, Mitwisserin, Mitläuferin oder Opfer?"

Das würde ich noch herausfinden, entgegnete ich. Vielleicht war Delzi sogar unschuldig. Aber diese Vermutung behielt ich für mich.

Zum CHIO käme sie nicht mehr, sagte Sabine bedauernd, als wir am beginnenden Morgen unser Telefonat beendeten. Ich solle die Karten weitergeben, schlug sie mir vor. Abnehmer hätte ich bestimmt: meinen Kommissar und dessen besserer Hälfte, die würden sich bestimmt riesig über die Karten für die besten Plätze freuen.

Samstag

Erfreut und erstaunt zugleich reagierte Andrea, als ich übermüdet und frisch geduscht am Morgen in ihr Büro stolperte. Auf dem Weg in die Soers hatte ich die Eintrittskarten für den CHIO für heute und morgen zu Böhnkes Händen beim Pförtner im Polizeipräsidium abgegeben.

Er würde, so hatte der Kommissar mir am Telefon versichert, als ich ihm die Karten anbot, auf jeden Fall mit seiner Lebensgefährtin ins Stadion kommen, sofern sie die Tour durch den Aachener Wald unbeschadet überstehen würde. Ein Tag ohne mich sei ein verlorener Tag, scherzte er; zumindest hatte ich den Eindruck, als scherze er.

Andrea schien aufgeregt nach Unterlagen zu suchen und auf dem Absprung zu sein. „Was machst du hier, Tobias?", fragte sie im Vorbeihuschen, wobei sie mich auf die Wange küsste.

Ich hätte die Kutschenfahrt streichen müssen, antwortete ich. „Ich wollte zu dir." Ich sagte ihr nur nicht, warum.

Andrea lächelte geschmeichelt. „Dann musst du mich begleiten, wenn du in meiner Nähe sein möchtest. Ich muss nämlich in den Aachener Wald. Ich bin Torrichterin und kann noch einen intelligenten Assistenten gebrauchen." Sie blickte auf die kleine Armbanduhr an ihrem niedlichen Handgelenk. „Wir müssen los. Kommst du?"

Ein Autorennfahrer hätte nicht schneller durch Aachen und den Verkehrsstau an der Eupener Straße in Waldnähe rasen können als die CHIO-Pressesprecherin. Andreas Spiel mit Bremse und Gaspedal war Atem beraubend, ebenso wie der Duft, der von ihr ausging.

Ich musste mich schwer zusammenreißen, um ihr nicht meine Hand aufs entzückende Knie zu legen und es zu meiner und zu ihrer Beruhigung zu streicheln.

Andrea quetsche ihren roten italienischen Flitzer auch durch die noch so kleine Lücke und schoss mit einer abschließenden Vollbremsung auf den letzten freien Parkplatz für die ALRV-Mitarbeiter an der Fahrtstrecke für die Kutschen.

Ich war gar nicht dazu gekommen, ihr die Fragen zu stellen, die ich vorbereitet hatte, so schnell war das rasante Abenteuer vergangen.

In einem großen, weißen Zelt, an dem die Aufschrift „Jury" prangte, besorgte sich Andrea eine Kladde und zwei Holzkellen in Weiß und Rot.

„Du bist jetzt mein Assistent", lächelte sie. „Du hebst die rote Kelle, wenn ein Kutscher einen Fehler macht, und hebst die weiße, wenn er das Hindernis fehlerfrei passiert hat. Verstanden?"

„Nein." Woher sollte ich wissen, wann ein Kutscher einen Fehler machte? Etwa, wenn er seinen Beifahrer vom Kutschbock geschubst hatte oder ein Pferd verkehrt herum anspannte?

Das herzliche Lachen, mit dem mich Andrea erneut faszinierte, war mir Lohn genug für die anstrengende Aufgabe, die mir meine attraktive Begleiterin auf unserem Fußmarsch durch die Baumreihen erklärte.

Was sich im Wald abspielte, war fast unbeschreiblich. „Ganz Aachen" hatte sich anscheinend hier im Busch eingefunden. Wohin ich auch blickte, beiderseits einer durch Flatterband und Kontrollposten abgesicherten Strecke warteten unzählige Menschen auf die Attraktion im Fahrsport schlechthin, wie Andrea diese Kutschenprüfung im Wald bezeichnete. „Diese Prüfung ist einzigartig auf der Welt", schwärmte sie mir vor, „und das Publikum auch." Es würde nicht mehr lange dauern, dann könnte man 100.000 Zuschauer zählen. Sogar das Fernsehen steige ein. „Wir verhandeln bereits über eine Live-Übertragung im nächsten Jahr."

Das war mir dann doch zu viel des Vorschusslorbeers für ein vermeintliches Großereignis, das es ausgerechnet in Aachen geben sollte. Ganz in der Ferne hörte ich das Quäken eines Lautsprechers, ohne ihn verstehen zu können. Ich bedauerte das Waldgetier, das heute vor den Eindringlingen auf zwei oder vier Beinen fliehen musste, derweil bei den Schaulustigen um mich herum die Aufregung ständig wuchs.

Andrea hatte mich zu einem Hindernis mitgenommen, das für mich wenig spektakulär aussah. „Der Kutscher muss sein Gespann durch das Eingangstor fahren, dann zwischen den Stangen eine Acht drehen und rückwärts wieder hinaus", erklärte mir Andrea. „Wenn eine Stange fällt, hältst du die rote Kelle hoch."

„Jedes Mal?", fragte ich geflissentlich. „Wie oft passiert das denn?"

Fast jeder Teilnehmer würde hier Fehler machen, ergänzte meine attraktive Partnerin, „das hier ist eine Schlüsselstelle im fünf Kilometer langen Parcours." Deshalb stünden hier auch besonders viele Menschen.

Als ich mich umblickte, erkannte ich bald den Wald vor lauter Schaulustigen nicht mehr. Die erwartungsfrohen Menschen standen in etlichen Reihen hintereinander oder hingen in dem Steilstück, denn das war der besondere Clou dieses Hindernisses: Es befand sich in einer beachtlichen Schräge. Die Alemannia wäre wahrscheinlich froh, mal wieder vor solch einer Zuschauerkulisse auf dem Tivoli aufzulaufen.

Der Gedanke an die schwarz-gelben Kicker erinnerte mich daran, dass ich einen ehemaligen Mitarbeiter der Geschäftsstelle anrufen sollte, wenn er Anfang Juli aus der

Kur zurückkam. Er hätte da eine tolle Geschichte für mich, hatte er viel versprechend nichts sagend angedeutet. Es ginge um verschwundene Transfergelder und dubiose Beraterverträge. Er wolle mir Ross und Reiter nennen. So lange es nicht um Würstchen und schöne Frauen ginge, sei mir alles egal, hatte ich erwidert.

Aber darüber wollte ich mir jetzt nicht den Kopf zerbrechen.

Ich fragte mich, wie hier eine Kutsche ohne Umkippen durchkommen sollte, wartete darauf, dass mir die erste Kutsche eine Antwort bringen würde und betrachte meine reizende Begleiterin, bei der ich zweifelte, ob sie brav und unschuldig war, wie sie vorgab, oder ob sie hintertrieben und falsch war, wie möglicherweise vermutet werden könnte. War sie tatsächlich so skrupellos, eine andere Frau töten zu lassen, weil sie ihr im Weg stand? Diese Frage stellte sich, wenn ich Andrea als Drahtzieherin von Sabines Unfall nicht ausschließen wollte. Und das wollte ich solange nicht, solange ich keine Klarheit besaß.

Die Geräuschkulisse schwoll immer mehr an. Es war, als würde wie auf einer Welle das Klatschen und Jubeln auf uns zugetragen. Und dann kam endlich die erste Kutsche mit einer für mich unvorstellbaren Geschwindigkeit herangepprescht, wobei ich meine Vorstellung einer Kutsche überarbeiten musste. Denn für Königliche Hoheiten war dieses Gefährt wahrlich nicht vorgesehen. Vier schwarze Pferde zogen einen fast spartanisch ausgestatteten Karren, auf dem neben dem Kutscher ein zweiter Mann saß. Hinter ihnen standen auf einem kleinen Tritt zwei weitere Männer, deren Aufgabe ich nicht kannte, sondern nur ahnte. Wahrscheinlich mussten sie durch Gewichtsverlagerung dafür sorgen, dass die Kutsche nicht umkippte, vielleicht mussten sie auch die Hindernisse wieder aufbauen, wenn das Gespann ordentlich in dem Stangengewirr geholzt hatte.

Mit fast unverändertem Tempo fuhr die Kutsche in das Hindernis. Wie die Pferde, vom Fahrer mit Kommandos und Zügelhaltung geleitet, fast auf der Stelle eine Kehrtwende machten, war schon eindrucksvoll, wie sie rückwärts bergauf wieder aus dem Gestänge hinausfanden, ließ mich an meinem Wissen über die Fähigkeiten von Pferden zweifeln.

Vor lauter Begeisterung für diese Leistung versäumte ich tatsächlich, meiner wichtigen Aufgabe nachzukommen und die rote Kelle in die Luft zu halten, als ausgerechnet bei der letzten Lenkbewegung des Kutschers ein Hinterrad eine Holzstange berührte und zu Boden warf.

Die Enttäuschung der Zuschauer war unüberhörbar, in den beginnenden Beifall, mit dem das Gespann verabschiedet wurde, mischten sich laute Befehle voller Empörung: „Fehler, du Penner! Halte die Kelle hoch!"

Es war nicht Andrea, die mich derart grob angeraunzt hatte. Sie lächelte mich nur hinreißend an. Es musste ein Zeitgenosse sein, der, in der Menge geschützt, mich beleidigt hatte. Dennoch hielt ich gehorsam das rote Holz gen blauem Himmel und erntete ein herzliches Kopfnicken meiner gestrengen Richterin.

Lange blieb mir nicht, das Geschehen zu verarbeiten, da rauschte schon das nächste Gespann heran. „Das ist der Freund, der Freund", riefen etliche Menschen begeistert, aber für mich unverständlich. Das mitgehende Raunen und Stöhnen zeigte die Anspannung der Zuschauer und ihre Sympathie für den Kutschenführer.

Diesmal blieb ich arbeitslos. Der Beifall, der auf mich niederprasselte, als der Freund der Zuschauer fehlerfrei davonfuhr, entschädigte mich ausreichend für die vorhergegangene Beleidigung.

Durchaus kurzweilig war mein Aufenthalt im Wald. Bald war ich in der Lage, die unterschiedlichen Gefährte auseinanderzuhalten. Bedauerlicherweise entdeckte ich nicht Böhnkes Partnerin. Doch konnte das unterhaltsame Geschehen keinesfalls meine Unruhe und meine Gedanken verscheuchen, die wieder in mir hochkamen. Hoffentlich verhielt sich Paule so, wie ich annahm, und lief nicht schnurstracks zu seinem Chef, um Bericht zu erstatten über das nächtliche Verhör durch mich, denn nicht weniger war mein Frage-und-Antwort-Spiel mit dem Alki gewesen.

Es war allerhöchste Zeit, Böhnke einzuschalten, damit die Schweinerei auch offiziell verfolgt und die Verbrecher endlich dingfest gemacht wurden.

Zuvor jedoch musste ich mit Andrea ins Reine kommen. Davon hing auch ab, ob ich mit Sabine wieder klar kam, denn in ihr saß trotz unserer nächtlichen Aussprache der Stachel der Verbitterung noch sehr tief. Meine Versicherung, es sei nichts gewesen in der Nacht bei Andrea, wollte sie noch nicht glauben; vielleicht konnte sie mir glauben, wenn ich ihr beweisen konnte, dass die Manipulation an ihrem Polo nicht ihr, sondern mir gegolten hatte, wie ich anscheinend herausgefunden hatte.

Sabine vertrat immer noch die These, die hintertriebene Zuckerpuppe namens Andrea stünde dahinter. „Die geht doch über Leichen, um ihren Traummann zu angeln", hatte meine Liebste gesagt. Und ich sei nun mal ein Traummann, hatte sie hinzugefügt; ohne dass ich widersprach.

Die Rückkehr in die Soers nach Mittag war nicht minder rasant als die Abfahrt. Andrea stellte eine neue Bestzeit auf, an der sich die meisten Formel-eins-Rundendreher die Zähne ausgebissen hätten.

„Ich lade dich zum Essen ein", sagte sie, während sie in ihrem Büro die Unterlagen ablegte und auf dem Computer nach E-Mails schaute.

„Prima", meinte sie mehr zu sich und grinste, „wenn der CHIO läuft, ist die meiste Arbeit für mich getan. Die Woche davor ist stressig. Jetzt akkreditiert sich niemand mehr, jetzt kommen nur noch die Schnorrer, die für ihre Journalistenkollegen ein paar Freikarten für die Pressetribüne abstauben wollen."

„Und?", fragte ich interessiert, „kriegen sie welche?"

„Warum nicht?", lachte Andrea. „Das Reitstadion ist ausverkauft. Da macht es sich optisch gut, wenn auch die Pressetribüne voll besetzt ist." Das sei gut für die Fernsehübertragung. Andrea hakte sich bei mir ein. „So, jetzt ab ins VIP-Zelt, ich habe Hunger."

Wie Delzi allerdings von den paar Salatblättchen, die sie am Büffet auf den Teller geschoben hatte, satt werden wollte, blieb mir ein Rätsel. Wegen des Gewichts und der Figur – aber das hatten wir schon.

„Sag mal, was hast du eigentlich mit Schnitzler?" Ich überfiel Andrea geradezu mit dieser Frage, kaum, dass wir uns an einen freien Tisch gesetzt hatten, und merkte am kurzen Aufblitzen in ihren hübschen Augen, dass sie damit und meiner nachfolgenden Erklärung nicht gerechnet hatte.

„Erst berichte ich dir von der Giftattacke auf Meurer und du äußerst dich wenig positiv über Schnitzer. Wenig später sehe ich, wie du freudestrahlend aus seinem Wohnmobil hüpfst. Das musst du mir erklären, meine Liebe. Hast du etwa geplaudert?"

Andrea verdaute die Frage überraschend gut. Oder lag es an meiner Hand, die ich beruhigend auf ihren schlanken Unterarm gelegt hatte? Sie sah mich intensiv an, dann schüttelte sie leicht den Kopf und schluckte den Rest ihres Salatblattes herunter.

Wir saßen allein im oberen Stockwerk des stabilen Zeltbaus, dessen Seitenteile aufgeschlagen waren. Wir befanden uns fast im Freien und hatten einen tollen Ausblick über die Köpfe der CHIO-Besucher hinweg auf die Budenstadt. Niemand schien von uns Kenntnis zu nehmen. Wir waren für die Menschen ein attraktives Paar, das sich den Luxus leisten konnte, im VIP-Zelt zu dinieren.

Andrea ließ sich Zeit mit ihrer Antwort, als suche sie nach den richtigen Worten. Doch dann fiel ihre Antwort derart banal aus, dass sie normalerweise falsch sein musste. Aber der Wahrheitsgehalt ließ sich sicherlich leicht überprüfen.

„Natürlich kenne ich Schnitzler, weil er als Turnierteilnehmer schon seit Jahren nach Aachen kommt. Ich kenne ihn nicht mehr oder weniger als die meisten Reiter, mehr ist da nicht. Der Mann hat für mich aber einen großen Vorteil, er wohnt in Warendorf. Dort hat die Reiterliche Vereinigung ihren Sitz und ich folglich demnächst meinen Arbeitsplatz. Ich habe Schnitzler nur gefragt, ob er einen Makler in Warendorf kennt, an den ich mich wenden könnte." Andrea sah mich schmunzelnd an.

„Und?", fragte ich.

„Schnitzler hat mir angeboten, ich könne bei ihm wohnen. Da habe ich dankend abgelehnt und bin gegangen, du schöner Spion." Sie legte ihre Hand auf die meine, die immer noch ihren Unterarm streichelte.

„Mach weiter", flüsterte sie. „Sonst noch was?"

Delzis Verhalten irritierte mich. Wollte sie mich um den Finger wickeln oder war sie tatsächlich kooperativ? Unser Verhältnis musste doch einen Pferdefuß haben!

Ob sie sich an den ALRV-Mann erinnere, der unser erstes Zusammentreffen so abrupt beendet hatte, fragte ich, um die nächste Lücke in meinem Geflecht zu füllen. „Kennst du ihn?"

Andrea blinzelte mich an. Sie dachte nach. „Jetzt, wo du es sagst. Nein, der Mann ist mir fremd." Sie nippte an ihrem Wasserglas. „Tatsächlich. Üblicherweise gibt es bei uns in der Pressestelle zwei Helfer, die ich beide kenne und die jetzt wieder da sind. Ich nehme an, der Mensch war am Dienstag nur aushilfsweise da." Für den CHIO würde der ALRV immer wieder Mitarbeiter verschiedener Sicherheitsdienste verpflichten.

„Das wird wohl so einer gewesen sein, der als Aushilfe bei uns und jetzt irgendwo eine Tür im Zaun kontrolliert. Er ist mir in den letzten Tagen nicht mehr aufgefallen."

Auch diese Antwort konnte ich besser verwerten, als Andrea glauben würde.

„Ist dir sonst noch irgendetwas aufgefallen?", hakte ich weiter nach.

Wieder dachte Delzi lange nach.

Ich schaute derweil, weiter sanft ihren Arm streichelnd, auf den Hauptweg zum Reitstadion, auf dem sich inzwischen die Menschen dicht gedrängt vorwärts schoben.

„Jetzt, wo du es sagst", fuhr Andrea endlich langsam mit einer Wiederholung fort, „da war noch was. Irgendjemand muss an meinem Computer herumgefummelt haben. Ich hab's nur deshalb gemerkt, weil ein Fenster geöffnet war. Das mit den VIP-Dateien." Sie lächelte mich zärtlich an. „Also auch mit deinen Daten, aber die kenne ich auswendig."

Ich ließ mich von der verbalen Streicheleinheit nicht in meiner Konzentration stören. „Wer und wann?"

„Wer weiß ich nicht", antwortete Andrea spontan. „Ich habe ein offenes Büro und keine Geheimnisse. Jeder, der über den Flur kommt, kann auch in mein Zimmer."

„Wer kommt denn durch den Flur?"

„Alle, die am Eingang zum Richterhaus durch die Kontrolle gelangen. Die ALRV-Mitarbeiter, Journalisten, Reiter, Funktionäre, sonstige Kärtchenträger."

„Und wann hast du das bemerkt?" Auf die Antwort war ich gespannt und meine Spannung übertrug sich auf meine Hand, die das Streicheln beendete und Andreas Handgelenk umklammerte.

Andrea sah zunächst auf meine Hand, dann blickte sie mir nachdenklich ins Gesicht. „Das muss Dienstag nach meinem Feierabend gewesen sein, als ich zur Riders-Night aufgebrochen bin. Entdeckt habe ich die Benutzung meines Computers am frühen Mittwoch."

Mein erstauntes Stirnrunzeln verstand Delzi sofort. Jetzt streichelte sie über meine Hand.

„Am Mittwoch bin ich sehr früh, nach viel zu kurzem Schlaf, vor allen anderen im Büro gewesen. Da habe ich es entdeckt. Ich habe noch Unterlagen für meine Verhandlungen mit den Chefs der Reiterlichen Vereinigung holen müssen." Danach habe sie ihr Büro abgeschlossen, um nicht noch einmal unangenehm überrascht zu werden.

Ich atmete auf. Wieder hatte ich eine Stelle in meinem Geflecht gefüllt. Da fehlte wirklich nicht mehr viel und ich hatte alle Teile beisammen; auch wenn es nicht im Sinne meines Mandanten und damit auch nicht in meinem Sinne sein konnte.

„Kennst du eigentlich Paule?" fragte ich neugierig.

Andrea grinste mich an, dass ich fast die Fassung verlor. „Du kennst wohl inzwischen jeden, der irgendwie beim CHIO beschäftigt ist", scherzte sie.

Paule sei ein armer Kerl, ein dem Alkohol verfallener Mann, der im Schlepptau von Schnitzler über die Turnierplätze tingele. „Der hat mit Meurer und Klinkenberg mal bei uns angefangen, war dann aber wegen seiner Sauferei für den ALRV nicht mehr tragbar. Paule ist froh, bei Schnitzler arbeiten zu dürfen, und der nutzt es gnadenlos aus, dass Paule an der Flasche hängt. Der zahlt ihm bloß einen Hungerlohn." Sie zuckte kurz mit den Schultern. „Na ja, andererseits ist Schnitzler ja auch nicht gerade auf Rosen gebettet und kann froh sein, wenigstens einen wie Paule beschäftigen zu können."

Andrea stand auf, trat an meine Seite und hauchte mir einen Kuss auf die Wange, der mich kurzzeitig angenehm verunsicherte. „So, ich muss los, zum Best of Champion-Event."

Was das ist, erklärte sie mir, bevor ich fragen musste.

„Der Weltmeister, der Olympiasieger, der Europameister und der letztjährige Sieger im Großen Preis von Aachen treten gegeneinander an und wechseln dabei die Pferde, sodass jeder auch mit den drei Pferden der anderen Starter über einen kurzen Parcours muss. Ist schon interessant zu sehen, wie unterschiedlich Pferde und Reiter miteinander umgehen."

„Was bringt das?", fragte ich wenig begeistert. Ich hätte lieber händchenstreichelnd aus dem VIP-Zelt ins Freie geguckt statt mich bei diesem so genannten Event zu langweilen.

„Dem Sieger bringt es immerhin schlappe fünfzigtausend Euro", antwortete Andrea prompt und löste sich aus meinem Griff.

„Das ist doch kein Sport mehr, das ist doch nur noch Show mit Geldverdienen. Von der Tierquälerei einmal ganz abgesehen", sagte ich mit gespielter Entrüstung.

„Aber es macht Spaß", entgegnete Andrea, jetzt ganz und gar Pressesprecherin des CHIO. Niemand könne ein Pferd zwingen, über ein Hindernis zu springen. „Wenn es nicht will, kannst du als Reiter machen was du willst." Pferde seien bisweilen störrischer als Esel, aber intelligenter als ein Schwein. „So wie du, mein Schatz."

Andrea ließ offen, ob sie meine Sturheit oder meine Intelligenz meinte. Sie hing sich an meinen Hals. „Heute Nacht habe ich noch Zeit für dich. Morgen Abend fliege ich in den Urlaub. Wenn du willst, treffen wir uns um sieben in meinem Büro."

Der Kuss, mit dem sie sich verabschiedete, wirkte noch lange in mir nach und vernebelte angenehm meine Sinne. Er ließ die Zeit bis zum Abend verdammt weit entfernt erscheinen.

Haupttribüne, Block B, Reihe eins. Dort sollte und konnte ich Böhnke und seine Partnerin finden. Hinter den Blumenkästen mit den roten und weißen Geranien lugten ihre Köpfe hervor, als ich suchend an der Tribüne vorbeischritt. Auf mein Winken reagierten die beiden nicht, sie starrten angespannt auf das Grün, das nach den trockenen Tagen an vielen Stellen schon sichtbar blass geworden und vor und nach den Hindernissen von den Hufen weggetreten war. Das war jetzt nicht mehr die saftige Wiese des letzten Sonntags, daran konnten auch die Parcourshelfer nichts ändern, die so manchen braunen Erdflecken abends nach dem letzten Springen mit grüner Farbe besprühten.

Erst der höfliche Kontrolleur am Tribünenaufgang ermöglichte mir, Kontakt zu Böhnke aufzunehmen.

Der Kommissar ließ sofort seine Begleiterin im Stich und kam freundlich lächelnd auf mich zu. „Sie sehen aus, als hätten Sie heute Nacht nicht geschlafen", begrüßte er mich auf seine gewohnt direkte Art.

Ich unterließ die Bemerkung, dass ich arbeiten würde wie ein Pferd und auch er nicht wie das blühende Leben, sondern vielmehr wie ein urlaubsreifer Fastsechziger aussehe. Böhnke erinnerte mich nicht nur an meine schwerlich unterdrückte Müdigkeit, sondern auch daran, dass ich in der nächsten Nacht auch nur wenig Ruhe finden würde.

Aber was tat ich nicht alles, um den Mord an dem dubiosen Meurer aufzuklären, der Opfer und Täter zugleich war, was wiederum fatal für Klinkenberg war?

Der Kommissar schleppte mich zu einem Getränkestand unter einem großen Sonnenschirm, orderte für sich ein Bier und für mich, ungefragt, aber mit großer Selbstverständlichkeit, ein Mineralwasser. Warum um alles in der Welt das mir eingeschenkte Getränk in der Stadt von Kaiserbrunnen und Granusquelle als Mineralwasser und nicht als aufgepepptes Leitungswasser verkauft wurde, war nur ein, und dann auch noch vergleichsweise äußerst belangloses Problem, mit dem ich mich kurzzeitig beschäftigte.

Meine Bemerkung, ich hätte den Mordfall Meurer fast geklärt, nahm Böhnke mit der ihm typischen Gelassenheit auf.

Er hätte nichts anderes erwartet, erdreistete er sich zu sagen. „Wir haben leider nichts für Sie. Ich habe lediglich mit dem Staatsanwalt gesprochen. Er will jetzt wegen Mordversuch anklagen, um Klinkenberg glimpflich davon kommen zu lassen."

Diese Information nahm ich zwar dankbar entgegen, ich konnte mir aber eine Anmerkung nicht verkneifen. „Salentin weiß ja auch, mit wem er es in dem Prozess zu tun bekommt. Der will nicht riskieren, dass er verliert, wenn er zu hoch pokert", behauptete ich grinsend.

Meine wichtigste Erkenntnis der letzten beiden Tage verschwieg ich Böhnke. Hätte ich ihm etwa sagen sollen, dass Meurer vollkommen zu Recht frei gesprochen worden war und ich somit doch durch meine Beharrlichkeit der Gerechtigkeit zum Erfolg verholfen hatte? Oder sollte ich ihm sagen, dass sich Klinkenberg geirrt hatte? Ich bat den Kommissar nur um eine Kleinigkeit, einen Bewachungsdienst mit einer Festnahme am Sonntagmorgen nach einer Personenüberprüfung. Ohne zu zögern und ohne nach den Gründen zu fragen, stimmte er zu, was mir hätte zu denken geben müssen.

Böhnke bestellte, für ihn vollkommen ungewöhnlich, ein zweites Bier.

„Was ist mit Ihnen? Wollen Sie Mitglied in der Gilde der Alkis werden?" Bei diesem fast schon sommerlich zu nennenden Temperaturen konnte ein zweites großes Glas fast schon zum Rausch führen, warnte ich meinen väterlichen Freund.

Er sah mich mit trüben Augen an. „Um es kurz zu machen, ich mache es nicht mehr lange, mein Freund", sagte er ruhig und mit großer Sachlichkeit. „Ende des Monats ist Schluss für mich bei der Polizei."

Diese Mitteilung schockte mich, mehr noch, versetzte mir einen Schlag, der mich fast umbrachte. Meine Verständnislosigkeit konnte ich nur in ein Wort fassen: „Warum?"

Er sei ernsthaft krank und nicht therapierbar, antwortete Böhnke nüchtern, als rede er über den Benzinpreis an der Tankstelle. „Ein Leben lang kerngesund und jetzt auf einmal vor dem Ende." Gequält grinste Böhnke mich an. „Ihre Kapriolen werden mir fehlen, mein Freund." Er werde nach Huppenbroich ziehen und dort seine Restzeit verbringen. „Vielleicht gibt es ja noch einen schönen Sommer."

Die Resignation in seiner Stimme schwand, sein Blick wurde klar. „Aber zunächst wollen wir den Fall Meurer beenden. Nicht wahr? Ich will meinem Nachfolger

211

schließlich einen aufgeräumten, abgearbeiteten Schreibtisch hinterlassen."

Daraufhin schwiegen wir beide und gaben uns der Melancholie hin.

Erst als Böhnkes Partnerin erschien, bemerkten wir das Entschwinden der Zeit.

Sie sah uns mit verständnisvollen Blicken an. „Sie sind so, wie er sich immer einen Sohn gewünscht hätte", flüsterte sie mir zu, als wir uns von dem Stand gelöst hatten und Böhnke einige Schritte vorausgegangen war.

„Vielen Dank für die schönen Karten und die unvergessliche Kutschenfahrt", sagte sie laut, als der Kommissar stehen blieb und sich umdrehte.

Böhnke sah mich streng an. „Morgen um neun zum Rapport in meinem Büro! Verstanden?"

Ich schlug die Hacken zusammen und salutierte. „Wird mir ein Vergnügen sein, Chef." Mit einem kräftigen Händedruck verabschiedeten wir uns.

Nach einem erschrockenen Blick auf die Uhr eilte ich in Delzis Büro. Hoffentlich hatte sie auf mich gewartet.

Andrea schien nicht begeistert, als ich kurz vor sieben erschien. Sie war auch nicht versöhnt, als ich sie in den Arm nahm.

„Es ist alles zum Kotzen mit euch Kerlen", maulte sie und schob mich beiseite. Dann lachte sie auf und sprang mir um den Hals. „Guck doch nicht so bedröppelt." Sie gab mir einen Kuss und schmiegte sich an mich. „Heute Nacht gibt's nichts mit uns beiden." Sie schniefte und schien den Tränen nahe. „Ich muss heute Abend einige Offizielle des

IOC betreuen. Sie sind wegen der Olympischen Spiele hier. Das endet dann irgendwo in einer Bar, wo die Hampelmänner wieder kein Ende finden und ich als Dekostoff immer nur lächeln darf, bis sie besoffen ins Bett torkeln." Andrea sah mich enttäuscht an. „Ich hatte mich so auf dich gefreut."

Dass diese Freude wegen Böhnkes Mitteilung wahrscheinlich nicht beidseitig sein würde, behielt ich für mich.

Delzi löste sich von mir. „Aber Job ist Job, und ich will die Stelle bei der Reiterlichen Vereinigung haben. Da kann ich jetzt nicht quer schießen und muss gute Miene zum bösen Spiel machen." Andrea lächelte gequält. „Schau nicht so traurig. Es ist doch niemand gestorben."

Ich biss mir fest auf die Lippen, um keine unpassende Bemerkung von mir zu geben.

Wenn einer Grund zum Traurigsein hätte, dann sei das Paule, meinte Andrea.

„Wieso?" Ich horchte interessiert auf. „Was ist mit dem?" „Schnitzler hat das arme Stück Mensch heute vor die Tür gesetzt. Fristlos entlassen, weil der wohl stockbesoffen in den Stall gekommen ist und seinen Rausch in einer Pferdebox ausschlief. Paule steht jetzt allein ohne ein Heim da. Schnitzler hat ihm heute mitgeteilt, dass er ihn Morgen beim Abtransport der Pferde nach Warendorf nicht mehr braucht."

Nicht lange würde Paule ohne Dach über dem Kopf sein, dachte ich für mich. Dass mit dem Heim, nur wenige Meter vom Reitstadion entfernt, werde sich bald ergeben. Den heutigen Tag gönnte ich ihm noch, er würde sich

wahrscheinlich die Kante geben, so wie ich es auch vor-
hatte, aber wohl doch nicht tun würde.

Ehrenmänner

Der klapprige Ford war unübersehbar. Der Blickfang jedes
Schrottplatzes stand direkt vor dem Hauseingang zu meiner Wohnung. Wo dieser Blechhaufen war, konnte sein
nicht minder heruntergekommener Besitzer nicht weit
sein, dachte ich mir grimmig, als ich die Wohnungstür auf-
schloss. Mein Anruf bei Böhnke zwecks Fahndung war für
mich schon beschlossene Sache. Den Kerl würden wir
rasch finden.
Und ich brauchte in der Tat nicht lange nach Kowalski suchen. Der Pole saß in meinem kleinen, aber sauberen
Wohnzimmer in einem Sessel und fletschte demonstrativ
grinsend seine wenigen Zähne.
„Warum brechen Sie bei mir ein?", fauchte ich wütend.
Die Frage, wie er in meine Bude hineingekommen war,
verkniff ich mir in Anbetracht der kriminellen Vergangenheit meines unangemeldeten Besuchers. Fachmännisch,
ohne eine Spur zu hinterlassen, hatte er die Tür geöffnet
und sogar wieder verschlossen.
„Ich bin kein Einbrecher", sagte der Pole ruhig und bestimmt. „Ich muss mit Ihnen reden, allein, ohne, dass es
jemand weiß. Es ist wichtig."
Mich erstaunte das flüssige, gute Deutsch des Mannes,
dem ich nur bruchstückhafte Sätze zugetraut hatte. Aber
wahrscheinlich lag die momentane Ausdrucksstärke da-

ran, dass sich Kowalski lange auf diese wenigen Sätze vorbereitet hatte. Ganz geheuer war mir nicht zu Mute, als ich mich dem Mann gegenübersetzte. Wollte er mir etwa wieder einen vom Pferd erzählen? Immerhin hatte ich ihn des Mordes an seinen Landsmann und Arbeitskollegen Marek und des Attentates an Sabine verdächtigt. Was sollte ihn davon abhalten, auch mich zu attackieren?

„Was ist wichtig?" Streng sah ich Kowalski an, der im Sessel herumrutschte.

Er hielt meinem Blick ohne Zaudern stand. „Ich habe Rasputin gefunden", sagte er mit einer Selbstverständlichkeit, als gebe es nicht Leichteres auf der Welt.

„Wo ist er?", fragte ich hastig. An die Anweisung von Tombeux, den Fall nicht weiter zu verfolgen, konnte und wollte ich mich nicht halten, zumal offensichtlich eine Verknüpfung zwischen dem Zuchthengst und dem nicht geheueren Pferdepfleger bestand.

Mein Gesichtsausdruck ließ Kowalski lachen. Anscheinend schaute ich ziemlich dämlich drein

„Ich werde Ihnen alles berichten. Sie schreiben auf und fragen. Okay?"

Ich nickte und vermutete zutreffend, dass die Zeit der auswendig gelernten Sätze vorbei war.

„Wenn fertig, du kannst entscheiden, was wir dann machen sollen."

Das plumpe Duzen war wohl weniger ein Zeichen von Vertrautheit als vielmehr Ausdruck der fehlenden sprachlichen Fertigkeiten, dachte ich mir verständnisvoll, als ich mir vom Schreibtisch Block und Stift holte und das schnurlose Telefon mitnahm. Vielleicht konnte es im Laufe des

Abends noch wichtig sein, das Gerät in meiner Nähe zu haben.

Was mir Kowalski berichtete oder auf Nachfrage hinzufügte, schien plausibel und gab mir sogar Erklärungen für Beobachtungen, die ich in dieser Woche gemacht hatte.

Nachdem ich ihm seinen Bericht vorgelesen hatte, forderte ich ihn auf, durch seine Unterschrift die Richtigkeit zu bestätigen. Ich hatte jetzt keine Zweifel, dass Kowalski die Wahrheit gesagt hatte, ich ihn deshalb beruhigt laufen lassen konnte.

Bereitwillig unterzeichnete der Pferdepfleger in einer ungelenken Schrift die einzelnen Blätter.

„Was machst du damit?", fragte er mich.

Ich würde den Bericht der Polizei zu Protokoll geben, erklärte ich ihm. Er würde sicherlich noch einmal als Zeuge vernommen werden, was allerdings bedinge, dass er sich nicht nach Polen absetze.

„Ich bleibe, Ehrensache", versicherte der Pole. „Wir sind doch Ehrenmänner."

Zu dieser Bemerkung schwieg ich lieber, bevor ich mir mit einer unbedachten Äußerung die Zunge verbrannte.

Ehrenmänner wollten viele sein, die tatsächlich nur angebliche Ehrenmänner waren. Und dann sollte ausgerechnet dieser heruntergekommene, schmutzige, aber auf gewisser Art doch nicht mehr unsympathische Pferdepfleger aus Polen ein Ehrenmann sein?

Mit der Bitte, mich sofort anzurufen, wenn er morgen Rasputin eingeladen hatte, um ihn in seine vertraute Box im Gestüt Donner zurückzubringen, verabschiedete ich Kowalski.

Wenn er der Ehrenmann war, für den er sich ausgab, würde er so handeln, wie wir es vereinbart hatten. Wenn alles klappte, wie wir es geplant hatten, würde es morgen ein verdammt großes Reinemachen geben, bei dem hoffentlich auch die letzten offenen Fragen beantwortet wurden. Dafür waren aber auch etwas Verhandlungsgeschick und das Mitwirken von Böhnke erforderlich.

Ich rief meinen väterlichen Freund an und las ihm den Bericht vor.

Er war keineswegs ungehalten, dass ich ihn am Abend störte, er hörte mir interessiert zu und fand keine Schwachstelle in meinem Vortrag.

„Es fällt mir schwer, Ihnen zu glauben", meinte er nur, „aber so wird es wohl sein. Morgen machen wir den Sack zu. Ich kümmere mich um meine Sachen. Den Rest erledigen Sie."

Worin dieser Rest bestehen sollte, war mir nicht klar. Ich meinte, ich hätte meine Aufgaben fast alle gemacht, sagte ich mir, als ich es mir auf der Couch bequem machte und mir noch einmal Kowalskis Bericht vornahm.

Er las sich flüssig und mir wurde bei der erneuten Lektüre bewusst, welche Leistung Kowalski vollbrachte hatte. Ich hatte ihn völlig falsch eingeschätzt und hätte mich bei ihm entschuldigen müssen. Dafür wäre aber noch Zeit, wenn er seinen letzten Auftrag erfüllt hatte, redete ich mir ein. Lediglich für Kowalskis Beweggründe, die er für seinen Alleingang ins Feld führte, konnte ich kein Verständnis aufbringen. Vor allem konnte ich nicht verstehen, warum er mich nicht frühzeitig eingeweiht hatte. Schon bei unserem Treffen auf dem Rastplatz Ruraue hatte er die Hinweise auf das Versteck von Rasputin gehabt. Er war zwar vor mir am verabredeten Ort gewesen, hatte aber noch einige Telefonate geführt, bevor er sich mit mir getroffen hatte. Nach unserem Gespräch glaubte ich ihm, gestern hätte ich ihn als Lügner bezeichnet.

Er habe auf eigene Faust ermitteln müssen, so hatte Kowalski erklärt, weil ihm sonst niemand geglaubt hätte; zum einen, weil er als Pole gerade in der jetzigen Zeit mit den vielen Schiebereien von vornherein als verdächtig angesehen wurde, und zum anderen, weil ihn seine kriminelle Vergangenheit zum potenziellen Täter stempelte.

„Ich wollte allen zeigen, dass alle Polen Ehrenmänner sind so wie alle Deutschen", hatte er gesagt. „Es gibt nur Ausnahmen, die nicht so sind, Deutsche und Polen."

Da konnte ich ihm nur beipflichten. Sein Bericht war ein Beleg dafür; ein Beleg dafür, dass der große Schein über das klägliche Sein hinwegtäuscht.

Kowalski hatte sich schon gewundert, als ihm sein Kollege Marek am Freitag verkündete, er würde nach Hause fahren, denn er hatte sich mit einem Freund für eine gemeinsame Heimfahrt am Sonntag verabredet. Zwar verließ Marek am Freitag das Gestüt, aber er musste am Samstag zurückgekommen sein, wie Kowalski feststellte, weil Marek am Freitag den Rasierapparat im Badezimmer ihrer gemeinsam Wohnung liegengelassen hatte und der Apparat am Samstag nicht mehr am Platz lag. Nur Kowalski und Marek hatten den Schlüssel zur Unterkunft. Nachdem Donner weggefahren war, musste Marek zurückgekehrt sein. Er hatte Rasputin in den Transporter geladen und war weggefahren. Das Ziel war ein Stall im Westfälischen, in dem Donner bereits wartete. Ein polnischer Kamerad, mit dem Kowalski in Kontakt stand, hatte Donner und Marek auf dem Gestüt beobachtet und Kowalski informiert, als er wenige Tage später vom Mord an Marek erfuhr. Dieser Mord war für Kowalski der Grund, zu verschwinden. Er befürchtete, ebenfalls getötet zu werden, zumal sich Donner über ihn bei seinem Kameraden erkundigt hatte. Donner war mithin der Drahtzieher, nein, einer der Drahtzieher, aber das konnte Kowalski nicht wissen. Für ihn war Donner der Mann, der das kriminelle Geschehen zu verantworten hatte. Donner hatte, so fand Kowalski heraus, einen Mörder gedungen, der für wenig Geld den Mitwisser Marek aus dem Weg räumte. Kein Pole, wie Kowalski betonte, sondern ein Russe, den sein Kamerad in Warendorf gesehen hatte. Der Russe kam nach der Tat nicht weit. In Polen lauerten ihm Freunde von Marek auf und rächten den Toten. Das Kopfgeld von zehntausend Euro hatte der Russe noch bei sich; das Geld wurde Mareks Familie gegeben.

Donner hatte die Entführung des Zuchthengsts als Akt einer Polenmafia inszeniert. Der Hengst sollte auf dem Gestüt im Westfälischen zu Zuchtzwecken eingesetzt werden, sein Samen sollte, wie Kowalski mir erklärte, als der anderer Hengste deklariert werden. Er hätte somit Nachfolger gehabt, die auf dem Papier andere Väter hatten, was aber der Absicht der Fälscher nicht zuwiderlief. Sie wollten den Nachwuchs für den Turniersport ausbilden und wussten von den guten Eigenschaften des verschwiegenen Vaters. Rasputins Verschwinden hatte für Donner noch einen Nebeneffekt. Die 500.000 Euro, die Edeltraud von der Versicherung kassieren würde, kamen ihm sehr gelegen. Wegen seiner Spielsucht völlig überschuldet, stand er am Rande der Insolvenz. Er hätte das Gestüt über kurz oder lang aufgeben müssen, wenn es ihm nicht gelang, neue Geldquellen aufzuschließen. Edeltraud war dabei sein größtes Faustpfand. Das Zögern der Versicherung war der erste Stolperstein, über den Donner hinwegkommen musste, nachdem zuvor alles geklappt hatte, dachte ich mir grimmig. Davon wusste Kowalski nichts. Als ich dann eingeschaltet wurde, überlegte sich Donner eine andere Strategie.

Darüber würde ich Morgen mit ihm zu reden haben. Ich war froh, dass Böhnke meinem Plan zugestimmt hatte und mich dabei unterstützen wollte. Er selbst hatte morgen noch genug zu tun.

Sabines Kontrollanruf kam erstaunlich früh, schon gegen 23 Uhr, als ich schlapp auf der Couch lungerte und bei Dire Straits Entspannung suchte. Denn trotz des fehlenden Schlafs war ich aufgewühlt, kurz vor der Aufklärung des Falls, der aus mehreren bestand, aber mehr noch durch die erschreckende Mitteilung von Böhnke, die ich nicht verkraften konnte. In dieser Gemengelage war die Absage von Andrea wirklich keinen Gedanken wert.

„Wie war's denn?" Sabines Stimme klang müde, aber auch erleichtert.

In schnellen Sätzen schilderte ich ihr die Entwicklung des Geschehens, verschwieg dabei aber tunlichst jegliche nähere Beziehung zu Andrea und endete mit dem Schock, den mir Böhnke versetzt hatte.

Es fiel Sabine schwer, ihre Betroffenheit in Worte zu fassen. Die Bemerkung: „So ist das Leben", hätte sie sich sparen können, wenn sie nicht hinzugefügt hätte: „Hauptsache, wir sind gesund, mein Liebster."
Mit einem Male wurde ich müde, quasi schwerelos und versank schnell in einen tiefen, traumlosen Schlaf.

Abschied

Ich fühlte mich frisch und gut gewappnet für den letzten Teil meiner Aufgabe am letzten Tag des CHIO, der für drei Verbrecher auch ein Tag des Abschieds von der Freiheit werden konnte. Der Große Preis von Aachen und das weitere Geschehen in der Soers waren für mich zunächst bedeutungslos; wenn nach der Arbeit noch Zeit sein sollte, konnte ich mich immer noch in das Gewimmel der über vierzigtausend Menschen stürzen, die an diesem sonnigen Sonntag im Reitstadion erwartet wurden.
Dagegen war die Zahl der Menschen in Böhnkes Büro geradezu dürftig. Gerade einmal zwei waren dort zum zweiten Frühstück versammelt: der Kommissar und meine Wenigkeit. Später würden wir noch einen Gesprächspartner hinzubekommen. Doch zunächst reichte mir der Bericht, den mir Böhnke geben wollte und der meinen Eindruck bestätigte, dass Donner alles andere als ein Ehrenmann war und am besten hinter Gittern aufgehoben war.
Vor seinem Gang ins Präsidium hatte Böhnke schon ein langes Telefonat mit dem Vater von Edeltraud Tombeux über Donner geführt. Der Alte hatte lange gezögert, sich

gegen Donner auszusprechen, erst als er davon überzeugt war, dass Donner sogar an einem Mordkomplott beteiligt war, schilderte er die missliche Situation, in der er sich befand.

„Als juristischer Laie würde ich sagen, Donner hat Tombeux erpresst", meinte Böhnke. „Sie würden wahrscheinlich eine familieninterne Zwistigkeit ohne strafrechtliche Relevanz annehmen." Ob absichtlich oder zufällig, jedenfalls hatte Donner seine junge Freundin Edeltraud geschwängert und sich bei Tombeux bereits als zukünftiger Schwiegersohn angekündigt. Frank und frei hatte Donner gegenüber Tombeux zugegeben, dass er wegen seiner Geldnöte den Diebstahl Rasputins vorgetäuscht habe. Er würde dafür sorgen, dass Edeltraud als Mitwisserin hingestellt würde. Tombeux solle sich ausmalen, so hatte Donner zu bedenken gegeben, welchen Imageverlust die ehrwürdige Familie habe, wenn bekannt würde, dass die Tochter an einem kriminellen Deal beteiligt sei.

Bevor ich einhaken konnte, hatte Böhnke schon die nächste Schmutzigkeit von Donner aufgetischt. „Für den Fall, dass es Tombeux gelungen wäre, seine Tochter aus der Geschichte herauszuhalten, wollte Donner damit drohen, die Schwangerschaft von Edeltraud publik zu machen. Was würde wohl die Öffentlichkeit sagen, wenn Tombeuxs Tochter ein uneheliches Kind von einem Verbrecher bekam oder wenn nach einer von Donner ins Spiel gebrachten Hochzeit ihr Gatte im Knast landete? Da sei es wohl besser, zu schweigen und auf das Pferd oder ersatzweise das Geld zu verzichten." Böhnke schüttelte verständnislos den Kopf. „Und der alte Tombeux geht auch noch auf das Spiel ein. Der gute Ruf der Familie steht über allem." Der Mann würde niemals von seinem hohen Ross heruntersteigen

„So ist das halt unter deutschen Dächern", kommentierte ich lakonisch und dachte wieder an meinen so oft zitierten Unterschied von Sein und Schein. „Aber jetzt ist Donner zum Abschuss freigegeben?"

„Gerne", sagte der Kommissar schnell. „Aber warum und wie? Wir haben bisher die Zeugenaussage eines vorbestraften polnischen Pferdepflegers und die Äußerung von Tombeux, wobei er mir untersagt hat, ihn ohne anwaltlichen Beistand zu zitieren."

„Wir kriegen ihn wegen Mord an den Hammelbeinen", sagte ich energisch. „Wir werden ihn heute Nachmittag einkassieren. Lassen Sie mich nur machen. Wenn Sie mir helfen, kassieren wir ihn schneller ein, als er es sich vorstellen kann."

Befürchtungen, er könne sich vorher abseilen, hatte ich keine. Vorsorglich bat ich Böhnke allerdings, nach dem auffälligen Jaguar zu suchen und Donner festnehmen zu lassen, wenn er vom ALRV-Gelände fortfahren sollte.

Auch diesen Gefallen tat er mir gerne.

Donner kam so noch in den Genuss, wenigstens den letzten Tag des CHIO zumindest größtenteils miterleben zu dürfen.

Ein anderer Akteur hingegen würde das Reitturnier nur aus der Entfernung beobachten können: Paule, der schon vor Böhnkes Zimmer auf die Vernehmung wartete.

Er habe den von Schnitzler entlassenen Pferdepfleger vorsorglich schon in der Nacht festnehmen lassen, informierte mich der Kommissar. „In betrunkenem Zustand nützt er uns nicht. Er sollte heute Morgen einigermaßen nüchtern sein, falls das überhaupt möglich ist."

Paule wirkte niedergeschlagen und schien zwar zu ahnen, aber nicht zu wissen, was die Polizei von ihm wollte und wozu ich erschienen war. Er konnte mit mir nichts anfangen, als Böhnke mich als Kollegen vorstellte, während er sich zu uns in die Besucherecke setzte.

Erst, als ich von unserer nächtlichen Plauderei anfing, lichtete sich etwas der dichte Nebel in seinem Gedächtnis, aber viel Erhellendes kam bei Paule nicht heraus. Seine Erinnerungsschwäche spielte mir hervorragend in die Karten, ich konnte jetzt mit dem Wissen auftrumpfen, das ich dank Paule besaß, ohne dass er sich daran erinnerte, dass ich es von ihm selbst hatte.

Ich rührte noch lässig in der Kaffeetasse, als ich den verschüchterten Pfleger urplötzlich knallhart anfuhr. „Ich beschuldige Sie des sexuellen Missbrauchs an Stefanie Klinkenberg und des Mordes an Adolf Meurer."

Diese Attacke saß. Paule erstarrte in seiner Bewegung. Nur sein Mund öffnete und schloss sich sprachlos wie ein Fisch auf dem Trockenen, der nach Luft schnappte.

Ich sei gerne bereit, seine tragische Geschichte dem Kommissar zu erzählen, er möge mich gefälligst verbessern, wenn ich etwas Falsches sagen würde, schlug ich hilfsbereit vor, fast wie ein Kumpel, der den anderen unterstützen wollte.

Doch Paule verharrte in seiner stummen, ehrerbietigen Haltung.

Die Bemerkung von Böhnke, er werde die Unterredung mit einem Kassettenrekorder aufnehmen, hatte Paule wahrscheinlich nicht einmal mitbekommen, zu sehr war er mit meiner überraschenden Attacke beschäftigt.

„Dass Sie Alkoholiker sind, lässt sich nicht verleugnen." Ich sah keinen Grund für Höflichkeiten oder verharmlosende Floskeln. „Im vergangenen Jahr haben Sie Stefanie misshandelt und im Suff Schnitzler davon berichtet. Er hatte Sie damit in der Hand und konnte Sie für seine Zwecke missbrauchen. Doch er konnte sich Zeit lassen, denn der Verdacht fiel auf Meurer, dem jeder jede Schlechtigkeit zutraute. Wäre Meurer hinter Gittern verschwunden, wäre alles wie gehabt weitergegangen. Nachdem der Mann aber freigesprochen worden war, waren alle Pläne über den Haufen geworfen."

Böhnke räusperte sich, für mich das deutliche Zeichen, dass er nicht ganz folgen konnte.

„Also." Ich setzte neu an. „Schnitzler hat über Jahre hinweg seine Pferde gedopt. Meurer wusste davon und hat den Springreiter erpresst. So kam er letzte Woche Samstag auch zu seiner erzwungenen Anstellung bei Schnitzler. Was Meurer nicht wusste: Schnitzler hatte unseren Freund Paule in der Hinterhand. Er nötigte Paule, das Mittagessen von Meurer zu vergiften, was kein großes Problem war. In einem unbeobachteten Moment zwei Tropfen Horse-Ex ins Gemüse oder in die Suppe und schon war die Sache erledigt." Ich sah den grübelnden Kommissar an. „Das Zeug hat Schnitzler übrigens von einem englischen Pferdehändler, mit dem er sich hier in Aachen aufhält."

Böhnke verstand sofort. Er griff zum Telefonhörer und gab die Anweisung, über den Menschen Ermittlungen anzustellen.

Nach einem guten Schluck meines mittlerweile abgekühlten Kaffees fuhr ich fort. „Wieder schien das Glück auf Schnitzlers und Ihrer Seite zu sein. Klinkenberg wurde der Mord an Meurer angelastet."

Insgeheim gratulierte ich Böhnke und mir, dass der Giftmord noch nicht publik geworden war.

Andrea war wohl doch das patente Mädchen, dem ich vertrauen konnte. Oder?

„Ihr Bruder, Mitarbeiter eines Wachdienstes, stellte fest, dass ich wegen des Mordes an Meurer recherchierte. Er hatte mich bei Andrea Delzepich gesehen und meine Untersuchungen mitbekommen, Er hat Ihnen davon berichtet, vermutlich ohne zu wissen, dass Sie an dem Fall beteiligt waren. Sie informierten Schnitzler, der daraufhin veranlasste, mich abzulenken und sogar auszuschalten."

Ich sprang auf und stellte mich vor Paule.

„Wer hat den Stein in mein Fenster geworfen?", fragte ich streng.

Paule senkte den Kopf und flüsterte leise: „Mein Bruder. Er hat dafür von Schnitzler Geld bekommen."

„Und wer hat an der Lenkung des Polos manipuliert?"

Der heruntergekommene Pferdepfleger wiederholte sich und Böhnke griff unverzüglich wieder zu Telefon.

Eigentlich sei er ein bemitleidenswerter Hanswurst, bedauerte ich heuchlerisch. Er habe Schnitzler geholfen und wäre dafür jetzt entlassen worden. Er habe die Schmutzarbeit gemacht und Schnitzler behandele ihn wie der letzte Dreck.

„Sie können Ihre Lage erheblich verbessern, wenn Sie gegen Schnitzler aussagen", lockte ich ihn. Im Prinzip war mir Paules Schicksal gleichgültig. Mir ging es vorrangig um seine Hintermänner, um die Kerle, die beinahe Sabine getötet hätten.

Aber ich würde selbstverständlich Paule verteidigen, wenn es denn sein müsste.

Der erschöpfte Mann nickte demütig.

„Ich werde Ihnen alles sagen, was ich weiß", beteuerte er.

Ob sein Wissen ausreichen würde, um Schnitzler zu belangen, müssten Staatsanwaltschaft und Kripo entscheiden. Dies gehöre nicht zu meinem Aufgabenbereich, sagte ich zu Böhnke, als der auf eine Art sogar erleichterte Mann abgeführt wurde.

Damit war mein Arbeitstag längst noch nicht beendet. Der schlimmste Teil stand mir noch bevor, noch vor der Festnahme von Donner.

„Wie wollen Sie Klinkenberg beibringen, dass er einen Unschuldigen umgebracht hat oder umbringen wollte?", wollte der Kommissar von mir wissen.

„Keine Ahnung", brummte ich in Erwartung einer bevorstehenden unangenehmen Begegnung mit meinem Mandanten, den der Kommissar ins Zimmer zitieren ließ.

Böhnke nutzte unsere Wartezeit für zwei Telefonate. Mit dem Polizeipräsidenten entschied er, den wahrscheinlich noch ahnungslosen, abreisewilligen Schnitzler nicht auf dem ALRV-Gelände festnehmen zu lassen, sondern auf einem Autobahn-Rastplatz, vorzugsweise am Propsteier Wald.

Der englische Tierhändler würde ebenfalls für eine Vernehmung einkassiert.

„Da die Verbrechen nicht unmittelbar mit dem CHIO zu tun haben, brauchen wir auch nicht unnötigerweise den

CHIO einzubeziehen", hatte der Polizeipräsident zu Böhnke gesagt.

Der Kommissar hatte seinem Boss widerstrebend zugestimmt.

„Ich werde noch Papa Gnädig auf meine letzten Tage", kommentierte er zynisch.

Klinkenberg hörte sich meine Schilderung des Sachverhalts mit wachsender Verblüffung und anschließendem Entsetzen an. Er war auf dem Sessel zusammengesunken und schüttelte den Kopf.

„Dann habe ich den Falschen töten wollen und Sie haben tatsächlich einen Justizirrtum verhindert", stammelte er. Er wischte sich mit beiden Händen durchs Gesicht, als könne er sich dadurch aus einem schlechten Traum wecken. Dann hatte sich Klinkenberg wieder unter Kontrolle. „Da ich versucht habe, einen Menschen zu töten, gehöre ich auch bestraft", sagte er entschieden in seiner ureigenen Vorstellung von Gerechtigkeit. Versöhnlich blickte er zu mir auf. „Sie werden der beste Anwalt sein, den ich mir vorstellen kann. Sie werden dafür sorgen, dass ich eine angemessene Strafe erhalte."

Ich wusste nicht, ob ich Klinkenberg wegen seiner Einstellung bedauern oder bewundern sollte. Deshalb schien es mir angebracht zu schweigen und ihm nur fest die Hand zu drücken, als er sich wieder von uns verabschiedete.

Nachdenklich trotteten Böhnke und ich zum Reitstadion. Zufrieden waren wir nicht, auch wenn wieder ein Fall geklärt war. Es gab dabei ebenso viele offene Fragen wie bei unserem letzten Problem mit dem Namen Donner.

„Lassen Sie mich 'mal machen", brummte der Kommissar mit einem Blick auf eine der nostalgisch verklärten Standuhren, die exakt vierzehn Uhr anzeigte. Er grinste kurz. „Jetzt achten Sie genau auf die Stadiondurchsage", empfahl er mir.

Prompt, wie auf Bestellung, meldete sich ein Sprecher mit einer wichtigen Ansage. „Gesucht wird Albert Donner", schallte es aus allen Lautsprechern auf dem Gelände. „Herr Donner wird gebeten, sofort zum Treffpunkt an der Mercedes-Benz-Tribüne zu kommen."

Ich staunte Böhnke an, der schmunzelte. „Was bei verloren gegangenen Kindern funktioniert, kann doch auch bei Donner klappen." Bereitwillig habe der Ansager seinen Suchruf aufgenommen, berichtete mir mein väterlicher Freund. „Jetzt müssen wir uns gedulden und warten, ob Donner erscheint", sagte er mit großer Gelassenheit.

„Wie lange wollen Sie denn warten?", fragte ich.

„So lange, bis mir ein Kollege mitteilt, man habe Donner am Wagen festgenommen, oder bis wir das Bier ausgetrunken haben, das Sie uns hinten am Getränkestand holen werden." Böhnke gab sich gelassen, als spiele er in einem harmlosen Stück mit.

Meinetwegen, dachte ich mir, und machte mich auf dem Weg zum dicht umlagerten Stand. Das auch heute sommerlich warme Wetter ließ die Menschen durstig werden. Nach langer Wartezeit konnte ich endlich die Getränke ordern. Ich wühlte mich vorsichtig durch die Menge zurück und traf Böhnke im lockeren Gespräch mit Donner an.

„Sie hätten noch ein drittes Getränk mitbringen sollen", bemerkte Böhnke ruhig, „denn ich kann mir vorstellen,

229

dass Herr Donner gerne einen mit uns trinken würde. O-
der?" Er betrachte fragend den erstaunten Pferdezüchter.

„Können Sie mir vielleicht verraten, was das soll?", fragte
Donner verärgert. „Warum lassen Sie mich ausrufen?"
Der Züchter wandte sich mir zu. „Oder kannst du mir eine
Antwort für dieses Theater hier geben?"

„Theater ist gut", meinte ich ironisch, „hier geht es um
das wirkliche Leben."

„Mit Leben und Tod", ergänzte Böhnke, nachdem er mir
zugeprostet hatte.

„Und dabei spielst du die Hauptrolle", sagte ich und erwiderte das Prosit.

„Weil Sie die Fäden in diesem Lebensspiel in den Händen
halten", fügte der Kommissar hinzu und spielte den Ball
an mich zurück.

„Wobei du wahrscheinlich am Ende des Lebensspiels
nicht mehr der strahlende Held, sondern der Bösewicht
bist."

Donner sah wechselweise zu mir und dem Kommissar.
„Ich kapiere nichts und habe auch keine Lust, mir dieses
Gesabbel anzuhören«, kläffte er und wollte sich verab-
schieden.

„Sie bleiben hier, Herr Donner!", kommandierte Böhnke,
woraufhin der Mann in seiner Bewegung erstarrte.

„Was soll das?", schimpfte er. Sein nervöses Zucken mit
den Augenlidern verriet, dass ihm die Situation unangenehm wurde.

„Ich will Sie festnehmen", antwortete der Kommissar mit
aufreizender Lässigkeit. „Den Grund wird Ihnen Herr
Grundler gerne erläutern." Er nickte mir auffordernd zu.

„Tja, mein Freund", seufzte ich, „ich glaube du hast mindestens einen Mord am Hals, einen versuchten Betrug, einen versuchten Pferdediebstahl und eine versuchte Erpressung."

Donner erbleichte. „Das lasse ich mir nicht bieten. Ich gehe", fauchte er.

„Sie bleiben!", fauchte Böhnke zurück. „Sie bleiben und hören Grundler zu." Selbst wenn er wolle, käme er nicht weit, meinte der Kommissar ergänzend. „Meine Kollegen warten nur auf einen Wink von mir und nehmen Sie in Gewahrsam."

Das herablassende Grinsen, mit dem Donner meinem Bericht folgte, bewies mir, dass ich richtig lag, sagte mir aber auch, dass sich Donner ziemlich sicher war in seiner Annahme, wir würden ihm die Taten nicht beweisen können. Seine Aussage würde im Gegensatz zu der des vorbestraften polnischen Pferdepflegers stehen. Seine Arroganz sprach Bände: Wer würde schon einem Polen glauben?

Ein wenig ärgerte ich mich über mich selbst. Beinahe wäre auch ich meinem Vorurteil gefolgt und hätte den Polen allein schon wegen seines Äußeren und seines Auftretens für alles Schlechte auf dieser Welt verantwortlich gemacht. Donner wusste dieses Vorurteil für sich zu nutzen; so, wie es viele taten: Hinter vielen Verbrechen steckt die Polenmafia. Damit ließ sich viel erklären und Stimmung machen.

Ein Handy in meiner Nähe unterbrach meine Ausführungen mit einem äußerst unangenehmen Rufzeichen, der verrockten Beethoven-Komposition „Pour Elise".

Ich brauchte lange, bis ich mitbekam, dass dieses Handy in Böhnkes Sakkotasche klingelte. Ich wusste gar nicht, dass er ein derartiges Instrument besaß.

Der Kommissar fingerte umständlich an dem kleinen Telefon herum und atmete erleichtert auf, als er endlich die Verbindung aufgebaut hatte.

Nachdem Böhnke sich gemeldet hatte, hörte er schweigend zu, während er Donner durchdringend betrachtete. Es dauerte lange, bis er mit einem „Alles klar, bringt ihn ins Präsidium!" das Telefonat beendet.

„Kennen Sie Eduard Schnitzler?", fragte er Donner spitz.

„Nur flüchtig", antwortete Donner hastig, „ist ein Springreiter."

„Er kennt Sie aber ganz gut", hielt der Kommissar dagegen. „Wir haben ihn gerade auf der Autobahn festgenommen. Und wissen Sie warum? Wegen Mordes, versuchten Betruges und anderer Kleinigkeiten. Und dann hat er uns auch noch berichtet, dass Sie und er gemeinsame Sache machen wollten mit einem Pferd, das auf den schönen Namen Rasputin hört." Böhnke schüttelte den Kopf. „Der Feigling hat schneller erzählt, als meine Kollegen stenografieren können. Und er hat Sie verdammt tief mitgerissen, Herr Donner. Unter anderem behauptet er, Sie hätten 5000 Euro an einen Russen bezahlt, damit dieser Ihren Pferdepfleger Marek umbringt."

Donner verlor seine Fassung. „Dieses Schwein", jaulte er auf. „Schnitzler hat den Mord gewollt. Er hat 5000 Euro gegeben. Ich habe damit nichts zu tun. Ich wollte ihn davon abbringen. Aber er hat nicht gehört."

Ebenso wie Böhnke glaubte ich Donner nicht.

„Sie haben sich die Prämie für den Mörder geteilt", sagte Böhnke. Er zuckte mit den Schultern. „So behauptet es jedenfalls Schnitzler. Sie hätten den Mord gewollt. Sie und Schnitzler haben gemeinsame Sache gemacht. Sie wandern beide in den Bau."

Donner taumelte und musste sich an die Tribünenwand anlehnen. „Das war doch die letzte Chance für Schnitzler und mich, noch einmal auf die Beine zu kommen. Mit den 500.000 Euro für Rasputin und der Pferdezucht wäre uns beiden geholfen gewesen." Er rutschte die Wand herunter und blieb erschöpft auf dem Boden sitzen.

Böhnke sah sich um, dann winkte er kurz. Sofort sprangen drei Männer in Zivil herbei, denen Böhnke ein kleines Aufnahmegerät gab. Zwei hakten sich bei Donner unter und gingen mit ihm weg.

„Die Kollegen werden ihn jetzt endgültig weichklopfen", sagte er grimmig, während wir wieder ins Stadion traten. „Wir haben damit nichts mehr zu tun."

„Wieso?", fragte ich erstaunt.

„Weil wir aus dem Fall raus sind, mein Freund."

„Wieso?", wiederholte ich mich verständnislos. „Ich denke, ..."

Böhnke unterbrach mich. „Überlassen Sie das Denken besser den Pferden, die haben größere Köpfe", sagte er flapsig. Er zückte das Handy und grinste. „Ich habe nicht mit meinen Kollegen gesprochen, die angeblich Schnitzler verhaftet haben. Das Telefonat war getürkt."

Der Kommissar betrachtete mich mit müden, blassen Augen. „Mit der Aussage von Donner können meine Jungs Schnitzler hochgehen lassen. Er braucht nicht zu wissen, dass wir Donner getäuscht haben. Deshalb sind wir aus dem Fall raus. Auch ohne uns werden die beiden verurteilt werden."

Ich schüttelte verwundert den Kopf und wunderte mich noch mehr, als Böhnke fortfuhr: „Ich habe übrigens auf Bitte Ihrer Freundin Sabine eine, zugegebenermaßen nicht ganz astreine Personenermittlung vorgenommen. Andrea Delzepich ist absolut sauber. Die Frau denkt nur an ihre Karriere und an sonst nichts. Die Frau hat nichts mit dem Mord und der Entführung des Pferdes zu tun und auch nichts mit Sabines Unfall." Böhnke grinste: „Ich soll Ihnen übrigens von Sabine ausrichten, dass sie bei Onkel Horst eine Verlängerung ihrer Bedenkzeit erreicht hat. Sie will sich bis Ende August entscheiden."

Der Kommissar sah mich sprachlos. In meiner Freude fiel mir nichts mehr ein.

Im dichten Gedränge auf dem Weg vor der Haupttribüne hielt mich Böhnke am Ärmel fest. Unvermittelt umarmte er mich. „Wo immer ich sein werde, ich werde dich vermissen, Tobias."

Ehe ich reagieren konnte, hatte sich Böhnke von mir gelöst und war in der Menschenmenge untergetaucht.

Ich sah ihn nicht mehr und hatte mit den Tränen zu kämpfen, als ich zum Richterhaus ging.

Andrea war nicht an ihrem Arbeitsplatz. Sie hatte sich wegen einer Migräne entschuldigt, erklärte mir die Hostess hinter dem Empfangsschalter.

Aufgewühlt, enttäuscht, von Böhnke verblüfft und überwältigt zugleich, suchte ich mir einen Platz auf der Pressetribüne unterm Dach und fand prompt neben Sümmerling noch einen freien Sitz.

„Auch ein Ömmesönslümmel?", lästerte der Schreiberling lautstark. „Oder wollen Sie heute zum ersten und letzten Mal den Auftritt der Reiterstaffel der Aachener Polizei miterleben?"

Mir war nicht einmal danach, ihm zu antworten. Ich ließ das reiterliche Spektakel vor mir ablaufen, ohne daran Gefallen zu haben. Selbst die Frage, warum heute das abschließende Hindernis im Gegensatz zu den anderen Tagen ein anderes, nämlich das der Aachener und Münchener Versicherungen, war, bedeutete für mich ein absolut belangloser Umstand. Alleine hier zu sitzen, war schon deprimierend genug.

Plötzlich hatte ich ein weißes Taschentuch in der Hand. Irgendjemand hatte es mir zugesteckt. Jeder hatte ein weißes Taschentuch in der Hand und winkte den vielen Reitern aus den vielen Ländern zu, die sich zum Abschied der Nationen noch einmal vor der imposanten Kulisse des proppenvollen Reitstadions in der Soers präsentierten, über dem sich langsam die Regenwolken zusammenzogen.

Auch ich winkte mit dem weißen Taschentuch und nahm Abschied; aber nicht von den Pferden oder den Reitern.

Ich nahm gewiss Abschied von Andrea, vermutlich von Böhnke und vielleicht auch von Sabine.

Aber hier war das letzte Wort Gott sei Dank noch nicht gesprochen.

*

235

Kurt Lehmkuhl wurde 1952 in der Nähe von Aachen geboren. Nach dem Abitur und dem Studium der Rechtswissenschaften war er über 30 Jahre lang für den Zeitungsverlag Aachen tätig, zunächst als freier Mitarbeiter, danach als Redakteur und als Lokalchef in Erkelenz. Nach seinem Ausscheiden aus dem Zeitungsverlag Aachen arbeitet er als freier Journalist für zahlreiche Zeitungen und Zeitschriften im In- und Ausland.

Neben der journalistischen Tätigkeit ist Kurt Lehmkuhl schriftstellerisch aktiv. Seit 1996 werden seine Romane veröffentlicht, beginnend mit „Tödliche Recherche". Häufig stehen aktuelle Themen oder regionale Besonderheiten im Mittelpunkt seiner Krimis, etwa der Aachener Karlspreis oder die Braunkohleförderung im Rheinland. Außerdem verfasst Kurt Lehmkuhl Reisereportagen und Kurzgeschichten, ist als Dozent für Kreatives Schreiben sowie als Moderator und Organisator von literarischen Veranstaltungen und als Herausgeber von Anthologien tätig.
Seine aktuellen „Böhnke"-Romane erscheinen größtenteils im Gmeiner-Verlag.

Die Reihe „Mörderisches Aachen" umfasst:

1. Tore, Tote, Tivoli
2. Ein Sarg für Lennet Kann
3. Blut klebt am Karlspreis
4. Die Aachen-Mallorca-Connection
5. Mörderische Kaiser-Route
6. Der Grenzgänger
7. Ein CHIO ohne Rasputin

Zur Serie „Tödliches Düren" gehören:

1. Tödliche Recherche
2. Tödliche Annakirmes
3. Tödliche Spritzen
4. Tödliches Vertrauen
5. Tödliches Roulette
6. Tödliche Mallorca-Träume

Als „Böhnke-Krimi" sind erschienen:

1. Raffgier
2. Nürburghölle
3. Dreiländermord
4. Kardinalspoker
5. Prinzenprinz
6. Fundsachen
7. Kohlegier
8. Weißgott

9. Böhnke und die Nächstenliebe
10. Marionettenspiel
11. Öcher Bend-Blues
12. Böhnke und das Endspiel

Weitere Romane sind:

1. Garudas Grüße
2. Kofferjäger

Zudem gibt es die Geschichtensammlungen:

1. Mörderisches Aachen
2. Der Manöverschaden

Von Reisen berichten:

1. Meine Welt: Mein Vietnam
2. Meine Welt: Mein Kirgistan
3. Meine Welt: Mein Kuba
4. Meine Welt: Mein Costa Rica

Anthologien sind:

1. Nachbarn unter sich/Buren onder elkaar
2. Blutroter Selfkant
3. Mörderischer Selfkant

4. Tödlicher Selfkant

5. Kunterbunter Selfkant

6. Kulinarischer Selfkant

(Die nach VHS-Kursen entstandenen Selfkant-Geschichtensammlungen haben als Benefizprojekt inzwischen einen Spendenertrag von rund 50.000 Euro für ein Hospiz erbracht.)